LE TRÉSOR

DU COMMANDEUR AZUPERT

2145

y²

H29

Le trésor du commandeur.

LE TRÉSOR

DU

COMMANDEUR AZUPERT

PAR

CHARLES BUET

LIMOGES

BARBOU FRÈRES, IMPRIMEURS-LIBRAIRES.

A MONSIEUR ALEXANDRE SOSTO,

PROFESSEUR AU COLLÉGE ROYAL DE RIMINI.

—

Pont de Beauvoisin, 8 septembre, 1874.

En échange de certain sonnet, qui valait un long poème, et qui m'arriva de Rimini, un jour que je me plais à appeler le plus beau jour de ma vie, je t'envoie, mon cher ami, un gros livre qui te rappellera le beau pays où s'écoulèrent tes premières années. Ce livre n'est pas d'un grand mérite; il te paraîtra dicté par des sentiments difficiles à définir; les jugements que j'y porte sur des hommes et sur des choses que tu connais, tu les estimeras sévères, trop sévères peut-être; et quant au carac- tère des gens sur le visage desquels j'ai mis un masque, tu croiras aussi que je l'ai un peu exagéré.

Eh bien! je veux me défendre d'abord de ces critiques que je prévois, par ce motif que, donnât-on au genre humain un pur chef-d'œuvre, le genre humain y trouverait matière à critiques. Or, je suis fort loin de prétendre écrire des chefs-d'œuvre, et je me voue très-volontiers au fouet d'Aristarque. Cependant je désirerais n'être censuré que justement, — et l'expérience, hélas! m'a démontré que l'on critique généralement ce qui est bien, — et qu'on loue assez ordinairement ce qui est mal. Ceci, en littérature seulement, car il m'en coûterait d'entrer dans un développement philosophique, destiné à démontrer qu'on peut dire, à tous les points de vue, ce que je me borne à envisager au seul point de vue littéraire.

La seule pensée qui m'ait préoccupé alors que j'écrivais, il y a deux ou trois ans, *le Trésor du Commandeur Azupert*, était celle de tracer un portrait fidèle d'une petite ville, et de guérir, en en faisant une satire sans fiel, les défauts et les travers de plusieurs habitants d'icelle. Je n'ai point eu et n'aurai jamais l'intention de tourner en ridicule les mœurs de la province. Je

trouve, en effet, un trop grand charme à vivre de la vie provinciale, pour la dénigrer, et ce serait jeter une pierre dans mon
propre jardin. Mais aussi je t'assure, mon ami, qu'il faut être
come torre fermo che mai non crolla, pour résister aux assauts
formidables qu'on est obligé de subir, précisément lorsque l'on
aime la province, et surtout sa province, et qu'on y veut couler
ses jours. A ce propos, j'ai essayé de narrer quelques-unes des
péripéties qui menacent, dans ce milieu, l'homme bon, naïf et
simple, qui ne peut se faire aimer, et ne veut pas se faire
craindre. Dans le domaine des faits, je suis cependant resté
toujours au-dessous de la vérité, et n'ai dit que ce qu'il est permis de dire sans médisance.

Il s'en suit donc que si j'ai porté des jugements sévères, ils
n'en sont pas moins justes et que personne n'aurait le droit de
se plaindre. J'aurais peut-être dû, néanmoins, me rappeler ce
proverbe : « Toute vérité n'est pas bonne à dire. » Il se trouve
que j'appartiens à cette classe de gens que l'on intimide diffici-
lement.

Enfin, j'ai si peu exagéré le caractère des personnages que
je mets en scène, que je les ai laissés tous incomplets. Mes
modèles sont pires ou meilleurs. Je n'ai rien copié servilement,
j'ai emprunté un trait à celui-ci, un trait à celui-là, un vice à
un troisième. Qui sait? La Mottière n'est peut-être pas un avocat, ni Varçon, médecin ! Il ne manquera pas de gens qui cher-
cheront à deviner le vrai nom de mes marionnettes. Inutile ! elles
ne sont plus de chair et d'os, et ce n'est pas mon livre qui leur
donnera l'immortalité.

J'ai donc fait comme Cicéron et plaidé *pro domo meâ*, sans
y mettre toute l'ardeur et l'éloquence de l'orateur romain, et ce
pour tant de raisons que j'en dispense d'en énoncer une seule.
Je présume qu'on ne me demandera pas d'autre explication.

Et toi, cher ami, tu liras avec un affectueux intérêt, je le
sais, un récit qui te parlera de notre commune patrie, et que
met sous ton égide amicale le constant souvenir et le sincère
attachement de

L'AUTEUR.

PREMIÈRE PARTIE

ESQUISSES PROVINCIALES

I

S'il y avait quelque chose dans la ville de Garocelle, dont ses habitants pussent tirer de l'orgueil, c'était bien, sans nul doute, la rue des Portiques, et, dans cette rue, le café du *Commerce* qui servait à la fois de café, de cercle et d'estaminet.

Nous laissons à l'impartialité de notre lecteur le soin d'apprécier notre assertion, et, pour qu'il puisse avantageusement juger, voici une courte mais fidèle description de l'une et de l'autre merveille de Garocelle.

La rue des Portiques s'étend entre la place de l'Eglise et la place du Marché au milieu de laquelle se pavane fièrement la statue en bronze patiné de vert, d'un célèbre jurisconsulte. L'émule des Cujas et des Barthole serait bien étonné si, un jour de marché, il revenait de l'autre monde à seule fin de se contempler dans sa gloire !... Et gloire il y a ! La statue a six pieds de haut ; le piédestal en a douze ; total : six mètres de célébrité... Il y a donc que, les jours de marché, les choux, les carottes, les épinards et les betteraves, confondus en un admirable pêle-mêle avec des moutons, des chevraux, des... porcs aux soies luisantes, entourent d'une ceinture peu agréable à l'œil, moins encore à l'odorat, le piédestal en pierre grise au sommet duquel on a juché maître Bonaventure Pantaléon, de son vivant, professeur de droit à l'université de P****, né natif de Garocelle.

Les portiques, que les étrangers s'obstinent à nommer des arcades, sont, en effet, des arcades semblables à celles de la rue de Rivoli, et bâties suivant le goût italien, fort à la mode en Savoie depuis le XVIIIe siècle. Des magasins de toute espèce embellissent les deux côtés de la rue, et, lorsque les boutiquiers ont peu de chose à faire, ils apportent des chaises entre les colonnes et contemplent, en causant à outrance, le spectacle peu animé que présente une rue de petite ville, fut-ce la voie principale.

Quant au café du *Commerce*, ainsi nommé parce que tout le monde y va, à l'exception des commerçants, il occupe cinq devantures, au centre même des Portiques. Il est flanqué, à droite, d'un magasin de libraire ; à gauche, d'une boutique de mercier. En face, et sous les portiques opposés, un marchand de porcelaines a planté sa tente.

Les cinq ouvertures du café sont d'un joli bois de noyer lourdement travaillé ; les montants enchassent des vitres carrées derrière lesquelles on aperçoit des rideaux en guipure fausse, retenus par des embrasses en galon de laine bleue. Au-dessus de l'ouverture centrale une large enseigne attire les regards. Cette enseigne est tout un poème : sur un fond du plus pur carmin, — ce que les héraldistes appellent *champ de pourpre*, — d'énormes lettres dorées se détachent en relief ; au-dessus d'elles, au centre d'une manière de fronton arrondi, une paire de balances non moins dorées, entrelacées de branches d'olivier, émerge d'une auréole de pièces de cent sous alignées en rayons... Aux deux extrémités, l'on voit d'un côté une chope remplie de bière mousseuse flanquée de trois billes de billard ; de l'autre une élégante bouteille vermillon, enrubannée d'azur et accompagnée de deux verres à champagne emplis de fort beaux fruits à l'eau-de-vie. Le peintre de cette enseigne fameuse avait été décoré à l'unanimité du titre de second Michel-Ange par les connaisseurs en peinture. L'admiration de madame veuve Nicrabeau, la propriétaire du *Commerce*, s'était exprimée par une pile de beaux écus tout neufs formant la somme respectable de cent francs.

C'est que les habitants de Garocelle ne marchandent pas avec les arts.

Les anciens habitués du lieu, déclarant que madame veuve Nicrabeau, née Célimène-Aréthuse Piffrard, avait fait des folies en restaurant sa taverne avec un tel excès de luxe, comparaient purement et simplement le café du *Commerce* aux palais des califes de Bagdad, dont il est tant question dans les contes du bonhomme Galland. Pour dire la vérité, les tentures de papier velouté à grands ramages d'or sur un fond écarlate ; les tables de marbre à pieds de fonte vernie ; le parquet à lames alternativement blanches et noires ; les chaises de rotin à dossier carré ; l'énorme poêle en faïence entouré d'anneaux de cuivre reluisant comme de l'or ; les lampes de porcelaine transparente ; ce merveilleux ensemble, pour tout dire en un mot, était bien fait pour éblouir jeunes et vieilles imaginations.

Au temps jadis, en 187., madame veuve Nicrabeau occupait une espèce de niche ménagée au centre du café ; elle avait, à sa gauche, la salle de billard, à sa droite, la salle « des consommations. » U comptoir de noyer verni , encombré de flacons de toutes formes et de toutes capacités , de « topettes » de rhum , de bouteilles d'absinthe, de coupes à sucre, la séparait du commun des mortels. Cette respectable dame partageait ses loisirs entre la lecture assidue du *Petit-Journal* et les plaisirs de la conversation. Tandis que son esprit se délassait ainsi , ses doigts manœuvraient activement de longues aiguilles d'acier à l'aide desquelles elle obtenait des bas , des fichus , des bonnets.

Célimène-Aréthuse, femme entre deux âges , avait de quarante à soixante ans. Ses cheveux gris formaient autour de son visage ridé comme une pomme à la fin du carême, des « coques » prétentieuses, dont un prodigieux bonnet à rubans jaune citron augmentait encore l'effet. Le dimanche, le jaune citron se changeait en amaranthe, et des marabouts couleur de rose embellissaient de plus belle cette coiffure imposante. En ce même jour, consacré au Seigneur , apparaissait une robe de soie gorge de pigeon , inaugurée par madame veuve Nicrabeau le jour même de ses noces , et qui remplaçait la toilette des jours ouvriers , une simple robe de mérinos à raies bleues sur un fond chocolat. Ces détails si oiseux qu'ils paraissent, ont déjà fait entrevoir au lecteur un coin du caractère de la veuve : il en a pu conclure que cette Artémise provinciale possédait l'amour du travail, la soif du savoir, l'économie, la propreté , le tout joint à une inexprimable envie de briller.

Ce défaut était l'unique, hâtons-nous de le dire. Madame Nicrabeau savait exercer la charité; son tricot chaussait force petites jambes frileuses, coiffait nombre de têtes mignonnes que le sort impitoyable négligeait d'orner avec des rubans amaranthe ou citron; elle avait toujours un verre de bon vin , un morceau de pain et une assiette de soupe au service des pauvres voyageurs ; elle ne refusait point un petit sou aux pifferaris déguenillés que l'Italie *une* envoie mendier partout. D'un autre côté, cette bonne femme gardait rigidement la probité commerciale que les Parisiens rangent au nombre des imperfections de la province. Elle ignorait l'art de frelater ses liqueurs, de baptiser son vin, de faire du café avec de la chicorée, de remplacer la bière par une décoction de racine de buis.

Donc, il y a de cela quelques années — et, si notre lecteur veut que nous précisions davantage, c'était entre 1850 et 1871, — le café du *Commerce* était, un beau jour, au grand complet. Il n'y manquait pas un seul de ses habitués; une heure sonnait, et comme à Garocelle on dîne à midi, les gourmets venaient humer l'arôme du *fin-vert* et du *Bourbon-Saint-Leu*, d'autant mieux que la neige couvrait les montagnes, et qu'alors on préfère un cent de piquet, dans un endroit bien chaud, à la promenade la plus sentimentale.

En province, le café est le centre commun où toutes les opinions, toutes les professions, tous les âges se réunissent. Il remplace le cercle et le salon. C'est un terrain neutre où les distinctions sociales auxquelles on attache tant d'importance disparaissent; où les opinions diverses — il y en a autant que d'individus — se rencontrent sans se heurter. C'est là que se forme cette bête à sept têtes que l'on nomme l'opinion publique; l'on y élabore des projets; l'on y ourdit de petites conspirations contre la mu-ni-ci-pa-li-té; — l'on y fait de l'opposition; l'on y prépare les élections. C'est du café que partent les petites médisances et les grosses calomnies; c'est là que l'on déchire les réputations; c'est là que l'on confectionne les célébrités.

Le café du Commerce aurait passé, sans hyperbole, pour le type du genre.

Il y avait grande réunion.

Sans nous occuper du menu fretin, nous porterons tout d'abord notre attention sur trois groupes différents composés par les personnages de cette histoire véridique.

Le premier de ces groupes comprenait trois individus.

L'un, sorte de colosse aux membres herculéens, semblait présider le cercle et tenir le dé de la conversation. Assis sur un escabeau, le corps raide comme un piquet, la canne entre les jambes et le chapeau sur la tête, il parlait d'une voix haute énergiquement accentuée, dédaigneuse, ronflante. Les mots *je* et *moi* revenaient fréquemment sur ses lèvres. Il portait un pantalon gris, une redingote noire, son visage était soigneusement rasé. Il serait bien inutile de cacher le nom et la profession de M. La Mottière, avocat au tribunal civil de Garocelle. Il avait soixante ans, n'en montrait que cinquante, jouissait de huit cents livres de rente, et se créait, à force de réclames, plus ou moins saugrenues, une petite réputation de lettré.

A sa gauche, un monsieur tout de noir habillé, mais rapé comme un dix-huitième clerc d'huissier, représentait la docte faculté. C'était le docteur Varçon, omni-savant, sentencieux, matérialiste et spirite, théologien consommé, médecin émérite, démocrate et socialiste, fort aristocrate en ses manières et libéral à la façon de ceux qui ne veulent de liberté que pour eux. Cet émule de Proudhon soignait avec orgueil sa longue barbe grise ; ses yeux s'abritaient derrière de fortes lunettes. Le troisième, un pharmacien, exécutait ceux que le docteur condamnait. C'était cependant un gros garçon joufflu au visage rose et glabre, aux lèvres épaisses, au ventre proéminent. Quoiqu'il n'eût pas trente ans, il siégeait déjà au conseil municipal et formait, en qualité de secrétaire, le principal ornement de l'Académie Garocelloise. Il s'appelait Morteret,

mais son parrain lui avait imposé le prénom harmonieux d'Athenulphe....

Il est des gens qui ne doutent de rien !

Nous aurons occasion tout-à-l'heure d'entendre la basse de l'avocat, le ténor du docteur, et le grêle fausset du jeune Athenulphe.
Pour l'instant, occupons-nous de présenter au lecteur le groupe
catalogué sous le numéro deux.

Autour d'une table, couverte d'un tapis chargé de cartes et de
jetons, s'asseyaient quatre bourgeois à peu près du même âge.
L'un, M. Taulier, fin matois, dirigeait le commerce de porcelaines à l'enseigne du *Magot de la Chine*. Le second, M. Egault
vivait de ses rentes, après avoir vendu pendant vingt ans du drap
et de la flanelle à ses concitoyens. Il paraissait fort intelligent,
avare de ses paroles, bien élevé. Nous le ferons mieux connaître
plus tard. Son partenaire, vieillard d'une soixantaine d'années,
Mᵉ Ouzaux (François), s'intitulait, non sans une légitime fierté,
notaire impérial.

Il faudrait un volume pour tracer un portrait bien exact du
quatrième personnage : le capitaine baron Crépinat. On ne rencontrait jamais cet homme autrement que vêtu d'un habillement
complet de drap gris-rougeâtre, coiffé d'un chapeau flambard ; une
canne à la main : une pipe à la bouche. Ce n'était pas un vieux
grognard. Il avait tout au plus quarante ans. Seulement l'eau-de-
vie, l'absinthe, le vin blanc, le tabac, toutes choses dont il abu-
sait, doublaient son âge. Rien ne pouvait plus l'enivrer, quoiqu'il
semblât perpétuellement en état d'ivresse. Ses yeux ternes, sa
langue pâteuse, ses jambes tremblantes, son visage blême en
faisaient un objet de dégoût. Il avait gagné son grade pendant la
campagne d'Italie ; son titre lui venait de son père, ancien maître-
d'hôtel du vice-roi de Sardaigne, lequel père avait un secret pour

l'apprêt du canard aux navets. En récompense de ses talents culinaires , il fut baronifié.

Que de titres ont une origine plus ridicule, voire moins honorable.

Le capitaine conservait une profonde reconnaissance à la maison
de Savoie. On le disait à son aise, non sans raison, car feu le
premier baron Crépinat eût inventé la danse du panier, si cet
exercice chorégraphique n'eût été déjà connu de son temps.

Hâtons-nous de crayonner rapidement le troisième groupe
que formaient une douzaine de jeunes hommes , très-simples ,
très-bruyants , très-altérés, qui se livraient avec passion au
culte du carambolage.

Deux autres garçonnets se tenaient à l'écart et savouraient
leur café en causant. Ils avaient tous les deux bonne mine ; leurs
manières discrètes les faisaient reconnaître pour des gens de bonne
compagnie. L'un, Claude Egault, fils du drapier retiré, venait de
terminer à Paris les cours de l'Ecole des Chartes. Son compagnon,
avec son veston de gros drap bleu, ses bottes fortes, sa casquette
à carreaux noirs et rouges , avait l'apparence d'un fils de riche
paysan. C'était pourtant le vicomte Gaëtan de Lestourges, héritier
de la plus noble famille de la province. Les Lestourges remontaient
à l'an 1050. Ils avaient eu trois cent mille livres de rente. Mais
leur fortune actuelle se composait du mince revenu d'un petit
domaine échappé aux griffes des créanciers.

II

PRIMAVERA, GIOVENTU DE L'ANNO !
GIOVENTU, PRIMAVERA DELLA VITA !
Printemps, jeunesse de l'année,
Jeunesse, printemps de la vie.

Dieu! qu'ils étaient bruyants ces charmants adolescents, espoir
de la patrie! Quel tumulte! quels cris! quel assaut d'agilité!...
quel assaut de bêtise!... Ah! l'on s'amusait!... Ces bons jeunes
gens occupaient ainsi leurs loisirs, entre midi et deux heures; ils
rentraient alors qui à l'atelier, qui au bureau, qui au collége. Toutes
les distinctions sociales, au café, disparaissaient. La blouse cou-
doyait fraternellement la redingote; la veste d'uniforme s'accro-
chait au veston du petit-crevé. Car il y avait un petit-crevé! Blond,
blême, avec une charpente d'Hercule, des grâces mourantes et des
favoris taillés en côtelettes... Innocent Delphin jouait naïvement
son personnage, sans se douter qu'il se couvrait de ridicule. Veston
court, gilet à la Robespierre, binocle et col cassé lui seyaient
comme un casque de pompier au front d'un âne, ce qui ne l'empê-

Le Trésor. 2

chait nullement de se croire très-beau, suivant l'avis de son coiffeur. Tout en jouant au billard, il se donnait des grâces, prenait des poses à effet, suait, soufflait, parlait en mâchonnant ses mots.

L'on pourrait ici multiplier les portraits, en tracer de plus grotesques encore ; mais s'il fallait faire passer leur collection bariolée sous les yeux de notre lecteur, ce serait à n'en point finir et nous épuiserions notre vocabulaire. Laissons à ces gamins leurs billes, leurs cannes et leur tapis vert ; ils s'évertuent à gagner trois sous et y mettent deux heures. Plus tard, ils connaîtront mieux le prix du temps.

Claude Egault, la tête appuyée sur la main, regardait et écoutait. Chaque fois qu'une interpellation baroque, ou un mot à effet, tirés l'une et l'autre des petites feuilles parisiennes, se faisaient entendre, il levait les épaules sans prendre la peine de cacher une moue dédaigneuse.

Gaëtan de Lestourges lisait un journal, sans plus se préoccuper de ses jeunes concitoyens que s'ils n'avaient jamais existé. L'un d'eux, pourtant, s'approcha et lui cria dans l'oreille :

— Hé ! fils des croisés, pourquoi ne joues-tu pas avec nous ?

Lestourges répondit paisiblement.

— Parce que ça m'ennuie.

— Voyez-vous ça ! reprit l'autre, on fait l'aristocrate, paraît ?

Une voix s'éleva dans le fond de la salle, en disant :

— Laisse-le donc tranquille, Miligoud ; tu vois bien qu'il n'a pas le sou dans sa poche.

A cette brutale insulte, que nulle agression ne motivait, il se fit autour du billard un grand silence. Les plus écervelés comprenaient fort bien qu'Innocent Delphin était allé trop loin. L'élégant petit-crevé lui-même s'arrêta, interdit, en voyant l'effet de ses odieuses paroles.

Gaëtan voulut s'élancer ; mais Claude le saisit par le bras et le força de se rasseoir en lui disant à voix haute de façon à ce que tous l'entendirent :

— Ne faites donc pas attention à ce marmouset, Gaëtan ; ne voyez-vous pas qu'il est ivre de rhum? Croyez-vous que ses injures puissent vous atteindre?

Il se retourna vers Delphin, ajoutant :

— Je vous préviens, vous, que si vous avez le malheur d'ajouter un mot, je vous fais mettre à la porte.

La partie de billard se continua comme si de rien n'était. Ces sortes de scènes se répétaient trop fréquemment pour attirer l'attention de madame veuve Nicrabeau ; quant aux joueurs, ils étaient blasés sur les émotions de ce genre : Delphin, ayant l'habitude de quereller ses meilleurs amis, lorsqu'il perdait au jeu. Or il perdait neuf fois sur dix.

Mettons maintenant de côté cette compagnie désagréable que nous avons désiré faire entrevoir au lecteur, pour son édification, mais que nous laisserons désormais à l'infime place qu'elle s'est choisie.

Gaëtan de Lestourges et Claude Egault s'étaient retranchés dans l'embrasure d'une fenêtre, et, tournant le dos à leurs bons petits camarades, ils causaient avec beaucoup d'animation.

— Je me demande, dit Gaëtan, ce qui a pu m'attirer l'inimitié de ce monsieur Delphin.

— Mon cher Gaëtan, vous apprendrez à connaître à vos dépens tout ce petit monde-là.

— Je n'y tiens nullement.

— Je fus comme vous, mon cher Gaëtan, et cela m'a passé. A Paris, j'étais accoutumé à voir, à fréquenter un grand nombre de jeunes gens ; d'abord mes camarades d'école, les membres de mon cercle, puis des journalistes, des peintres, des musiciens, en un mot cette classe qu'on appelle la gent artiste. Cela me faisait une société comme on en trouve guère : intelligente, spirituelle, savante, gaie, exubérante de vie, de jeunesse, de force... Ah ! quelles belles soirées nous passions, tantôt chez l'un, tantôt chez l'autre, à causer, à discuter, à pérorer, en fumant de bons cigarres, au coin du feu !

Gaëtan de Lestourges sourit à l'enthousiasme de son ami. L'expression de son visage laissait bien voir qu'une telle vie eût été de son goût. Claude continua :

— Eh bien ! il y a trois mois que je revins ici. Mon cours est terminé, je suis en expectative ; j'ai ma licence-ès-lettre et mon diplome d'archiviste paléographe dans ma poche. Que faire ? vers quelle carrière me tourner ? J'attends.

Donc, pour en revenir à ce que je vous disais tout à-l'heure, il m'a fallu dégringoler joliment... au point de vue des relations sociales. Qui voir, ici ? avec qui me lier ? Vous, vous étiez à Turin, chez monsieur votre oncle et vous n'êtes ici que d'hier. Je cherchai donc à me faire un cercle, sinon d'amis, sinon de camarades, du moins de ce qu'on appelle bêtement des connaissances.

— Réussites-vous ? demanda Lestourges en souriant.

— Vous allez en juger. Tout d'abord, je me liai avec mes ex-amis de collége, dont la plupart sont de beaucoup plus âgés que moi. Malheureusement, pour plaire à ces messieurs et s'en faire bien venir, il faut parler, aux avocats, jurisprudence ; aux médecins, thérapeutique et clinique ; aux professeurs, pédagogie. Ce n'est pas mon fort. En outre, ils ont leurs intérêts, leur vie de famille... Je me borne aux visites indispensables... Bien ! De là, je voulus pénétrer dans la bourgeoisie aisée... ceux qui ne font rien ou pas grand chose... Oh ! mon ami ! bœufs, cochons, fumier, semailles, vignes , tel est l'invariable canevas de toutes leurs conversations !

Lestourges éclata de rire :

— Allons ! dit-il, vous n'avez pas de chance.

— Pas plus qu'il ne faut, reprit Claude. Je tentai alors de me mêler à ces aimables jeunes gens qui font tant de bruit à côté de nous.C'était tomber de Charybde en Sylla, ou, pour mieux dire, jeter le fruit pour en manger l'épluchure ! Je vous fais grâce du sujet de leurs conversations. Si vous avez jamais jeté un coup d'œil sur une appréciation des œuvres de monsieur de Kock, vous vous en ferez une idée suffisante.

— Je comprends.

— Il n'y a plus chez la plupart d'entre eux ni foi, ni sentiments, ni réserve, ni délicatesse. Ils ne craignent pas d'employer l'ignoble argot de ces mannequins de Paris, que les boulevards ont le privilége d'exhiber aux yeux de l'étranger. Ils ne vont pas à la messe; ils ne saluent pas les prêtres. En un mot, ils cherchent à imiter les mœurs, les travers et les ridicules de leurs congénères du boulevard. Ils sont à la fois odieux et bêtes.

Gaëtan de Lestourges ne put s'empêcher de rire une seconde fois, en entendant cette peinture faite sur le vif. C'était et c'est encore la triste vérité. Nous ayons comme une foule d'enfants de dix-huit à trente ans qui ne valent pas mieux que cela. Des fanfarons de vices, de pauvres têtes fêlées, des cœurs à demi-corrompus et qui se font gloire de n'être rien de bon. Ils rougissent d'ignorer le mal et si, par hasard, un écart leur est inconnu, ils n'ont pas de cesse qu'ils n'en aient approfondi l'abime. C'est, disent les uns, la faute de notre époque; c'est, disent les autres, la conséquence absolu du manque de principes religieux. Ces malheureux jeunes hommes dont la dépravation produit un si grand mal dans nos petites villes, ils lisent, ils dévorent les œuvres infâmes dont les prostitués de la presse inondent le pays ; ils apprennent de bonne heure à se délivrer du joug pesant de la famille et du devoir.

En un mot, comme le disent avec orgueil les auteurs de cette perversion morale, comme nous le répétons avec tristesse, notre génération est précoce...

Et ceux qui l'auront perdue auront, un jour, de terribles comptes à rendre.

— De quoi riez-vous ? demanda Claude au vicomte.

— Parbleu ! je ris du portrait peu flatté que vous venez de tracer de nos jeunes compatriotes.

— Mon cher, il est au moins exact, s'il est peu flatté et moins encore flatteur.

— De telle façon que vous n'avez maintenant aucune société?

— Sauf la vôtre et celle de mon frère Louis. Du reste, je sors le moins possible. Je me suis arrangé chez moi un petit nid où je passe mes heures les plus agréables. Je consacre ma matinée au travail, mon après-midi à la lecture et aux arts — je dessine, vous savez, un peu — et je tapote mon piano tout aussi bien que n'importe qui. Je jouis de mes soirées en famille. Quand le temps est beau, nous sortons tous ensemble. De telle sorte que ma vie, ainsi réglée, ne m'est plus monotone.

— Oh ! je sais que vous avez la passion du travail, Claude.

— Vous vous trompez. Je travaille parce que je n'ai rien de mieux à faire. De ma nature, je suis prodigieusement flâneur, si bien que, au collège, les professeurs me donnaient comme un modèle de paresse... à ne pas imiter.

— Permettez-moi de n'en rien croire.

Claude s'inclina modestement et changea le sujet de la conversation.

— Que dit-on de nouveau en ville ? demanda-t-il.

— Rien que je sache. Buvez-vous de la bière ?

— Jamais. Ce breuvage amer, âcre, froid, m'est antipatique. Si vous le voulez bien, je prendrai une seconde tasse de café.

— Mais vous allez vous exciter...

— Du tout. C'est un préjugé. Le café n'excite pas plus que le vin ou tout autre boisson alcoolique. Voltaire n'en buvait-il pas soixante-douze tasses par jour ! Aux colonies, on en use, m'a-t-on dit, comme ici de la bière.

Evidemment, entre deux garçons d'esprit comme l'étaient Egault et Lestourges, la conversation ne devait pas durer bien longtemps sur un pareil ton. Aussi, Claude, avec un air indifférent qui déguisait médiocrement une assez vive curiosité, interrogea-t-il monsieur de Lestourges au sujet d'un étranger récemment arrivé à Garocelle. Gaëtan ne fut pas dupe de l'apparente indifférence de son ami. Il eut aux lèvres un sourire malicieux et répondit, en affectant lui-même un égal dédain pour la nouvelle du jour, qu'il ne savait rien à cet égard.

— Vous ignorez même son nom ? reprit Claude.

— On me l'a dit : il s'appelle... attendez... ma foi ! je ne me souviens pas trop... Ah ! Georges de Selves.

— C'est un noble.

— Il paraît, je ne l'ai point vu encore. Sans doute, il sera logé à l'hôtel du *Chamois des Alpes* ?

— Non pas, non pas. Une espèce d'intendant qui l'a précédé de quelques semaines a loué pour lui un appartement complet rue d'Arvan, dans la maison de Salignies. Il paraît que ses meubles sont merveilleux.

Lestourges, en qui décidément nous sommes forcés de reconhaître un garçon railleur et plein de malice, se mit à rire de plus belle.

— Décidément, Claude, mon ami, s'écria-t-il, vous voilà dûment atteint de la maladie provinciale : une véritable épidémie : la curiosité.

— Bah ! il faut bien s'occuper de quelque chose. Du reste, ma curiosité est plus feinte que réelle. Tout ce que l'on dira sur monsieur de Selves ne sera pas aussi anodin.

— Vous avez raison, répliqua Gaëtan, qui redevint sérieux, il sera déchiré à belles dents. Je m'y connais : s'il est riche on l'enviera ; s'il est spirituel, on le jalousera ; s'il a une position quelconque, on cherchera à lui nuire dans l'esprit de ses chefs ; s'il n'est rien, ce sera pis encore : on prouvera clair comme le jour que des raisons graves lui ont fermé l'entrée de toutes les carrières.

L'étranger dont parlait en ce moment le jeune vicomte, faisait, en effet, les frais de toutes les conversations. Nous en aurons la preuve en écoutant, suivant notre droit d'écrivain, les deux groupes dont nous avons parlé dans le chapitre précédent.

Il était arrivé la veille et n'avait point encore paru. Seulement, le soir de son arrivée, les gens bien informés prétendaient l'avoir vu entrer à l'Église, un peu avant l'*Angelus* du soir. Comme il était revêtu d'une pelisse fourrée et qu'un châle épais, enroulé autour de son cou, lui cachait les trois-quart du visage, personne ne pouvait donner son signalement.

L'on suppléait à cela par de nombreux commentaires.

— A propos, dit soudain Claude à son compagnon, quel âge avez-vous, Gaëtan?

Monsieur de Lestourges le regarda d'un air étonné. Cette question lui paraissait assez singulière, d'autant plus qu'elle venait à la suite de la tirade rapportée plus haut. Il n'existait aucune liaison entre l'objet de leur entretien précédent, et cette demande formulée sans aucune préparation.

Il y répondit cependant :

— Mais vous le savez très-bien, Claude : j'ai deux ans de moins que vous. Votre « à propos » est drôlement placé, convenez-en !

Claude parut un peu embarrassé :

— Je l'avoue, dit-il. C'est qu'il me venait une idée, pendant que vous parliez de ce monsieur.

— Et pourrait-on savoir ?...

— Certes, puisque cela vous concerne.

— Allez de l'avant, je suis tout oreilles.

— Mon cher Lestourges, dit Claude posément, vous êtes d'âge à devenir un homme sérieux. Comment se fait-il que vous ne soyez pas membre de l'Académie Garocelloise ?... Chut ! ne répondez pas. Votre père en est, j'en suis... tant de monde en est !... Tenez ! à vous le dire franchement, notre parti n'est pas assez puissant dans cette auguste société ; il y manque l'élément jeune, actif. Les idées libérales y sont largement représentées. En fait de catholiques de l'école de l'*Univers*, je n'y vois que monsieur La Mottière, monsieur Ouzaux, Brissot, votre père et moi : c'est tout. Voulez-vous que je vous présente?

— Mais je n'ai rien fait pour être digne de cet honneur, fit de Lestourges en se récriant. Eh ! de quelle utilité puis-je...

— Mon cher, continua Claude d'un ton délibéré, pour être d'une Académie, il suffit de n'avoir rien fait et de ne mériter ni cet excès d'honneur *ni cette dignité!*... Hein !... vous serez académicien... bon gré, mal gré. Je veux faire une révolution, et j'ai besoin de vous.

III

La partie de tarots de messieurs Ouzaux, Egault , Taulier et Crépinat touchait à sa fin. Notre lecteur ne sait peut-être pas jouer au tarot? Il se trouve alors dans la même position que l'humble auteur de ce roman. Cependant, il nous sera peut-être permis de dire que le tarot est un jeu italien, composé de soixante dix-huit cartes, parmi lesquelles il en est qui représentent des figures, d'autres des épées, des deniers, ou des coupes. L'on nous a dit que ce jeu était d'origine orientale ; que les rois Charles V et Charles VI l'affectionnaient particulièrement. Il nous serait impossible d'en ajouter davantage.

Lorsque la partie eut été perdue par le baron Crépinat, dont c'était l'habitude, un dialogue, vif et animé, s'engagea entre ces quatre honorables Garocellois. Il serait inutile de donner à deviner au lecteur de quel objet s'entretinrent nos personnages. Ce ne pouvait être et ce n'était que de monsieur Georges de Selves, l'étranger arrivé la veille à Garocelle.

— Il paraît, commença le marchand de porcelaines, que nous allons posséder un nouveau concitoyen.

— Oui, dit Ouzaux, monsieur Georges de Selves.

— Son valet de chambre, continua Taulier, est venu m'acheter une quantité de choses. Il semble que monsieur Germain — c'est son nom — est un peu l'intendant, le factotum de son maître. Il a choisi nos plus belles porcelaines, entr'autres ce magnifique service rocaille à filets bleus qui vous plaisait tant, monsieur Egault. En outre, il s'est fait donner mes meilleurs articles en cristal de Baccarat. Va sans dire que j'en ai demandé un prix !... Et payé comptant, vous savez !... Ces étrangers... hum !

Ses interlocuteurs se hâtèrent d'approuver des pieds et des mains les soupçons que monsieur Taulier indiquait presque franchement. La défiance et la méfiance sont deux des principaux traits du caractère garocellois. La première pensée que l'on exprime sur un individu est toujours malintentionnée, souvent méchante.

— Sapredienne ! grogna maître François Ouzaux, notaire impérial, en toussant et en crachant à outrance... il a passé un bail de trois, six, neuf avec madame Voinard. Hum ! Hum ! ça m'a l'air d'un homme calé, ce monsieur de Selves ! Peut-être achètera-t-il des propriétés par ici, sapredienne !

— Vous pensez déjà à grossoyer beaucoup d'actes, s'écria le propriétaire du *Magot de la Chine* avec un gros rire.

— Hum ! Hum ! il faut bien gagner sa pauvre vie, monsieur Taulier ; j'ai six garçons, sapredienne ! et ça coûte cher à élever cette marmaille-là.

Il est bon de remarquer que des six garçons de ce notaire, deux étaient de féroces joueurs de carambolages, tandis que les quatre autres faisaient leurs études, en qualité d'externes, au collège royal de Garocelle. Maître Ouzaux dépensait juste soixante-six francs par année pour l'éducation de ses quatre garçons.

— Oui, vous qui êtes bien... hum ! avec son valet de chambre, hum ! hum ! continua-t-il, vous pourriez bien lui... lui glisser deux mots, hein ? Mon étude est justement au-dessus de votre boutique.

Taulier , monsieur Egault, l'ancien marchand drapier, et le capitaine baron Crépinat n'avaient encore pu glisser le moindre mot, tant le notaire était loquace.

— Ah ça ! vous autres, mugit l'ex-homme de guerre d'une voix de stentor, en roulant des yeux furibonds, saura-t-il jouer aux tarots, ce gringalet ?

Les trois autres firent, en pinçant les lèvres et en écarquillant les yeux, cette grimace expressive qui va dire dans tous les pays du monde :

— Ma foi ! je ne sais pas.

— Dites donc, notaire, demanda Egault, connaissez-vous cette famille de Selves ? Ce nom n'est pas savoyard, il me semble ?

— Hum ! hum ! non, non, non ! connais pas. Ça doit venir de la Normandie, hum ! ou de... de la Bretagne, peut-être.

— C'est un noble, en tout cas !

Le capitaine baron Crépinat fit une petite moue dédaigneuse et s'écria d'un ton dégagé :

— Peuh! noble ? vous savez ? de la noblesse comme ça... Il faut encore savoir ! Mon père me disait que la race se reconnaît au visage, aux pieds et aux mains. On ne l'a pas encore vu ce particulier-là ! Un noble... peuh !

Et le digne baron, second de son lignage, étala avec orgueil des mains semblables à des épaules de mouton, et des pieds dont la chaussure eût avantageusement rempli le rôle de chaloupe de sauvetage.

Egault et Taulier se mirent à rire : ils avaient connu le premier baron Crépinat, qui ne ressemblait point à un Montmorency.

Maître Ouzaux reprit aussitôt la parole. Il n'aimait pas entendre parler de noblesse par l'illustre capitaine, qui se livrait à des appréciations trop fantaisistes, en fait de généalogies et de blason. Malgré ses éternels hum ! hum ! et son juron favori «saprédienne,» le notaire était un homme de bon sens, doué d'un excellent jugement, instruit et bien élevé. Il traitait volontiers de pair à compagnon son parent par alliance, monsieur Egault, avec lequel il avait sympathie de sentiments , d'opinion et d'éducation. Il tolérait Taulier, homme honnête, quoique marchand dans toute la force du terme. En revanche, il supportait mal volontiers le baron dont les habitudes soldatesques, le langage incorrect et la sotte prétention l'exaspéraient. Monsieur Taulier, abonné depuis vingt ans à la *Gazette de France,* appartenait au parti catholique-légitimo-républicain. L'ex-capitaine se posait, faut-il le dire, en partisan effréné de Garibaldi ; il se disait socialiste, communiste, montagnard, sans-culotte, saint-simonien, fourrieriste, hugolâtre, le tout sans bien savoir comment ni pourquoi.

Maître Ouzaux reprit donc la parole :

— Hum ! hum ! en tout cas, ce monsieur me fait l'effet d'un digne homme, saprédienne ! L'on m'a dit que sa première visite avait été pour notre église. Il faisait pourtant bien froid, hier au soir !

— Peste ! s'écria Taulier, il avait un superbe coachman de drap de Louviers, doublé d'une fourrure d'astrakan. Un vêtement de quinze louis, au moins. L'on peut se promener, malgré la neige et le froid, quand on se paye des pardessus de trois cents francs !

Décidément, ces bonnes gens ne sont pas assez méchants pour intéresser notre lecteur. Comment ! ils sont disposés à la bienveillance, au lieu de médire et de calomnier ! Allons donc !

Ah ! croyez-le, messieurs Varçon, La Mottière et le jeune Athenulphe n'étaient point faits ainsi. Ils disséquaient à belles dents
ce pauvre monsieur de Selves et, tout en le déchirant, ils atten-
daient avec impatience le moment de le voir, et de causer avec lui
et de l'exploiter, si faire se pouvait.

— Qu'est-ce que cela peut bien être, monsieur de Selves ? disait
avec un ton mêlé d'ironie et d'envie mal déguisée, le célèbre
docteur Varçon, matérialiste, libre-penseur et libre-viveur. C'est
un aristocrate, sans doute, un voltigeur de Louis XV.

— Qui nous ramènera la dîme, la corvée, et cœtera! interrompit
le tendre Athenulphe.

Ce nom d'Athenulphe nous ravit en extase !...

—Un revenant de l'ancien régime, recommença l'Esculape, un
mascarille, un jodelet.

— De ces hommes qui nient la thérapeutique moderne, braila
le pharmacien; de ces hommes qui... que... de ces hommes dont...

Cette ardente éloquence était dépensée en pure perte : ni le docteur, ni l'avocat n'écoutaient le petit jeune homme, tout conseiller
municipal qu'il fût. Monsieur Varçon cherchait dans tous les re-
coins de sa cervelle quelques-unes de ces phrases à effet dont il ne
manquait jamais de régaler ses confrères, lors de la réunion de la
société médicale, au chef-lieu du département. Du reste, il parlait
avec trop d'affectation pour être sincère ; il était trop savant pour
croire lui-même aux balivernes qu'il débitait. Sa démocratie ne
tenait qu'à un fil. Il eût fallu moins que rien pour lui faire faire
volte face, et l'on peut être sûr que si Sa Majesté le roi de Sardaigne l'avait créé baron, ce jacobin manqué fût resté ce qu'il était :
un chaud partisan de la monarchie et de la religion. En devenant
démocrate, il était devenu hautain, arrogant et fier; il ne savait pas

dire « monsieur » à un ouvrier et se montrait, en action, plein de mépris pour la classe laborieuse qu'il exaltait en paroles.

Nous pouvons faire, en vingt lignes, l'histoire de Priam-Hermogène Varçon. Il avait parcouru une brillante carrière. Docteur en médecine et en chirurgie à vingt-sept ans, docteur ès-science trois ans plus tard, il occupait une chaire de professeur à l'université de Turin. Le roi Charles-Albert le créa, en 1843, chevalier des SS. Maurice et Lazare ; un remarquable ouvrage sur la botanique et la faune du duché de Savoie lui valut la médaille du mérite civil. Un procès en captation de testament — car le docteur était cupide—le fit disgracier, et le roi, peu soucieux de confier l'enseignement à des hommes tarés, le força de donner sa démission. Le docteur, alors, changea de système. Il profita de son influence pour faire une vive opposition au gouvernement ; il se mêla aux troubles de 1848 ; signa la proclamation de la république allobroge, s'enrôla dans les rangs des *Voraces* et devint, à Chambéry, un homme populaire. En 1852, une petite commune, où il possédait quelques terres, l'envoya comme député au Parlement. Il vota la loi Siccardi sur le vol des biens appartenant aux ordres religieux, s'enrôla sous la bannière du ministère Cavour, s'affilia aux carbonari et aux francs-maçons, et devint l'homme de paille des différents comités révolutionnaires. Son mandat expiré, ses commettants se gardèrent bien de le réélire. Sa femme, une demoiselle Bouton de Champré, fit prononcer une séparation de corps et de bien ; le docteur était ruiné, il revint à Garocelle et se contenta d'une petite clientèle et des sept à huit cents francs de rente qui lui restaient.

Notre lecteur connaît maintenant le Varçon ; chemin faisant, nous dirons quelque chose de La Mottière et d'Athenulphe Marteret.

Monsieur La Mottière, l'avocat le plus distingué de Garocelle et des lieux circonvoisins, jugea qu'il ne lui serait point malséant d'émettre sa propre opinion sur l'étranger. Ce fut d'une voix doucereuse qu'il prononça les paroles suivantes :

— Il faut être prudent, docteur ! Athenulphe, il faut être prudent ! Je n'augure pas grand chose de bon de ce personnage que je me permettrai d'appeler étrange. Conçois-tu, Varçon ? Athenulphe, imagines-tu ? Ce monsieur n'a point encore daigné me rendre visite, à moi. Le premier devoir d'un homme bien élevé n'est-il pas de visiter tout d'abord le maire de la ville où il apporte ses lares ? Eh bien ! moi, je suis le maire, moi !... Et il n'a pas daigné venir me présenter ses hommages... Cet homme m'est suspect !

On voit la gradation. Monsieur de Selves fut d'abord un personnage, puis «ce monsieur» et enfin «cet homme». Les avocats sont prolixes, chacun le sait. Monsieur La Mottière, ayant jugé à propos de prendre la parole, voulut profiter de ses avantages. Au moment où le docteur allait répliquer, il coupa court à toute velléité d'interruption en lui offrant une prise de tabac ; Athenulphe, à son tour, ouvrait la bouche pour dire quelque sottise, mais l'avocat lui posa la main sur le bras et lui fit signe de se taire. Il huma, avec une lenteur solennelle, une large prise dont la moitié s'éparpilla sur le plastron empesé de sa chemise et reprit, en accentuant plus vivement son débit :

— Oui, cet homme m'est suspect, à moi ! J'ai voulu savoir ce qu'il en était. Moi, je ne me laisse pas tromper, voyez-vous. J'ai feuilleté deux heures durant le Dictionnaire des vingt-cinq mille adresses et savez-vous ce que j'ai trouvé ?

Sans laisser à ses interlocuteurs le temps de lui répondre, il poursuivit :

— J'ai trouvé trois messieurs de Selves. L'un, G. de Selves, marquis de Glarens, attaché à l'ambassade d'Autriche. Ce ne peut être celui-là, car le nôtre n'est ni marquis ni secrétaire d'ambassade. Un homme de cette importance ne viendrait pas habiter Garocelle. Qu'y ferait-il ?

— Parbleu ! appuya P. H. Varçon.

— Que diable ! ponctua l'intéressant Athenulphe.

— Hum ! hum ! grogna, là-bas, le notaire qui tendait avidement l'oreille.

Et Taulier, monsieur Egault, le baron Crépinat, ajoutèrent en chœur.

— Parbleu ! certes !.., Ah oua ! par exemple !

Monsieur La Mottière se rengorgeait et jouissait de voir sa perspicacité si bien appréciée. Il se bourra le nez de tabac et reprit, en haussant la voix d'un demi-ton :

— Le second de Selves a pour prénom Maurice. Il habite Bayonne et fabrique du chocolat.

— Un contrebandier espagnol, insinua doucement Athenulphe. Le nôtre s'appelle Georges. C'est peut-être un fils ou un frère.

— Qui sait ?

— Le troisième, ah ! le troisième, reprit le timbre suraigu du docteur, arrivé à son plus haut diapason ; le troisième c'est bien autre chose.

Ces messieurs le dévoraient du regard ; pas une seule syllabe de ses paroles n'était perdue, et madame Nicrabeau les transmettait soigneusement aux pratiques auxquelles elle vendait pour deux sous de café, à emporter. Aussi un quart des Garocellois disaient déjà à leurs amis et connaissances que M. de Selves était ambassadeur *incognito* et que son séjour à Garocelle avait un but politique Deux autres quarts faisaient de l'étranger un réfugié espagnol, un évadé des présides, un fabricant de chocolat qui venait pour purger sa contumace et ouvrir un restaurant à l'instar de Paris. Tout cela

Le Trésor.   3

était un peu confus, un peu embrouillé, mais ceux qui ne comprenaient pas étaient traités d'imbéciles, si bien que tout le monde comprenait parfaitement.

La voix du plaidant, nous voulons dire de l'avocat, prit une inflexion triomphante :

— Le troisième, s'écria-t-il, était commissaire de police à P***. Or, dans le journal de lundi dernier l'on contait une mystérieuse histoire sur le commissaire de P***. Il s'agissait d'abus de pouvoir, de vol qualifié, de séquestration, que sais-je? Est-ce le nôtre?... voilà! Ce qui m'étonne, c'est que cet individu ne soit point encore venu me montrer ses papiers. S'il n'est pas venu demain, je les lui envoie demander par le garde-champêtre, moi.

Et tout Garocelle demeura convaincu, dix minutes plus tard, que monsieur Georges de Selves était un repris de justice. L'avocat La Mottière, maire et président de l'Académie, l'avait assuré!

IV

ÇA ET LA, QUELQUE PART, AILLEURS ENCORE

Notre lecteur, en sa qualité d'homme intelligent, sera certainement bien aise de faire plus ample connaissance avec le pays où nous l'avons conduit. Notre devoir nous obligerait donc à lui décrire Garocelle et ses mouvements, à lui faire l'histoire de la ville et de la province, à lui présenter enfin ses grands hommes passés et ses gloires contemporaines. D'un autre côté, consacrer à remplir ce devoir un chapitre ou deux ne serait pas sans inconvénients. Puisqu'il nous a plu de masquer le théâtre de notre récit et d'encapuchonner les auteurs de notre comédie, il serait fâcheux que l'homme d'esprit à qui nous offrons ces pages, eut l'audace de nous deviner et de débarrasser notre histoire des voiles que nous avons tendus pour empêcher des reconnaissances intempestives.

Placé entre notre devoir à accomplir et nos intérêts privés à sauve garder, nous tâcherons de satisfaire à tous les deux et, tout en contentant le lecteur, de ne pas nous mécontenter nous-même. Cela posé, commençons.

Garocelle a cinq mille habitants. C'est un chef-lieu d'arrondissement qui renferme sous-préfecture, tribunal de première instance,
recette particulière, et, en général, toutes les administrations dont
le gouvernement buraucratique et paperassier auquel nous avons
le bonheur d'être soumis, inonde les plus petites villes. Le clergé se
compose d'un curé, de deux vicaires, du chapitre de la collégiale
Saint-Emilien et des dix professeurs du Petit-Séminaire.

Comme toutes les villes de la Savoie, Garocelle est situé au centre
d'une jolie vallée, très-fertile, entourée d'une chaîne de gigantesques montagnes, et arrosée par un torrent, petit ruisseau l'été, fleuve
majestueux l'hiver. Les montagnes sont couvertes jusqu'au premier
tiers de leur hauteur de vignobles ; jusqu'au second tiers, de pâtura-
ges ; le reste s'ombrage d'immenses forêts de sapins. Dans la vallée
on cultive un peu de tout : blé, froment, seigle, avoine et pommes
de terre. Des champs de maïs s'alignent aux bords des chemins et
ont rêver aux vastes champs de cannes à sucre des colonies.

La ville n'est pas précisément belle ; elle ne possède ni boulevard, ni bois de Boulogne, ni square ; ces inventions modernes
n'ont point tenté l'ambition de ses édiles ; ils ne daignent pas espérer à la gloire d'un trop célèbre démolisseur. Le gaz, le macadam
et l'asphalte sont inconnus à Garocelle. On s'y éclaire avec du pétrole ;
on y marche sur un bon pavé, bien pointu, bien entrecoupé d'or-
nières profondes. Les fragments de trottoir qu'on y voit sont en
pierre taillée. L'architecture fragile de l'époque n'y est nullement
en grand honneur ; on n'y voit point des maisons-bonbonnières avec
des murs épais de quelques pouces, des chambres grandes comme un
mouchoir de poche et des escaliers où l'on ne peut pénétrer qu'à la
condition d'être réduit à l'état de squelette. Cependant, l'on y bâtit
présentement certains édifices publics dans ce goût-là ; édifices
ornés de sculptures admirables taillées dans du beurre solidifié.

Dans cinquante ans, nos fils rebâtiront cela. Voilà où le progrès en est à Garocelle.

Une rue très-longue, large de quelques mètres et bordée sur une partie de sa longueur par les fameux portiques, traverse la ville d'un bout à l'autre. Chaque tiers de la longueur porte un nom particulier. Elle commence en faubourg Vially, se continue en rue des Portiques et se termine en avenue Solférino. Deux autres voies la coupent à angle aigu. L'une, rue Saint-Jacques dans la partie basse, rue d'Arvom, dans la ville haute ; l'autre, boulevard de la Gare d'un côté, rue Chérubin, de l'autre. Vous voyez cela d'ici : la forme de Garocelle est une croix de Lorraine à deux branches.

Le commerce tout entier s'est réfugié sous les Portiques, rue Saint Jacques et boulevard de la Gare. Le clergé est retiré dans la rue Cherubin, où il ne passe pas dix personnes par an. L'aristocratie bourgeoise et les deux ou trois familles nobles de Garocelle habitent la rue d'Arvom, faubourg Saint-Germain de cette cité fameuse.

Quelques mots des monuments garocellois... L'Eglise remonte au VIIIe siècle : elle appartient au style roman de la bonne époque. Ses pleins cintres à moulures, ses colonnes massives, ses chapiteaux sculptés et ses peintures byzantines ravissent de joie les rares touristes archéologues qui la viennent visiter. Elle renferme plusieurs beaux spécimens du style gothique : des reliquaires, des stalles et une chaire, merveilleusement ouvragés par ces grands artistes inconnus du XVIe siècle.

La mairie est l'ancien hôtel de la famille de Brussol, éteinte depuis trois siècles en la personne de Gérard de Brussol, syndic noble de Garocelle, dont la statue se trouve sur la place devant le Palais de Justice. Ne vous avisez pas, si jamais vous allez à Garocelle de demander à visiter « la mairie » !... Il faut dire l'Hôtel-de-Ville sous peine d'être conspué. C'est un joli bijou gothique, à fenêtres lancéolée, à tourelles encorbellées, coiffées de toits pointus. Un architecte imbécile a cru bien faire en remplaçant les armoiries des Brussol *de sable au lion armé et lampassé d'argent, au chef de gueules soutenu d'une fasce d'or*, par un aigle impérial en zinc repoussé !

Le Palais de Justice est installé dans l'ancien couvent des Augustins, fondé en 1071 par le comte Amédée I. La révolution française, dont le contre coup se fit sentir même dans ce petit pays, chassa les bons moines de leur maison qui devint propriété nationale. On admire surtout la salle d'audience, l'ancien réfectoire des Pères. Le cloître, couvert d'une immense verrière, s'est transformé en salle des pas perdus et ne ressemble pas mal à une serre géante.

Quelques fontaines, deux ou trois statues, les ruines ensevelies sous le lierre des anciens remparts, achèvent de donner à Gorocelle un aspect des plus pittoresques.

La rue d'Arvom possédait — et possède encore — l'inestimable privilége de loger les notables habitants de Garocelle. Ainsi l'hôtel de Lestourges, belle construction du temps de Louis XIII, était flanqué à droite, de la maison La Mottière, à gauche de la maison Egault, à la suite de laquelle venait l'hôtel de Salignies.

L'hôtel de Lestourges, avec ses pavillons en retour sur le corps de logis, ses hautes fenêtres à frontons et à jambages de pierre, ses balcons évidés à jour, avait un aspect vraiment seigneurial. Malheureusement on y voyait des traces de la ruine de ses propriétaires. Ainsi les volets pendaient, à demi-arrachés de leurs gonds; les salles du rez-de-chaussée, malgré leurs plafonds peints à fresques, leurs hautes cheminées sculptées, servaient de fruitiers, de greniers à fourrages, de pressoirs, de buanderie. Les belles boiseries avaient été vendues ainsi que les meubles précieux, et de toute cette ancienne splendeur, il ne restait plus rien. La famille habitait le premier étage. Le second était condamné. Sous le principal balcon, au-dessus de la porte d'entrée, il y avait un écu portant *d'or à la croix pattée de gueules cantonnée de quatre fleurs de lys du même*; sur une cartouche entourant l'écu on lisait cette devise énigmatique : *Un jour viendra* !

En revanche, la maison La Mottière possédait un aspect confortable et cossu. Les murs étaient blancs, les volets verts, le toit rouge. Deux plaques de cuivre décoraient les côtés de la porte cochère. On lisait sur l'une ; LAMOTTIÈRE; *avocat*; sur l'autre, *Le docteur Varçon*. Le docteur occupait, en effet, le second étage de ce logis.

L'habitation de la famille Egault n'offrait rien de bien caractéristique. C'était un grand corps de bâtiment avec deux ailes en retour sur la rue ; une grille à fers de lances dorés allait d'une aile à l'autre et formait une espèce de cour, ornée, au centre, d'un jet d'eau, à sec depuis longtemps. Des quatre enfants de monsieur Egault, nous connaissons déjà l'aîné. Louis, le second, une de ces bonnes natures, simples, cordiales, ouvertes à tous les bons sentiments, venait d'atteindre sa majorité. Second clerc de l'étude Ouzaux , toute son ambition se réduisait à devenir un jour notaire.

Son frère, un joyeux garçon de quinze ans, faisait tranquillement sa rhétorique au collège de RR. P. Jésuites de M....département du R. ..

Mademoiselle Paule Egault, la perle de Garocelle, était, à seize ans, dans tout l'épanouissement de sa beauté. Des cheveux d'un blond cendré, des yeux bleus, un teint blanc et rose, un air de candeur et de bonté répandu sur ses traits délicats, en faisaient la jeune fille la plus admirée du pays. Son caractère doux, conciliant; sa vertu, sa charité, son ardeur et son habileté pour toute espèce de travaux, la rendaient le modèle de ses compagnes. Nous avons certaines raisons de croire que le monsieur vicomte Gaëtan de Lesourges ne se montrait pas insensible aux qualités physiques et morales de la jeune fille.

Il nous reste encore à parler de l'hôtel de Salignies. Notre lecteur voudra bien nous pardonner cette longue description.

En 1824, le marquis Jerôme de Salignies de Bergamasque, dernier héritier de la célèbre famille génoise de ce nom, ne possédait pour toute fortune que l'hôtel dont nous allons parler, une vigne qui lui rapportait, bon an, mal an, dix-huit cents francs, outre le vin de sa maison, et des rizières de mince valeur, dans la province de Verceil. Il vendit ses rizières, réalisa un capital de trente mille francs qu'il plaça en rentes sur l'Etat et revint habiter Garocelle, son pays natal. Sa pension de retraite.— il était intendant-général de Nice — montait à cinq mille francs. Il se trouvait donc à la tête d'un revenu modeste mais suffisant. Pen !ant vingt ans il vécut avec une stricte économie, si bien qu'il doubla son capital. En 1844 l épousa une demoiselle Voinard, Sigismonde-Léocadie, fille majeure d'un procureur, qui lui apporta trente mille écus de dot. Lors des affaires de 1848, monsieur de Salignies acheta de fort belles terres à prix vil et, lorsqu'il mourut, sa fille hérita d'une fortune généralement estimée à un demi million.

La marquise suivit promptement son mari au tombeau. C'était une femme de goût, très-bien élevée, aussi peu « procureuse » que possible. Elle fit réparer à son gré l'hôtel de son mari, et sut lui rendre son cachet d'originalité, sa beauté primitive. Le père Voinard voulut bien payer l'architecte et les maçons.

A l'époque où commence notre récit, deux femmes, mademoiselle Sylvie de Salignies, et madame veuve Voinard, née Ouzaux, sa tante, habitait l'hôtel. Sylvie était, dans toute l'acception du mot, une étrange personne. Son caractère froid, calme, hautain ; sa parole brève et lente ; ses manières glaciales, inspiraient peu de sympath'e. Elle n'avait point d'amie, ne recevait aucune visite, n'allait jamais dans le monde. La seule jeune fille qu'elle semblât désirer pour compagne était Paule Egault. Celle-ci pourtant se tenait sur la réserve, attendait que mademoiselle de Salignies lui adressât la parole ; elle n'avait point encore pénétré chez l'orpheline ; la fière Sylvie, de son côté, ne se souciait point faire les premières avances.

Mais si l'héritière de Salignies vivait silencieuse et retirée, sa vénérable tante agissait différemment ; madame Volnard, quoique septuagénaire, menait la vie d'une femme de quarante ans. Elle courait p rtout, s'invitait à toutes les parties, à toutes les fêtes, à toutes les soirées. Il ne se donnait pas un dîner qu'elle n'y parût. Petite et maigre, encore svelte et agile, avec des cheveux blancs, coquettement disposés en tire-bouchons qui encadraient bien son visage ridé, illuminé par deux yeux vifs, au regard spirituel, elle affectait de suivre la mode, s'habillait avec recherche et dédaignait les couleurs sombres, les cachemires, les carricks de sa jeunesse. La seule chose qu'elle eût conservée, était un répertoire varié de chansons et de romances du temps de l'Empire ; elle fredonnait sans cesse, répondant à une question par un couplet.

Cette amusante vieille faisait, on doit le comprendre, assez triste ménage avec sa petite nièce. Elle s'en consolait en passant les trois quarts de sa journée hors de la maison.

Il serait assez à propos de dire maintenant quelque chose de celle-ci. Elle datait de la Renaissance. Bâtie par un réfugié génois, le marquis Bergamasco, dont le nom, les armes et les biens avaient passé deux siècles plus tard aux Salignies, par un mariage entre l'héritière du marquis et le premier baron de Salignies, issu d'une branche cadette de la maison de Lestourges, c'était un véritable palais italien, percé de fenêtres bilobées à meneaux de pierre admirablement fouillés. Une large corniche, haute d'un mètre, chargée d'arabesques d'enroulements, de chimères, d'écussons sculptés avec cette délicatesse propre aux artistes florentins, entourait le sommet de l'édifice que couronnait une élégante balustrade. Le toit formait terrasse. Le pavillon central se composait de deux portiques superposés, chacun de six colonnettes cannelées à chapiteaux de marbre. Une galerie supportée par des cariatides régnait des deux côtés du pavillon sur toute la façade.

Pour terminer, disons que derrière chaque maison s'étendait un grand jardin clos d'un mur élevé, empêchant toute communication entre les voisins. En outre, un assez large espace de terrain isolait l'hôtel de Salignies.

De l'autre côté de la rue, il y avait une rangée de constructions très-ordinaires, habitées par la bourgeoisie, et qu'une rue étroite séparait du faubourg de la Chartreusine.

Juste en face de l'hôtel de Lestourges s'ouvrait un beau magasin, fermé de glaces magnifiques derrière lesquelles s'étalaient des bocaux rouges, bleus, verts, jaunes, des instruments de chirurgie, des mortiers, des pilons, en un mot tout l'arsenal des apoth... des pharmaciens.

Une enseigne encadrée d'une bande d'or portait ces mots écrits en lettres rouges sur un fond bleu : *Athenulphe Morteret, pharmacien.* La même légende se détachait en lettres de cuivre sur la glace formant le panneau central. A gauche, une fenêtre ogive ornée de vitraux éclairait le laboratoire. Non pas celui où le pharmacien préparait ses drogues, comme on pourrait le croire, non . la chambre en question était le cabinet, sanctuaire où messire Athenulphe se livrait à ses élucubration archéologiques, numismatiques, héraldiques et historiques.

Et lorsqu'il n'était pas renfermé dans le *Sanctus Sanctorum*, on le voyait, appuyé sur le chambranle de la porte, la pipe à la bouche, contempler mélancoliquement les maisons d'en face et méditer sur les vicissitudes des choses humaines.

V

En quittant le café du *Commerce*, vers deux heures, le docteur Varçon et monsieur La Mottière se dirigèrent ensemble vers leur commune demeure. Athenulphe, lui, attendit Innocent Delphin pour aller faire une promenade aux ruines du manoir de Saint-Marin. Nous planterons là ce pharmacien archéologue et son insupportable compagnon, pour suivre la gloire du barreau garocellois et l'ancien député au Parlement.

La gouvernante de l'avocat l'eut à peine aperçu qu'elle s'élança à sa rencontre, la main gauche gantée d'un soulier, la main droite armée d'une brosse. La pétulante Louison daignait lustrer, à ses moments perdus, les chaussures de monsieur l'avocat.

— Bon ! pensa celui-ci, il y a du nouveau ! mamzelle Louison est toute rayonnante.

— Est-ce qu'on est venu me demander ? interrogea vivement le docteur, qui voyait avec peine le nombre de ses malades se restreindre de plus en plus.

Louison haussa les épaules.

— Ah ! bien, oui ! s'écrie-t-elle, avec ça que vous avez des pratiques, mossieu le docteur !... Ah ! bien, oui ! monsieur, il y a là-haut, dans le cabinet de monsieur, un monsieur qui voudrait parler à monsieur.

Mamzelle Louison avait des prétentions au beau langage. Elle donnait le ton aux cuisinières et rédigeait verbalement à leur usage un code de la civilité puérile, mais honnête. Le lecteur peut affirmer que toutes les gouvernantes ne pèchent point par excès de politesse.

— Qu'est-ce que c'est que ce monsieur ? demanda l'avocat dont le visage s'éclaira d'une lueur d'espoir.

— Connais pas ! Il m'a dit son nom, mais, va te promener... je m'en rappelle pas... C'est un monsieur noble, voilà !

— Où l'as-tu fait entrer ?

— Dans vot' cabinet, dame ! Ousque vous voulussiez que je le fissasse introduire, monsieur ?

— C'est bon ! dit La Mottière, sans prendre garde au français fantaisiste de Louison. Prie-le d'attendre, et, dans cinq minutes, conduis-le au salon. Docteur, à tout à l'heure, hein ?

L'avocat employa les cinq minutes qu'il avait demandées à passer un habit noir, à la boutonnière duquel il suspendit son ruban violet d'officier d'académie, faute d'autre décoration. Puis il se rendit au salon, où il trouva son visiteur, debout et le chapeau à la main.

C'était un homme de trente à trente-cinq ans, d'une taille élevée et bien prise, vêtu avec une simplicité qui n'excluait nullement l'élégance. Il ne portait aucun bijou, sauf un solitaire de la plus belle eau qui brillait à son petit doigt. Ses traits fins et réguliers, ses yeux noirs, aux paupières frangées de longs cils, son teint d'une pâleur mate, ses cheveux d'un noir de jais, frisés en boucles brillantes, annonçaient une origine méridionale. Ses mains gantées étaient d'une forme et d'une petitesse tout aristocratique.

L'avocat le salua en murmurant quelques mots sans suite.

L'étranger s'inclina courtoisement. Il y avait dans ses mouvements quelque chose de la gracieuse calinerie de la race féline. Il parla. Son accent flattait l'oreille par son harmonie cadencée : il grasseyait un peu, articulait posément chaque mot : sa voix était douce, un peu traînante.

— Monsieur, dit-il à l'avocat lorsqu'ils se furent assis en face l'un de l'autre, je me nomme Georges de Selves...

La Mottière crut devoir faire la révérence.

— Et je viens, continua l'étranger, vous offrir mes devoirs, en qualité de nouveau citoyen de la ville, dont vous êtes le premier magistrat.

Nouvelle révérence du maire, à ce compliment à brûle-pourpoint. La Mottière prit à son tour la parole, et, d'une voix tant soit peu solennelle :

— Vous êtes le bienvenu dans notre antique cité, monsieur, dit-il ; vous y serez reçu comme vous le méritez, car je vois que j'ai l'honneur de parlerrr à un homme des plus distingués, monsieur ! à un homme d'élite, monsieur ! Moi, l'on ne me trompe pas... Il me faut cinq minutes pour déchiffrerrr la physionomie de quelqu'un, monsieur. Or, j'ose dire que vous me paraissez...

— Je vous en prie ! interrompit monsieur de Selves, légèrement surpris de cette réception enthousiaste, pas de compliments, je n'en mérite aucun.

Le maire puisa dans sa tabatière une large prise.

— Et vous venez, monsieur ? reprit-il avec un accent interrogateur.

— De bien loin, je vous assure ! Je suis né sous le tropique et j'ai longtemps habité les climats chauds. Une maladie de foie m'a forcé d'abandonner ma patrie ; et, depuis trois ans, j'ai parcouru l'Europe. Mon médecin m'a ordonné d'habiter quelque temps un pays froid. Il me conseille même d'y passer le reste de ma vie. Je n'aime pas les grandes villes, monsieur le maire, je suis accoutumé au sans-façon, à la cordialité des relations sociales : ce sont des vertus que l'on ne trouve qu'en province.

— C'est vrai, monsieur de Selves, et je crois que vous aurez ici le genre de vie que vous cherchez.

— Tant mieux, si vous dites vrai. L'on m'a beaucoup parlé de la Savoie. C'est un pays que j'aime, et... c'est un peu mon pays.

— Vraiment ?

— Oui, monsieur. Ma bisaïeule, une Lestourges, avait pour mère une demoiselle de Salignies.

— Oh ! très-bien ! très-bien ! monsieur. Nous avons ici les familles de Lestourges et de Salignies encore subsistantes. Je m'étonne que le comte Charles-Félix ne m'ait jamais parlé de cette alliance que votre nom, si souvent prononcé depuis huit jours, eut dû lui rappeler.

— Monsieur, c'est de ma bisaïeule maternelle, madame la baronne de Surpierre, que j'ai l'honneur de vous parler.

— Très-bien, monsieur, je comprends alors que monsieur de Lestourges... votre famille n'est point, néanmoins, originaire de nos contrées, car je saurais, moi...

— Les Selves viennent d'Espagne, monsieur le maire ; ils sont divisés en trois branches. La première est représentée par le marquis Gabriel de Clarens, attaché à l'ambassade d'Autriche, les

Glarens ayant suivi les héritiers de Charles-Quint en Allemagne.
La deuxième a pour chef mon cousin, issu de germain, le duc de
Pinhel, grand d'Espagne, qui réside à Trieste, auprès de l'infant
don Carlos. Je suis le dernier de la branche cadette. Le marquis
don Juan de Selves, comte de Los Reyes, mon regretté père, avait
épousé une dame de la maison d'Alencastre, dont la mère était une
Surpierre, la fille même de celle dont je vous entretenais tantôt.

La Mottière recueillait avidement ces détails et les casait avec
soin dans sa mémoire. Il triomphait. Songez donc ! Le premier, il
apprenait la vérité sur l'étranger qui avait tant préoccupé l'opinion
publique... De son côté, monsieur de Selves, auquel nous donne-
r.ns désormais le titre de marquis dont il vient de parler pour la
première fois, monsieur de Selves, disons-nous, avait appris par
son valet de chambre, Germain, les bruits que l'on faisait courir
sur son compte. Germain, normand doublé de manceau et de breton,
c'est-à-dire sournois, rusé, curieux et entêté, s'était procuré, sans
avoir l'air d'y toucher, des renseignements très-détaillés sur les
personnages divers que nous avons déjà fait paraître sur la scène.
Doué de cette pénétration, de cette perspicacité particulière aux
créoles, son maître comprit qu'en s'adressant à La Mottière, il serait
promptement connu. C'est pourquoi, afin de couper court à tous
les commentaires, il vint visiter l'avocat. Il voyait fort bien que cet
homme lui faisait subir un véritable interrogatoire, mais il mettait
de son côté sa fierté et se hâtait de répondre à toutes les questions
de son hôte pour être enfin libre de ses actes et de ses paroles.

L'avocat voulut en savoir davantage encore :

— Et sans doute, insinua-t-il, vous habitiez les colonies espa-
gnoles ? Madère, peut-être ? les Canaries ?

— Non, monsieur, tous mes biens sont à Cuba. J'y possède, entre
la Trinidad et Santo-Espiritu, aux pieds des Sierras, une vaste

habitation que mon commandeur, don Fernand Soraiz, exploite avec beaucoup d'habileté et d'honnêteté.

— Ah ! vous avez, sans doute, des esclaves ?

— Peuh ! quelques centaines.

— Et votre plantation vous rapporte beaucoup ?

— Ah ! ma foi ! vous m'en demandez plus que je n'en sais ; mon valet de chambre pourrait vous dire cela au juste... En somme, je crois que le revenu ne dépasse guère quarante ou cinquante mille quadruples... environ.

Pour le coup, le bon avocat fut abasourdi. Un homme qui ignorait le chiffre de sa fortune ! qui parlait d'un air détaché de ses plantations, de ses esclaves ! qui évaluait, par à peu près, son revenu à trois ou quatre cent mille francs !.. Mais un tel homme était un phénix.

— De plus, continua Georges sans faire attention à la stupéfaction de monsieur La Mottière, j'ai, au Mexique, une mine d'argent qui me rapporte un peu plus du double, sans parler de ce que l'on me vole.

L'avocat, ébloui, n'en fit ni une ni deux : il se leva, s'avança d'un air ami vers son visiteur et lui serra cordialement les deux mains .. Le prestige de richesse l'emportait... Monsieur de Selves eût-il été un forçat libéré, monsieur La Mottière en faisait son ami... Une fortune de dix à douze millions... L'avocat croyait rêver... Le marquis n'était pas sans s'apercevoir de l'effet qu'il produisait, il parvint à cacher un sourire dédaigneux et murmura à part lui :

— Le veau d'or !...

Monsieur La Mottière jugea inutile de poursuivre plus loin ses investigations. De formidables chiffres exécutaient devant ses yeux des sarabandes fantastiques... Il voyait miroiter à ses regards des piles de lingots d'or, des ballots de piastres, des charretées de qua-

Le Trésor   4

druples... A quoi bon demander autre chose ? Le marquis de Selves était riche, immensément riche. Que pouvait-il ajouter ? Cependant, il eut peur que ce colossal capitaliste ne vint à Garocelle qu'en passant et il exprima naïvement ses craintes de ne pas avoir à cultiver pendant longtemps la connaissance de monsieur de Selves.

— Avec une fortune semblable, déclara-t-il, monsieur le marquis ne peut songer à s'enfouir dans un petit trou de province ?

— Vous vous trompez, répondit gravement Georges de Selves. Je compte m'installer définitivement à Garocelle. On est heureux partout où il y a du bien à faire. D'ailleurs le pays est agréable, la ville est pittoresque : on y trouve le calme et la tranquillité. La société n'y manque pas. Voyez, continua le jeune homme en montrant à l'avocat son calepin chargé de noms écrits au crayon, voilà une liste des visites que je veux faire. Je compte voir d'abord mon parent, monsieur de Lestourges.

— Il n'habite pas Garocelle, pour l'instant, monsieur. Voici quinze jours qu'il est à Turin avec la comtesse et sa fille, pour un procès où les restes de sa fortune sont engagés.

Une expression chagrine rembrunit le charmant visage du créole.

— Oh ! balbutia-t-il d'un ton peiné, monsieur de Lestourges est pauvre ?

— Il a mangé tout son bien... Bonne famille, mais...

Le marquis l'interrompit :

— Vous avez pour locataire le docteur Varçon, monsieur le maire, quel homme est-ce ?

L'avocat réfléchit un instant. Il voulut faire croire à Georges qu'il méditait ses paroles, mais le jeune homme n'en fut pas dupe, surtout lorsqu'il l'entendit lui débiter avec volubilité les tirades suivantes :

— Hum ! c'est un démocrate, monsieur ! un ancien député qui

fut mêlé aux troubles de 48... un libre-penseur, un matérialiste, monsieur. Il a de l'intelligence... je ne dis pas, mais pauvre tête, voyez-vous, pauvre tête ! C'est moi qui l'ai protégé, je lui ai réuni une clientèle... Sans moi, véritablement, Garocelle serait un pauvre pays ! J'ai fait beaucoup... Ce pauvre Varçon ! vous ne sauriez croire combien il est... Que voulez-vous ? Ces gens-là ne font rien comme les autres ! du reste, vous le verrez ; il est conseiller municipal, membre de notre Académie... une société savante que j'ai fondée, monsieur...

Georges interrompit ce flux de paroles. Il se sentait des bourdonnements dans les oreilles et n'était pas fâché de s'en aller. Il prit donc congé du docteur en lui disant qu'il ferait, le lendemain, les visites dues à ses nouveaux concitoyens, et qu'il n'oublierait pas monsieur le docteur Varçon.

La Mottière l'accompagna jusqu'au bas de l'escalier.

A peine monsieur de Selves fut-il au tournant de la rue, que La Mottière, le visage en feu, les yeux brillants, escalada quatre à quatre les degrés et fit irruption dans le cabinet où le docteur Varçon donnait ses consultations. Le docteur, plongé dans un moelleux fauteuil, goûtait les charmes de la lecture : il tenait, pour l'instant, un volume de Voltaire, édition Touquet. Effaré, il leva les yeux sur son propriétaire. Sans lui laisser le temps de prononcer une parole, celui-ci engouffra sa vaste corpulence dans un fauteuil moelleux, absorba une copieuse pincée de tabac, et débita tout d'une haleine les paroles suivantes :

— Varçon ! je viens de voir monsieur de Selves... C'est un marquis, parent des Lestourges et de la petite Salignies... affligé d'une hépatite et de huit cent mille livres de rente... Il a des mines à Cuba et des plantations au Mexique... Non, ça ne fait rien... c'est la même chose, seulement, c'est absolument le contraire : les mines sont au

Mexique et le reste à la Havane... Prodigieux !... un homme d'esprit, beau cavalier... Tu seras son médecin... Je lui ai parlé de toi avec des éloges exagérés... Penses donc ! vingt millions !... où diable l'argent va-t-il se nicher... Docteur, j'étouffe... j'étrangle.

La Mottière bondit sur son fauteuil, se leva, arpenta fiévreusement le parquet et termina en buvant coup sur coup trois verres d'eau glacée...

Le soir, il rêvait qu'un hippogriffe l'emportait à Cuba... qu'il devenait l'époux de la fille d'un marquis et que, devenu millionnaire, il ne mangeait plus que du pain en argent avec la croûte en or...

Et maintenant notre lecteur connaît aussi bien que nous monsieur le marquis de Selves. Il est donc inutile de faire une biographie de ce personnage, et nous sommes ravi que cette tâche ingrate nous soit épargnée.

VI

Monsieur Egault appartenait à la bourgeoisie aisée ; sa famille habitait Garocelle depuis quatre siècles que Pierre Egault, page d'écurie du duc Amédée VIII était devenu châtelain de Garocelle. Elle avait fourni des magistrats, des chanoines, des syndics ; en 1796, c'était la seule qui n'eût pas émigré ; des revers de fortune la firent déchoir, mais seulement au point de vue pécuniaire. Son chef actuel, d'abord destiné à l'administration, se vit toute carrière libérale interdite par son peu de fortune. Il créa donc un fond de marchand drapier. Dès qu'il eut une position assurée, il épousa mademoiselle Annette Ouzaux, nièce du notaire et de madame veuve Voinard. Cette union l'allia aux familles les plus distinguées de Garocelle ; mademoiselle Sylvie de Salignies, par exemple, devenait sa nièce à la mode de Bretagne. Après vingt ans de labeur, monsieur Egault se retira du commerce : il possédait six mille francs de rentes, une belle maison, un vaste jardin ; à Garocelle, c'est la richesse.

Madame Egault, à quarante-cinq ans, conservait toute la fraî
cheur d'une jeune femme; au moral, c'était la femme de l'Evangile:
Elle resta à la maison et fila de la laine. En vingt ans, elle n'avait
pas fait dix visites; ses relations se bornaient à sa parenté, qu'elle
réunissait parfois à sa table. Les seuls étrangers admis dans son
intimité étaient un vieux chanoine de saint-Emilien, monsieur l'abbé Julien Morteret, cousin du pharmacien Athenulphe, et les rares
amis de Claude. Madame Egault et sa fille vivaient donc dans une
demi-réclusion.

Quelques jours après l'arrivée de monsieur de Selves, elles tra-
vaillaient dans un petit salon du rez-de-chaussée. La mère cousait
une jupe de gros drap, évidemment destinée à quelque petite fille
pauvre. Paule brodait au métier. Sous ses doigts de fée naissaient
des camélias et des roses qui eussent lutté de coloris avec les fleurs
dont l'inépuisable bonté de la Providence a semé nos jardins.

Depuis un instant elles ne causaient plus. Quelle femme, même
vertueuse et bonne, peut rester silencieuse dix minutes durant?
Madame Egault fut la première à prendre la parole, d'une voix au
timbre doux et voilé:

— Il y a bien longtemps, dit-elle, que tu n'as pas vu mademoiselle Courchamps; y a-t-il quelque chose entre vous, mon enfant?

— Mais non, maman, répondit Paule. Seulement cette chère
Edith consacre tout son temps à Clarisse. J'espère bien qu'elle
me viendra voir aujourd'hui.

— Clarisse?

— Toutes les deux, chère maman. Figures-toi que Clarisse revient
toute heureuse de son voyage à Turin, malgré le malheur qui a
frappé son père. La perte de ce procès ne l'inquiète nullement.
Elle m'a dit qu'elle avait des pressentiments joyeux.

— Hélas! interrompit madame Egault d'un ton soucieux, c'est

à peine s'il reste à monsieur de Lestourges quelques bribes de sa fortune. Que deviendra-t-il maintenant ? Il a deux enfants, une fille à marier, c'est un grand souci, Paule, quand on est issu d'une grande maison !

— Tu ne sais donc pas, maman ?

— Quoi donc ?

— Monsieur de Selves vient d'acheter l'hôtel de Lestourges quarante mille francs ; au lieu d'un immeuble tout-à-fait improductif, le comte possède un petit capital qui double son revenu. Il habitera pendant l'été la commanderie, et pendant l'hiver l'appartement du second qu'il s'est réservé.

Madame Egault leva sur sa fille un regard étonné, en se pinçant les lèvres pour ne pas laisser échapper un sourire. Elle posa les mains sur ses genoux et répliqua d'un ton légèrement railleur :

— Tiens ! tiens ! tiens ! voilà que les petites filles se mettent à faire des chiffres, à s'occuper d'économie sociale. Paule, ma fille, tu portes donc un bien vif intérêt aux Lestourges ?

Paule ne répondit pas ; mais l'ardente rougeur qui empourpra ses joues roses ; la façon dont elle baissa les yeux et pencha la tête sur sa poitrine furent pour sa mère une réponse très-suffisante. Madame Egault hocha la tête, et, cessant de faire courir l'aiguille dans les gros plis de l'épaisse étoffe de ratine, elle sembla se réfugier dans une profonde et mélancolique méditation. Ses traits, tour à tour illuminés d'un rayon d'orgueil ou assombris par d'inexplicables retours sur elle-même, offraient alors une excessive mobilité et réflétaient les sentiments les plus opposés. Elle semble prendre tout-à-coup son parti et laisse échapper à demi-voix quelques mots en reprenant son travail où elle l'avait laissé.

— Au fait ! pourquoi pas, murmura-t-elle avec un petit accent dégagé. L'on en a vu bien d'autres ! du reste, ma tante Salignies !

Paule respectait — et pour cause — le silence de sa mère. Ses joues s'empourpraient d'une légère teinte rose qui relevait l'éclat de ses grands yeux expressifs. Elle aussi caressait des pensées charmantes et laissait vagabonder dans les champs de l'infini cette folle du logis dont les poètes se méfient trop hautement, oubliant que charité bien ordonnée commence par soi-même. Et certes, l'ange gardien qui veillait auprès d'elle et l'ombrageait de ses ailes blanches et diamantées dut sourire à ces pensées chastes et pures, à ces rêves naïfs où le cœur et l'esprit se révélaient dans toute leur candeur, dans toute leur sérénité.

Madame Egault darda sur sa fille qui baissait les yeux un de ces regards mystérieux dont les mères ont le secret et que les enfants surprennent au vol, tout en détournant la vue.

— Il y a quelque temps déjà que tu n'as vu ta cousine Sylvie?

— Oh! maman, je crois que Sylvie est bien malade. Elle est pâle! pâle! pâle! J'ai des larmes dans les yeux quand je la vois. Elle n'aime rien en ce monde, Sylvie, et je crois que son cœur a un immense besoin d'affection. Mais elle garde le silence quand je l'interroge à ce sujet. Elle me témoigne quelque amitié. Eh bien! maman, jamais elle ne m'appelle autrement que mademoiselle!

— Est-ce possible!

— J'ai essayé de lui dire un jour, bien doucement, Sylvie. Elle m'a lancé un regard... Oh! maman, j'ai vu qu'elle était fâchée. Ce n'est pas fierté, cependant, ni méchanceté! Elle est sauvage. Penses donc! voilà déjà dix ans qu'elle n'est sortie que pour aller à la messe à Saint-Emilien. Figures-toi qu'elle ne connaît personne! Oh! mais personne. Quand elle entend chanter Louis dans le jardin, ou que Claude apparaît au bout d'une allée, elle s'enfuit comme... comme une sylphide.

Madame Egault était songeuse. Elle voyait que Paule saisissait avec un empressement assez mal déguisé l'occasion de changer de conversation. Ce flux de paroles, cette vivacité de gestes, cette facilité à changer d'idées, de sujet, cette variété de détails, cette profusion de mots, cachaient un trouble profond. Se pouvait-il que les quelques phrases du dialogue précédent eussent jeté dans le cœur de la jeune fille une si cruelle perturbation? La mère en voulut avoir le cœur net.

— Et de quoi parlez-vous, lorsque vous passez des heures entières à causer à travers la grille du fond du jardin? demanda-t-elle d'un air, en apparence, indifférent.

Paule feignit d'avoir mal entendu et répondit à cette question par une autre question. Décidément, c'était une jeune personne de beaucoup d'esprit.

— Je t'assure, maman, s'écria-t-elle avec volubilité, qu'il doit y avoir un secret entre mademoiselle de Salignies et le reste de la famille, car elle...

— Ce n'est pas ce que je te demande. Pour en finir avec cela, je te dirai franchement la vérité. Oui, il y a un secret. Sylvie ne m'a jamais adressé la parole : elle ne connaît ni ton père, ni tes frères; elle ne reçoit absolument que le bon chanoine Morteret et mon oncle Ouzaux. Elle a fermé sa porte à monsieur de Selves dont tu me parlais tout-à-l'heure, à mesdames de Lestourges, et l'on prétend...

— Elle me parle bien souvent de lui, pourtant, s'écria vivement Paule, qui, s'apercevant qu'elle venait d'entamer une demi confidence, rougit à plaisir et ne put retenir un geste de dépit qui fit sourire sa mère.

— Qui *lui*? interrogea celle-ci.

Paule balbutia quelques mots sans suite. Il paraissait évident qu'elle aimait mieux ne pas répondre. Sur un nouveau regard de sa

mère, elle reprit un peu d'assurance et put dire, avec une indifférence trop affectée pour être véritable :

— Mon Dieu ! maman, elle dit beaucoup de bien de *lui*; ai-je dit,
lui ? C'est de monsieur de Lestourges que je parle. Elle vante son
caractère chevaleresque, son courage à supporter l'adversité, sa foi
inébranlable.

— Et ne parle-t-elle jamais que du comte, ma fille ?

Paule baissa les yeux et ne répondit pas.

Madame Egault se remit à coudre en silence. Une expression
chagrine envahit sa physionomie. La mère et la fille, très-embar-
rassées toutes les deux, ne savaient trop comment renouer leur
conversation. Il existait désormais un petit secret entre elles, secret
qui n'en était pas un pour la mère, mais que Paule n'osait divul-
guer plus explicitement. L'arrivée de madame veuve Voinard vint
dissiper ce nuage.

La petite vieille, affublée d'une robe de soie jaune à raies noires,
d'un talma de velours doublé et bordé de satin, entra comme un
ouragan. Elle fredonnait :

> Bonjour, mon ami Vincent,
> La santé comment va-t-elle ?

Il eut fallu voir comment Paule accueillit cette occasion de faire
diversion ! Elle sauta au cou de la bonne dame, l'accabla de questions et de compliments, de câlineries, si bien que madame Voinard avait peine à reconnaître sa jeune amie ordinairement si
calme et si réservée.

Naturellement, la causerie prit un tour plus vif et plus accentué que
vint encore augmenter la présence de madame Aurore Courchamp,
épouse très-considérée d'un écrivain distingué, monsieur Siméon
Courchamp, rédacteur en chef du journal quotidien *La Minerve*,

organe du parti catholique de l'arrondissement dont Garocelle est le chef-lieu. Monsieur Courchamp, affligé d'une paralysie des membres inférieurs qui le clouait sur son fauteuil, sortait quelquefois en voiture, mais ses apparitions dans la ville étaient signalées comme un véritable phénomène. En revanche, sa femme, encore jeune et jolie malgré ses trente-huit printemps, se montrait partout et ne perdait pas une occasion de se divertir.. Elle voulait, disait-elle, se distraire des préoccupations que lui donnait la santé de son cher mari. Or, elle le voyait aux heures de repas seulement et lui laissait, comme garde-malade, sa fille Edith, charmante enfant de dix-huit ans, qui détestait le monde et préférait la compagnie de son père à tous les plaisirs.

L'inconsolable Aurore, d'une voix larmoyante, donna d'abord à ces dames d'assez mauvaises nouvelles de la santé de son mari, puis elle ajouta sans transition :

— Mesdames, je parie que je suis la première à vous apprendre une grande nouvelle !

— Voyons ? s'écria la petite madame Voinard, d'un ton où perçait une incrédulité manifeste.

— Le comte de Lestourges a vendu son hôtel au marquis de Selves, qui vient de faire appeler un architecte de Paris pour restaurer de fond en comble la vieille masure; l'architecte est arrivé aujourd'hui même. Le comte se retire à Saint-Vulpian. Il habitera son manoir de la Commanderie, lequel est une espèce de palais à revenants que je n'habiterais pas pour tout l'or du monde. En attendant que son hôtel soit prêt, monsieur de Selves conserve l'appartement qu'il a loué chez mademoiselle de Salignies, c'est-à-dire le rez-de-chaussée et le premier étage. Et voilà.

Madame Courchamp rayonnait en commençant son petit speech,

mais elle fut désappointée en voyant qu'il produisait beaucoup moins
d'effet qu'elle ne l'attendait.

Madame Egault lui dit fort tranquillement que ses nouvelles
étaient déjà vieilles d'un jour.

> Tra la, la, la,
> Tra la, la, la.
> Ce n'est pas du nouveau
> Que vous contez, landerinette,
> Que vous contez, mon beau !

Chanta madame veuve Voinard.

Et la vieille dame poursuivit, sans laisser à la belle Aurore le
temps de riposter :

— J'en sais plus long. Il y a demain grand dîner chez l'avocat
La Mottière, dîner de gala, *in fiocchi*, à midi précis. Le héros de la
chose est notre locataire, c'est-à-dire le locataire de ma nièce, qui
est aussi le mien, attendu que les cousins des cousins étant cousins entre eux... Mais je m'embrouille dans ma démonstration.

> Il faut être bien bête,
> Grand Dieu ! pour croire à ça !

Varçon en est et puis mon frère Ouzaux, sapredienne ! Brissot,
le libraire, aussi, et Lestourges père et fils , et Taulier, et le capitaine baron Crépinat, tout le monde, quoi !

La bonne vieille, moitié riant, moitié chantant, sans cesse en
mouvement, car elle ne pouvait tenir en place, parlait avec volubilité, et sa langue n'émettait plus aucun son que ses lèvres remuaient encore. Un vrai moulin à paroles.

— Je vous assure que vous m'étonnez, madame, dit méchamment
Aurore. Monsieur La Mottière n'est point prodigue ; il est assez
parcimonieux ; à la rigueur, on pourrait dire avare.

— Oh ! bien certainement il en pleurera pendant huit jours, dit madame Voïnard, mais il veut éblouir le brillant marquis ; il songe déjà à le faire entrer au sein de l'Académie, et le cousin Georges, qui n'est pas Béranger, ne saura même pas lui répondere.

Non, *l'avocat,* non, je ne veux rien être !

Le lecteur aura sans doute remarqué le silence de mademoiselle Egault. Paule n'aimait guère à se mêler de ces caquetages, à ces médisances. Elle ne cessait point de broder et, comme disait plaisamment la veuve, elle donnait audience à ses pensées. Madame Voïnard s'aperçut que l'entretien languissait. Elle n'avait plus rien à dire. C'est pourquoi elle partit, après avoir embrassé sur les deux joues Paule, sa mère et la belle Aurore. Son âge lui permettait ces façons matermelles.

On entendait encore crier ses bottines sur le parquet de l'antichambre que madame Courchamp dit d'une voix moqueuse :

— Voulez-vous que je vous dise ! Elle va faire une douzaine de visites pendant chacune desquelles elle répètera ce qu'elle nous a dit et s'enquerra de petits cancans en cours de publication. La bonne dame fait la chasse aux anecdotes.

Après quoi elle partit à son tour, enchantée d'avoir dit une méchanceté.

VII

Le style, c'est l'homme, a dit un grand écrivain ; le mobilier, c'est l'homme, s'écrie à son tour un observateur. Ces deux axiômes ont du vrai. Il est facile de reconnaître, dans la façon dont un homme se loge et se meuble, les traits dominants de son caractère.

L'appartement que monsieur Égault avait permis à son fils Claude de se choisir au second étage de la maison, pourrait servir de preuve aux assertions ci-dessus exprimées. Il se composait de deux pièces, un salon et une chambre à coucher. Le salon, vaste, à plafond très-élevé, éclairé par deux fenêtres, communiquait avec la chambre à coucher par une large ouverture cintrée, drapée, ainsi que la porte d'entrée, de portières en cretonne bleue, semée de bouquets aux couleurs vives ; à droite et à gauche de cette ouverture, deux étagères suspendues à la paroi étaient chargées d'une foule de bibelots de toutes provenances : porcelaines, cassettes, baguiers, ivoires sculptés, curiosités naturelles. Entre les deux

fenêtres, tendues de rideaux semblables aux portières, on voyait
un canapé en crin bleu et blanc, flanqué de fauteuils et de sièges
semblables.

En face de ce meuble, une immense table à pieds tors supportait
une quantité de journaux, de papiers, de porcelaines et de livres.
Le piano, œuvre de Pleyel, s'adossait à ce meuble massif. Un secrétaire en acajou moucheté trônait, isolé, presqu'au centre de la
pièce; tout contre la paroi, un grand corps de bibliothèque renfermait un millier de volumes élégamment reliés. Un guéridon en
laque, un medailler et deux cartonniers surmontés de bustes antiques, achevaient de meubler ce salon, ou, pour mieux dire, de
l'encombrer.

Le papier gris à fleurs de lys argentées qui décorait les murs
disparaissait sous une incroyable quantité de dessins et de tableaux, confondus en un pittoresque pêle-mêle. Il y avait là des
peintures chinoises sur papier de riz, des peintures indiennes sur
mica, des pastels régence, de vieux tableaux enfumés de l'école
flamande, un ou deux eaux-fortes de Rembrandt, des esquisses
et des dessins, souvenirs de camarades affectionnés, des fragments de vitraux et des émaux à la façon de Petitot. Ces œuvres
d'art, bien choisies, étaient entremêlées d'armes, d'éventails, de
chasse mouches, de pipes disposées en trophées.....

A travers l'ouverture et par l'entrebaillement des courtines, on
voyait, dans la chambre à coucher, un petit lit placé debout à la
mode italienne, entouré de rideaux blancs ; un lit monastique, une
vraie couchette de pensionnaire, sans sommier, sans matelas, sans
oreiller. Ce lit, une table à toilette, une armoire, un chevalet en
chène sculpté et une boite à couleurs, composaient l'ameublement très-simple de cette cellule. Sous le dais, suspendu au-dessus

du chevet, il y avait un beau Christ d'ivoire sur une croix de bois noir.

Tout, dans ce logis, respirait le calme et la simplicité. L'on ne trouvait pas ce beau désordre que Boileau prétend être un effet de l'art... chaque chose était à sa place, et, malgré l'aspect bric-à-brac du salon, il n'y régnait ni confusion ni chaos. Les livres, les papiers dénotaient l'homme d'étude ; les bibelots, le collectionneur ; le chevalet et le piano, l'artiste. Ces couleurs grise et bleue s'harmonisaient bien, et n'offensaient pas la vue par des tons criards, une recherche prétentieuse. Il y avait loin de là à ces velours cramoisis, à ces dorures, à ces glaces, à ces éblouissants tapis si goûtés des bourgeois « cossus ».

Le propriétaire de toutes ces choses charmantes, Claude Égault, était, comme nous l'avons dit, un jeune homme de vingt-deux à vingt-trois ans, d'une taille moyenne, jouissant d'une excellente santé, et d'un rare bons sens. Quoiqu'elle fût sans beauté, sa physionomie ne manquait pas d'originalité ; des yeux noirs, abrités sous des lunettes de myopes, de sourcils bien fournis, très-arqués, un front large, carré, déjà ridé, et couvert de protubérances, des cheveux plats, châtain clair, le nez droit, les lèvres épaisses et rouges, une fine moustache rousse, voilà son portrait. Il serait difficile de peindre l'excessive mobilité de ses traits, fortement accentués, mais sans dureté. Ils exprimaient la douceur, la réflexion, la fierté, la mélancolie, la gaîté, à dérouter les plus fins disciples de Lavater.

Au moral, Claude était généralement bon, accessible à l'affection, expensif, gai par moments, triste quelquefois, rêveur toujours, d'une sensibilité extraordinaire, impressionable sur plusieurs points, tout à la première impression. Il aimait le travail avec passion, avait fait d'assez bonnes études, et se destinait *in petto*, à la carrière littéraire.

Tandis que madame Égault conversait avec ses deux visiteuses, tandis que Paule rêvait aux familles ruinées, et calculait ce que peuvent donner de revenu quarante mille francs bien placés, Claude recevait chez lui le héros du jour, monsieur le marquis de Selves. Pour expliquer les rapports d'amitié si promptement établis entre ces deux jeunes gens, hâtons-nous de dire qu'une lettre du meilleur ami de Claude, monsieur Louis de Lespinay, lui avait été remise par monsieur de Selves, qu'elle recommandait chaleureusement.

Georges pénétrait chez Claude pour la première fois. Il ne fut point surpris de l'aspect pittoresque de l'appartement dont nous donnons ci-dessus une si minutieuse description, ce qu'il avait déjà observé du caractère de Claude, l'avait prémuni contre toute surprise.

Les premiers compliments échangés, il s'assit et promena autour de lui un regard curieux. Claude le laissa tout admirer à son aise, puis il lui dit avec un fin sourire :

— Que dites-vous de tout ce bric-à-brac, mon cher monsieur Georges.

— *Caramba !* vous avez là un fort joli petit musée, mon ami. Claude s'inclina et répondit avec une nuance d'ironie :

— Bah ! vous en avez vu bien d'autres ! Tout cela n'a de mérite réel qu'à mes yeux. J'ai réuni pièce à pièce tous ces objets qui vous paraissent disparates, mais entre lesquels il existe des liens secrets, des affinités mystérieuses... Je vous conduirai, tout à l'heure, si vous avez le temps, chez un collectionneur autrement habile que moi, et qui possède des richesses inestimables.

— Vous l'appelez ?

— Monsieur Brissot, monsieur Joseph Brissot. C'est le libraire qui demeure sous les portiques, à côté du café du *Commerce*.

— Ah ! très-bien... J'accepte volontiers.

Sur ce, monsieur de Selves poussa un grand soupir.

— Qu'avez-vous donc ? lui demanda Claude avec intérêt. Vous poussez des soupirs capables d'enfler les voiles d'un trois-mâts...

Le marquis haussa les épaules et répliqua, en souriant, d'un ton où perçaient à la fois le dépit et la curiosité !

— N'avez-vous pas reçu d'invitation pour demain, cher monsieur Claude ?

— Si... Je dîne demain chez M. La Mottière, notre illustrissime avocat, maire et président : le *moi* personnifié, le « Je » incarné ; l'homme qui sait tout, qui voit tout, qui entend tout et qui fait tout... Une mouche du coche bourdonnante, grognante, suante, agaçante, fatigante, mirobolante...

Georges exhala un nouveau soupir :

— Assez ! assez ! interrompit-il, rien qu'en me parlant de lui vous m'agacez les nerfs ! Voilà précisément ce qui m'ennuie, je suis invité comme vous chez cet ennuyeux personnage, et j'y dois rencontrer diverses gens avec lesquels je ne sympathise nullement.

— Et qui donc ?

— D'abord ce docteur Varçon auquel je n'ai point encore pu me décider à faire une visite. Si vous saviez, monsieur Claude, combien je déteste ces faux démocrates, ces libéraux pour rire, vous comprendriez ma répugnance à m'asseoir à la même table qu'eux.

— Oh ! je vous comprends très-bien ! je n'aime pas plus que vous ce Varçon... Le capitaine baron Crépinat m'ennuie... sans

parler des gens qui me sont odieux ou indifférents, et dont je de-
vrai subir les politesses. Ma foi ! il faut faire contre fortune bon
cœur ! Vous offenseriez monsieur La Mottière en vous excusant...
D'un autre côté, vous devez vous accoutumer aux usages de la province où l'on fait bonne figure à des gens que l'on enverrait volontiers se... promener ailleurs.

— Vous avouerez que cette hypocrisie qui donne tout aux apparences et qui vous force à serrer la main à un homme qu'intérieu-
rement vous méprisez, est en complet désaccord avec la morale.

— C'est vrai, mon cher monsieur, c'est une nécessité très-dure,
très-pénible, j'en conviens. Toutes relations sociales seraient im-
possibles si l'on tenait à l'écart cette espèce de gens pour lesquels
on n'éprouve qu'indifférence ou mépris. Vous comprenez mes opinions : elles sont bien tranchées, bien arrêtées, bien... publiques,
si j'ose le dire ! Eh bien ! cela n'empêche pas les Varçon, les
Crépinat, les Morteret, de m'arrêter au passage, de me serrer la
main, de me faire avaler force compliments dont ils ne pensent
pas le premier mot. En dedans, ils enragent, et leur sourire, bien
souvent, masque à peine une affreuse grimace. Il faut les supporter et garder vis à vis d'eux les apparences de respect, de la consi-
dération, voire de l'amitié !.. Vous en passerez par là, comme les
autres !

— Oh ! nous verrons bien, s'écria Georges d'un air de défi.

— Comment ? que voulez-vous dire ?

— Je n'épargnerai personne, soyez-en sûr. Grâces à Dieu, ma
position me met à l'abri des rancunes de ces messieurs. Je leur
parlerai donc franchement... carrément... vous verrez ! Et je veux,
non seulement n'avoir pas à les subir, mais encore m'imposer à
eux-mêmes.

— Vous ne réussirez pas.

— Vous verrez, mon jeune ami ! D'abord, je serai reçu mercredi prochain à l'Académie Garocelloise...

Claude ne put s'empêcher de sourire.

— Puis, ajouta le marquis, je veux acheter des terres par ici, et me former une influence solidement assise. Je vous réponds qu'avant une année les menées de ces gens-là auront cessé de corrompre votre pays, pour peu que je m'en occupe.

Claude saisit la main du créole et lui dit en fixant sur lui un regard plein d'affectueux respect :

— Je vous le souhaite, de bon cœur ! mais le mal est grand, et vous aurez bien de la peine. Je sais que vous êtes animé d'un ardent amour du bien, et que vous avez la fièvre du dévouement. Croyez-moi, vous vous briserez contre ces cœurs de bronze.

Il serait temps peut-être de quitter le ton léger que nous avons pris pour commencer notre histoire, véridique de tous points, d'adopter le ton sérieux qui conviendrait au fond dramatique de ce récit. Les faits que nous développons ne sont point de nature à faire frissonner le lecteur, non plus qu'à le guérir du mal de mélancolie. Il y a de tout, du drame et de la comédie, du vaudeville et du poème épique. Nous avons choisi autour de nous des caractères que nous observons depuis plusieurs années, et, en les reproduisant ici, nous prétendons faire plutôt une galerie de portraits qu'un roman à intrigues, à effet. Cependant, que l'on nous permette de se répéter, le rire cache bien souvent les larmes et sous d'apparentes plaisanteries, il y a de cruelles réalités.

Depuis longtemps déjà, il s'était formé à Garocelle un noyau de gens plus ou moins pervertis qui conspiraient ouvertement contre les idées et les pratiques religieuses, contre ce que l'on est convenu de nommer le parti clérical. Ils avaient fondé, en opposition à *la Minerve*, un journal de l'école des feuilles démagogiques de Paris, et ne cessaient d'attaquer les personnalités les plus respectées, les opinions les plus respectables. Sous le voile d'une anonymie inexpugnable, le docteur Varçon, Athenulphe Morteret, et leurs amis se livraient à des injures, à des provocations de toute espèce. Leur masque ne devait pas tarder à tomber.

En dehors des attaques du *Libéral*, on essayait d'organiser des manifestations publiques, de susciter des embarras au clergé, de soulever de petits scandales. C'était la guerre à coups d'épingle, à coups de griffes, et pour être souterraine, la persécution n'en était que plus acharnée. Il s'était donc formé deux partis à Ga. ocelle. L'un, minorité influente et riche, sapait les institutions catholiques, et trouvait une grande liberté d'action dans le mystère dont il s'entourait. L'autre, composé de la majorité des hommes intelligents, travaillait avec persistance à repousser l'invasion des doctrines athées, de théories dangereuses, dont le siècle se repaît et dans lesquelles il met ses espérances.

L'on comprendra mieux maintenant la portée de l'entretien du marquis de Selves avec le jeune Claude Egault. Leur causerie se prolongea pendant plus d'une heure. Sans aucun doute, un plan de conjuration fut élaboré entre eux : nous saurons plus tard à quoi nous en tenir. Il était trois heures lorsqu'ils sortirent, bras-dessus bras-dessous pour aller visiter le libraire, monsieur Brissot, dont Claude avait tant vanté les riches collections.

Comme ils atteignaient la porte d'Arvom, qui sépare la rue de ce nom de la rue des Portiques, il furent arrêtés par Innocent Delphin. Le cocodès avait fait une triomphante toilette. Ses cheveux, séparés au milieu du front par une raie qui se prolongeait sur la nuque, s'abritaient sous un chapeau microscopique ; un veston d'étoffe anglaise, couleur *chose* d'oie, dessinait son torse trapu ; un pantalon collant de nuance *culot-de-pipe*, à larges bondes vertes, emprisonnait ses jambes massives comme des pieds d'éléphant ; ses grosses mains étaient gantées de peau de chien d'un rouge brique, et sa cravatte écossaise retombait sur un gilet de velours grenat à revers de satin *vert metternich*. Il connaissait fort peu Claude Egault. Néanmoins, le sourire aux lèvres, il s'approcha de lui, le salua gauchement, espérant être présenté au brillant marquis de Selves.

Son attente ne fut point déçue, Claude se tourna vers Georges, et lui dit, en prenant un ton solennel :

— Monsieur le marquis, j'ai l'honneur de vous présenter monsieur Innocent Delphin, l'un de nos *sportmen* les plus distingués.

— Extrêmement enchanté... murmura Georges.

Le reste se perdit dans un profond salut. Le marquis faisait des efforts inouis pour comprimer une violente envie de rire.

— Qu'est-ce que cette caricature ? s'écria-t-il lorsque le Delphin se fut éloigné, et pourquoi cette présentation ?

Claude lui répondit avec un accent très-sérieux :

— Mon cher monsieur, vous n'êtes point diplomate. Cette caricature, comme vous dites, c'est un garçon très-riche, horriblement bête, infatué de sa lourde personne, se trouvant beau, joli, bien fait, bourré d'esprit. C'est un sot... mais il est riche et remplit des fonctions semi-officielles. Il est secrétaire de monsieur le...

Claude acheva le reste à voix basse et reprit un peu plus haut :

— Nous conspirons, cher monsieur. Or, des conspirateurs doivent chercher à s'appuyer sur l'autorité même qu'ils veulent renverser. Innocent Delphin nous sera très-utile... il faut le cultiver.

VIII

QUI RESSEMBLE UN PEU, BEAUCOUP, AU PROCÈS-VERBAL D'UN COMMISSAIRE PRISEUR.

Oh! comme il avait raison de se croire heureux, cet excellent monsieur Joseph Brissot, libraire juré et patenté, membre de l'Académie de Garocelle et du Comité d'Archéologie de la Valdyse, président de la conférence de Saint-Vincent-de-Paul, de la Société des Joyeux Chansonniers et du Cercle Choral dit La Lyre Garocelloise ! Tous ces titres, que lui valaient ses mérites comme savant, comme artiste, comme homme de bien, accompagnaient son nom et son prénom mis en belles capitales sur l'enseigne de son magasin, Brissot, libraire, etc., se glorifiait de posséder deux trésors qu'il croyait incomparable : son musée et... l'ut de poitrine.

Oui vraiment, Joseph Brissot lançait l'ut de poitrine à faire crever de dépit Tamberlik et Duprez... Il montrait un musée à faire damner Sauvageot, du Sommerard et Campana... Il était à la fois le plus grand ténor et le plus habile collectionneur qu'il fût possible de trouver sur notre bienheureuse planète.

Il avait quarante ans et ne se connaissait aucun parent sur terre, à l'exception d'une demi-douzaine de cousins, tous beaucoup plus riches que lui. Il n'attendait aucun héritage, ne songeait point à se marier, vivait en célibataire aisé, partageant son temps entre deux passions : la musique et la *bricabracologie*. Au physique, Brissot ne réalisait point le type classique du vieux savant. C'était un petit homme grassouillet, portant un ventre proéminent sur deux jambes très-courtes, large de carrure, les épaules emmanchées de longs bras, la tête posée sur un cou apoplectique. Sa face rougeaude respirait la bonhomie. Un regard clair et vif, un sourire narquois, un front bombé, intelligent, corrigeaient la vulgarité de son visage. Il marchait en se dandinant, les mains derrière le dos, et n'allait jamais plus vite ou plus lentement.

Été comme hiver, on le voyait vêtu d'un confortable vêtement en étoffe anglaise de couleur verdâtre, coiffé d'un chapeau gris à larges bords à forme haute et pointue, assez semblable à la fameuse coiffure des *bousingots* de 48 et que l'on nomme, en Savoie, un « Cavour » en souvenir du fameux ministre piémontais.

Georges et Claude le rencontrèrent sous les Portiques, où, selon sa coutume, il se promenait de long en large en flânant, laissant son magasin à la garde de son premier commis, lequel était *premier*, parce qu'il n'y en avait pas de second. Claude savait monsieur Joseph Brissot très-formaliste; il lui présenta donc le marquis de Selves avec toutes les formes voulues par les lois de l'étiquette.

Brissot, très-liant de sa nature, quoique égoïste au suprême degré, ne tarda pas à parler très-familièrement à ce grand seigneur en qui il voyait un connaisseur. Et ce mot connaisseur renfermait tout, pour lui. Il englobait toutes les qualités que peut et doit posséder un homme intelligent. Aussi s'empressa-t-il de conduire ces messieurs dans son appartement, et les fit entrer dans le *sanctus sanctorum*.

C'était une vaste salle, éclairée sur la rue d'Arvom par deux hautes fenêtres à ogives tréflées, que Brissot avait fait décorer en style gothique sur les plans du comte de Lestourges. Son cabinet d'antiques avait une valeur réelle, mais le collectionneur, saisi par la rage de surpasser tous ses confrères, dépréciait le prix de son musée en donnant comme authentiques un nombre considérable de copie et des objets de provenance douteuse qu'il prétendait être des reliques historiques. Ainsi, le libraire fit admirer à ses deux visiteurs des bracelets ayant appartenu à Cécile Passerose, seconde femme du comte de Savoie, Amédée IV; l'armure complète du comte Rouge, la lance d'Humbert aux Blanches-Mains; le casque d'Abd-Er-Rhaman; le glaive d'Annibal, le manteau ducal qui servit au couronnement d'Amédée VIII, et la croix pastorale de ce ce prince lorsqu'il fut devenu le pape Félix V; le livre d'heure de la bienheureuse Marguerite de Savoie...

Que dire encore? Joseph Brissot possédait tant de choses remarquables : des cristaux de Venise, des porcelaines de la Chine et du Japon, des cocos sculptés à Haïti, des casse-tête des îles Sanwich, des nattes et des sagayes de Madagascar; des coffrets de sandal venus de l'Inde, des souliers à talons de topaze ayant appartenu à la marquise de Pompadour, et une décoration du duc de Reischtadt.

Sans compter l'éperon d'Oger le Danois, la masse d'armes de Lancelot, l'épée de Renaud et la couronne d'Armide, le fameux oliphant du paladin Roland et la coupe dans laquelle Charles-le-Chauve but le poison de Sédécias.

Et les tableaux !

Tous les tableaux de maîtres! Giotto, Raphaël, Rubens, Van-

Dick, Téniers, Rembrandt, Van-Ostade, Salvator Rosa, Philippe de Champaigne, le Poussin !...

Et à côté des peintres, les sculpteurs !

Michel-Ange, Gian Bologna, Donatello et Canova !

Il y avait même — notre lecteur voudra bien ne pas douter de notre affirmation — un Zeuxis authentique et une *Diane*, de Praxi-tèle, munie de tous ses parchemins.

Ce musée était, hélas! un capharnaüm où les objets les plus disparates se trouvaient côte à côte. Quelques véritables originaux du divin Sanzio, de Rubens et de Tintoret, étaient tout étonnés de se trouver à côté de mauvaises croûtes de l'école française; une belle aiguière d'un artiste florentin, élève de Benvenuto Cellini, dominait les statuettes sculptées à coups de hache par les naïfs artistes du Bas-Empire et des coupes lacustres dont la forme était complétement dénuée d'élégance.

Sur un chevalet se voyaient cinq belles toiles, dues au pinceau d'artistes savoyards : une *Crucifixion*, de Georges de Florence, élève de Giotto et de Cimabué; un Portrait d'Anne de Chypre, de Jean Le-geret ; une *Adoration des Mages* et un *Massacre des Innocents* d'O-doard Viallet, élève de Cremonini et du Tintoret, l'une des gloires de l'école Vénitienne, écrivain distingué, qui mourut après avoir doté de chefs-d'œuvre un grand nombre d'Églises de Venise; le dernier tableau était un portrait de Jean d'Arenthon d'Alex, évêque-prince de Genève, que de la Monce peignit à Annecy en 1666, lors de la canonisation de saint François de Sales, et qui fut gravé par Bou-cher, à Lyon en 1695.

— Vous voyez, dit Joseph Brissot, du ton de l'orgueil satisfait, vous voyez, monsieur le marquis, que même dans nos petites villes on peut réunir de belles choses.

— En effet, monsieur, j'ai visité la plupart des grandes galeries de l'Europe, et, sans vouloir faire une comparaison qui pourrait vous sembler moqueuse, je vous avoue que dans bien des collections royales on ne trouve pas certains objets que vous possédez.

L'on peut s'imaginer combien Joseph Brissot fut gonflé d'orgueil, en entendant cet éloge donné à sa persévérance, à son flair si vanté. Il ressemblait, à cet instant, à un paon qui fait la roue.

— Tout cela m'a coûté bien de l'argent et bien des peines, reprit-il. Vous ne sauriez croire, monsieur, combien il faut de patience pour réunir tant d'objets qui, tous, ont été trouvés dans la province.

— Ah! vraiment, s'écrie le marquis étonné. Mais comment se fait-il que vous ayez trouvé ces tableaux de maîtres...

— Dans ce coin ignoré du monde? acheva le libraire en riant. Je vais vous le dire. Nous avions, autrefois, à Garocelle, une abbaye de bénédictins, un prieuré de franciscains, un couvent de camaldules et plusieurs maisons de religieuses. Les églises de ces différentes communautés étaient richement ornées ; l'abbaye de Saint-Emilien, entre autres, possédait un trésor considérable. En 1796, les moines furent obligés de partir, bien que la Révolution Française eût eu peu de retentissement chez nous ; mais les conventionnels Albitte, Grégoire et Philibert Simond, commissaires de la Convention auprès de l'Assemblée nationale des Allobroges, n'avaient guère l'habitude de plaisanter. Les moines s'enfuirent donc. Beaucoup de bourgeois, honnêtes et bien pensants, cachèrent chez eux les tableaux, les vases sacrés, les ornements sacerdotaux que l'on avait abandonnés. Sous l'empire, la plupart de ces richesses furent restituées à la Collégiale, attendu que les ordres religieux étant abolis, et les couvents étant devenus propriétés nationales, ni bénédictins, ni franciscains, ni camaldules, ni religieuses ne purent revenir. Quelques familles conservèrent des tableaux, sans y apporter une grande importance et, pour vous dire la vérité, je les achetai à un prix si minime que je n'oserais pas vous le dire.

— Et comptez-vous, monsieur, vendre cette galerie? demanda le marquis d'un ton un peu froid.

— Non. Je n'ai point de parents. Mon testament qui est déposé chez le notaire Ouzaux, contient l'expression de ma volonté. Je veux réparer la faute commise par les détenteurs des objets provenants de nos maisons religieuses. Aussi notre Collégiale et notre Église auront-elles une large part de ma succession.

Attendri par cet aveu franc et sincère qui corrigeait un peu le récit fait précédemment par Brissot, le marquis lui prit la main et la lui serra vigoureusement.

L'excellent Brissot fut touché jusqu'aux larmes de la poignée de main qui lui marquait de l'estime.

— Je vais maintenant vous montrer, dit-il au marquis, une petite merveille dont j'ignore l'histoire. C'est une clef que j'ai eu bien de la peine à me faire céder! Elle appartenait à monsieur l'abbé Morteret qui l'avait eue de monsieur de Lestourges, et le comte lui-même la trouva jadis dans son chartier de famille. Elle ne me coûte pas moins de deux mille francs.

— Mais, s'écria vivement le marquis, je croyais monsieur de Lestourges fort amateur de ces sortes de curiosités.

— En effet, le comte tient infiniment à ce qui lui reste de souvenirs de famille, dit Claude Egault, et il en possède beaucoup. Son manoir de Saint-Vulpian forme un véritable musée.

— Alors, je ne comprends pas qu'il se soit séparé...

Claude et Brissot échangèrent un regard, et, dans ce seul regard, monsieur de Selves comprit la vérité. Il baissa la tête, rougit et murmura d'une voix altéré :

— Jamais je n'aurais pensé que le chef d'une famille noble se vît obligé de recourir, pour vivre, à de tels expédients...

Brissot ouvrit un petit coffret et l'apporta auprès d'une fenêtre, afin que Georges et Claude pussent contempler dans tous ses détails ce qu'il nommait la pièce la plus précieuse de toute sa collection.

C'était une belle clef du treizième siècle, admirablement travaillée, toute mignonne, toute frêle. Elle était d'or massif. L'anneau portait au centre une croix pattée, évidée à jour, cantonnée de quatre fleurs de lys émaillées de rouge, et entourée d'un fouillis d'arabesques d'une délicatesse extrême, sur lesquelles se détachaient en émail noir ces trois lettres gothiques : U. I. U. Une couronne fleurdelysée surmontait l'anneau. La canne, guillochée, or sur or, se terminait par un anneau bizarrement contourné et découpé. L'artiste inconnu auquel était dû ce ravissant bijou eût mérité une renommée égale à celles des plus habile joailliers de la renaissance.

La clef reposait sur un coussin de velours écarlate frangé d'or. Georges de Selves la regarda longuement. Lorsqu'il la rendit à Brissot, il lui dit en secouant la tête :

— Voilà une merveille que vous n'avez pas payée bien cher, monsieur, et si vous n'y teniez pas autant...

— Eh bien ? interrogea le libraire avec un accent inquiet.

— Je vous en offrirais le double du prix que vous l'avez payée.

Joseph Brissot rougit et se gratta la tête ; son visage exprimait une grande perplexité. Il se hasarda à poser timidement une question au riche créole et lui demanda pour quel motif il tiendrait à posséder ce joyaux.

— Monsieur, lui répondit Georges, je descends, par ma mère, de la maison de Lestourges. Cette clef est une relique de famille et' puisque mon cousin s'est vu forcé de la... céder, je serais bien aise qu'elle m'appartînt.

Brissot remit le coussin dans la boîte et la clef sur le coussin , puis il offrit le tout au marquis en disant avec dignité :

— Monsieur, je ne suis pas un marchand de bric-à-brac. Si j'étais votre égal, je vous prierais d'accepter cette clef. Elle m'a coûté deux mille francs, vous me donnerez deux mille francs et nous serons quitte.

Monsieur de Selves lui répartit d'une voix émue :

— Non pas, monsieur, nous ne serons point quittes. J'accepte avec reconnaissance votre offre si généreuse, et, si vous le permettez, je donnerai aux pauvres de la ville les deux mille francs que vous jugez être la valeur de cet objet. De vous à moi, il ne peut être question d'argent. Monsieur Brissot, voulez-vous être mon ami ?

Pour toute réponse, l'excellent homme s'empara de la main que lui tendait le marquis et la serra énergiquement. Le visage de l'antiquaire était rayonnant; une fois dans sa vie, il se voyait appré- cié et compris par une âme d'élite. Son sacrifice était payé.

Et quand nous disons son sacrifice, nous disons vrai. Il avait fallu au libraire deux ans de travail, de supplications, de ruses, pour parvenir à se faire vendre cette clef par le chanoine Morteret qui, entêté comme un antiquaire, ne voulait point se séparer de son cher trésor.

De guerre las, obsédé par les importunités du libraire, le digne prêtre céda. Ce fut un heureux jour pour Brissot que le jour où, fier de sa conquête, il emporta chez lui sa chère clef, SA CLEF ! sa clef à laquelle il attachait une idée fantastique.

Brissot reconduisit jusqu'à la porte ses deux visiteurs et leur fît promettre solennellement de venir dîner chez lui le soir même.

— J'ai du vin de 1834, leur dit-il, vous verrez !

Puis il ajouta d'un ton insinuant :

— Il faudra organiser un concert au bénéfice des pauvres pour un de ces jours. Monsieur de Selves nous prêtera son salon, et vous entendrez mon *ut de poitrine* : il vaut cent mille francs, monsieur le marquis !

Claude paraissait fort préoccupé ; à peine eurent-ils traversé la porte d'Arvom, qu'il s'arrêta et dit à monsieur de Selves en le regardant fixement.

— Ah ça ! mon cher ami, je ne vous connaissais pas le goût des antiquités. Vous tenez donc bien à cette clef ? Qu'en voulez-vous donc faire.

Le marquis répondit simplement :

— Il faut que monsieur de Lestourges ait obéi à une dure nécessité pour faire argent de cela. Je lui rendrai ce précieux bijou qu'il sera bien heureux de revoir.

Rentré chez lui, Georges choisit parmi les nombreux objets d'arts qui ornaient ses appartements un admirable guéridon en ivoire sculpté à jour, qu'il avait rapporté de la Chine, et l'envoya à Joseph Brissot.

IX

Comme on doit facilement le comprendre, depuis la visite de Georges de Selves à M. La Mottière, il n'était bruit dans tout Garocelle que de la fortune de l'étranger et des liens de famille qui l'unissaient aux Lestourges et aux Salignies. Le marquis fit une visite à son cousin le comte Azupert; il le trouva au milieu des embarras que lui suscitaient la perte de son procès et la nécessité d'en payer les frais. Georges agit en parent et en gentilhomme. Il acheta, au prix qu'elle valait strictement, la maison de la rue d'Arvom, mais il réserva pour monsieur de Lestourges le droit d'habiter le second étage de l'hôtel jusqu'à sa mort. Le comte résolut de ne point profiter de ce droit si délicatement concédé; il ne voulut point revenir comme étranger dans la maison où son père était mort, où lui-même était né. Georges lui compta donc, en échange de cet usufruit, une somme de vingt mille francs avec laquelle Azupert paya ses dettes et mit son château de la Commanderie en état d'être habité.

En huit jours son aménagement fut terminé. La comtesse et ses enfants s'installèrent à Saint-Vulpian. Le comte, lui, fut obligé de rester quelques jours encore à Garocelle pour terminer ses affaires.

Georges s'était aussi présenté chez mademoiselle de Salignies ; mais la jeune fille refusa de le recevoir. Depuis quelque temps déjà on la disait malade. Georges fut blessé de cette réserve que les mœurs créoles ne comportent point. Il fut convaincu que mademoiselle de Salignies, voulant vivre en recluse, ses avances n'aboutiraient à rien.

Quand Georges sortait et traversait les rues de la ville, tous les passants, les petits enfants eux-mêmes le saluaient. Varçon, le médecin démocrate ; le capitaine baron Crépinat, bras droit de Garibaldi, ôtaient humblement leur chapeau.

On alignait des rangées de chiffres, on affirmait des revenus innumérables, et c'était dans Garocelle un article de foi que le marquis de Selves possédait les trois quarts de l'île de Cuba, les deux tiers de l'empire du Mexique, et qu'il pouvait ruiner Rothschild en se faisant payer rubis sur l'ongle les traites que contenaient son portefeuille. Pour d'aucuns, Georges n'était ni plus ni moins qu'un prétendant au trône de Montezuma. — *Moctecuzoma* disaient les érudits — et il venait à Garocelle pour s'assurer l'appui politique des fortes têtes de l'endroit. Pour d'autres, Georges, séide de Rome, jésuite à robe courte, voulait faire à Garocelle une révolution cléricale, soulever une révolte et faire de la Savoie une province des Etats de l'Eglise... Pas n'est besoin de nommer les auteurs de cette hypothèse saugrenu . Le lecteur découvrira sans peine leurs noms, titres et professions.

Il faut avouer que l'on s'inquiète fort peu de la logique, alors

Le Trésor.   6

qu'il s'agit de broder et de surbroder la chronique intime d'une petite ville.

Le résultat de tous ces cancans fut ceci : Pour s'éclairer définitivement sur le compte de l'étranger, et mettre à jour ses plus secrètes intentions, il fut décidé que l'on donnerait un dîner et que l'on y inviterait la fine fleur de l'aristocratie garocelloise. *Inter pocula,* on trouverait bien le moyen de faire tout avouer à l'étranger.

Il s'agissait de forcer La Mottière à devenir l'amphytrion, car le digne avocat n'avait pas encore été mis dans le secret. On agit sur lui par la vanité, et en lui exposant quel relief une semblable fête lui donnerait ; il se montra de bonne composition, et se disposa à faire convenablement les choses.

Toute la société mâle de Garocelle fut donc invitée : le comte de Lestourges, Brissot, Morteret, monsieur Egault et ses deux fils aînés, le capitaine baron Crépinat, Taulier, Varçon, l'on n'oublia même pas le chanoine Morteret, bien qu'il fût en assez mauvais termes avec son neveu, et le digne notaire Ouzaux, et le tendre Innocent Delphin, et le jeune vicomte Gaëtan, qui fit le voyage de la Commanderie à Garocelle, dans le seul but d'assister à la fête.

Chacun se proposait de s'amuser beaucoup.

Le jour donc où le repas devait avoir lieu, deux scènes bien différentes se passaient dans la maison de l'avocat.

Monsieur La Mottière, aidé de sa servante Louison et de la gouvernante du docteur, engagée pour la circonstance, veillait à ses préparatifs. Il avait déjà fait plusieurs voyages successifs à la cave, dont il rapportait chaque fois quatre bouteilles de crus différents. Aussi un bataillon de vingt flacons poudreux, de formes inégales, s'alignait-il en bon ordre sur un dressoir de la salle à manger. Au centre de celle-ci, une table de quinze couverts trônait majestueusement. Le dessert, tout dres:é d'avance, était fait pour tenter la gourmandise de feu Lucullus, et Vitellius eût approuvé le menu écrit de la propre main de l'avocat sur de petits papiers à vignettes vert-pomme.

Un moelleux tapis de peaux de mouton, échiqueté noir et !lanc, couvrait le plancher de cette salle où la chaleur arrivait par les bouches multiples d'un calorifère. Les trois dressoirs qui faisaient pendant à celui que l'on dédiait à Bacchus, étaient chargés de victuailles et ornés de belles pièces d'argenterie armoriées, ayant jadis appartenu à la Collégiale de Saint-Maurice, de R...

Une rangée de vieux fauteuils en poirier tourné, couverts d'un vieux cuir de Cordoue damassé entourait la table, qu'illuminaient trente bougies distribuées en deux énormes candélabres d'argent, placés aux deux bouts. Fauteuils et candélabres venaient du monastère des Annonciades Célestes de M... Le père de La Mottière avait eu ces brillantes dépouilles en 1798, lors des ventes à l'encan ordonnées par Albitte.

Tout reluisait d'un aspect de fête dans cette salle à manger, boisée de vieux chêne. On se fût cru dans un castel du moyen-âge, si les merveilles culinaires étalées çà et là ne fussent venues démontrer le contraire.

Dans la cuisine, Louison, belle d'inspiration, donnait la dernière main à ses ragouts, à ses entrées.

Au salon, nous retrouvons toutes nos connaissances. L'on causait fort gaiement en attendant l'arrivée du comte de Lestourges, de monsieur de Selves et de Claude Egault, qui manquaient seuls à la réunion. Tous en habit noir, Varçon avec ses décorations à la boutonnière, le capitaine baron Crépinat sanglé dans son resplendissant uniforme. Le notaire Ouzaux proférait des « hum! hum! » joyeux. Un petit cercle d'amis l'entourait, monsieur Egault le père,

Joseph Brissot, le chanoine et Taulier. Varçon, noncialamment
étendu sur un canapé, causait avec Crépinat et Athenulphe
Morteret. Dans l'embrasure d'une fenêtre, le vicomte Gaëtan luti-
nait Innocent Delphin.

Le dandy était merveilleux : son habit noir, très-juste, échancré
sur la poitrine, accusait ses épaisses omoplates et laissait voir une
chemise à dentelle, sur laquelle serpentait une énorme chaîne de
chrysocale. Des boutons de strass aux manchettes et au jabot jetaient un éclat fulgurant. Suivant la nouvelle mode, il portait des
culottes, des bas de soie noirs et des escarpins à nœuds de rubans;
son chapeau à claque sous le bras, il se pavanait avec une outrecuidance divertissante.

— Vous avez là, disait le vicomte à Delphin d'un ton persifleur,
une chaîne d'or semblable à celles que les Florentins ravirent aux
gens de Pise, et qu'ils tendirent devant les portes du Baptistère.
Cela tire l'œil à cent pas, mon cher !

— Parole d'honneur ! grasseyait Innocent, vous me croirez si
vous voulez, cher... cette chaîne me coûte à peine cent louis.

Il ne mentait guère que des quatre-vingt-dix-neuf centièmes.
Ce garçon-là était fait pour briller sur une autre scène.

— C'est comme ces diamants, ajouta le petit crevé, ce sont des
pierreries de famille que j'ai fait monter par monsieur Cellini, vous
savez? l'orfèvre le plus *chic* de Florence, vicomte !

— Benvenuto Cellini? demanda sérieusement Gaëtan.

— Précisément. Devinez combien il les estime?

Gaëtan se tenait à quatre pour ne pas lui rire au nez. Il répondit
le premier chiffre venu et prit un air chagrin pour dire à l'ignorant gandin :

— Il est bien dommage que ce Cellini soit mort !

— Ah bah ! s'écria Delphin, il est mort, et quand donc?

— Peuh ! je ne saurais vous préciser le mois, le jour et l'heure, mais, si mes souvenirs ne me trompent pas, ce fut en l'an 1570.

Le capitaine Crépinat parlait au pharmacien à voix basse et d'un air mystérieux :

— Tâchez de faire cela bien salé, disait-il, ce sera un beau coup de pied donné aux calottins ! Diable ! mais le parti prêtre vous en voudra, savez-vous ! Il faut prendre garde à ce tas de jésuites ! Par les oreilles de Garibaldi ! par l'auguste barbe de Liborio ! cher Athenulphe, soignez-moi ça, les grenouilles, le droit du seigneur, les fourches patibulaires... hum ! termine-t-il avec un frisson de plaisir, il me semble lire un roman d'Eugène Sue.

— Dont la Savoie a l'honneur de conserver la dépouille mortelle, ajouta le docteur avec componction. Sera-ce volumineux, jeune homme ?

— Cent pages au moins. Le travail m'a coûté dix mois de sueurs et de fatigues, répliqua le pharmacien.

— Et pendant ce temps-là, fit Varçon d'un ton caustique, vous laissiez reposer le *codex*?

— Hum ! hum ! cria de l'autre bout du salon maître François Ouzaux, lequel avait l'oreille fine, au lieu d'empoisonner vos malades, docteur !... hum ! hum ! le petit prépare un joli poison pour ses futurs lecteurs, sapredienne !

Athenulphe rougit. Il avait la fibre d'auteur chatouilleuse et n'aimait pas la critique, semblable en cela à tous les talents médiocres. Le notaire ne daigna pas s'apercevoir de l'effet produit par sa plaisanterie et continua la conversation avec ceux qui l'entouraient :

— Votre neveu tourne mal, dit-il au chanoine Morteret, qui hocha la tête d'un air soucieux, ce Varçon le gâte : il y a du bon dans

cet enfant-là, sapredienne ! Pourquoi ne le morigénez-vous pas,
hum ! hum !

Le chanoine était d'une maigreur plutôt nerveuse que maladive ;
au visage pâle, animé par deux yeux dont le regard était encore
vif malgré ses quatre-vingt-deux ans. Ses longs cheveux blancs,
sa taille courbée lui donnaient un aspect vénérable qu'augmen-
taient encore les plis sculpturaux de sa douillette de drap râpé. Il
portait à la boutonnière le ruban de l'ordre pontifical de Saint-
Sylvestre.

— Mon cher notaire, grommela-t-il d'une voix cassée, que veux-
tu que j'y fasse ? Athenulphe est un orgueilleux, un enfant à prétentions... Pour rien au monde, il ne cansentirait à m'écouter...
Je suis pour lui une ganache, un ancêtre rococo... Il ne me le dit
pas... attendu que j'ai de petites économies !... Il attendra sous
l'orme, s'il imagine que je les viderai dans son escarcelle !...

Monsieur de Lestourges, qui venait d'entrer, s'approcha de ce
groupe et vint saluer avec respect le vieillard. Nous profiterons des
cinq minutes qui nous restent avant l'heure du dîner pour présenter à notre lecteur le héros de cette histoire.

Jean-Louis Charles-Félix Azupert de la Salveteuil de Ne-
ranges, comte de Lestourges, d'une taille élevée, bien découplé,
présentait le type si connu des lords anglais ; une peau très-blan-
che, des yeux bleus, un nez droit, une bouche correctement des-
sinée, des cheveux bouclés et de longs favoris soyeux d'un blond
tirant légèrement sur le roux. Vêtu avec élégance, mais aussi avec
une exquise simplicité, il avait piqué sur le côté droit de son habit
la plaque de l'ordre de Pie IX, par lui gagnée sur le champ de bataille de Castelfidardo, où son fils Gaëtan, qui n'avait alors que
quinze ans, avait bravement combattu à ses côtés.

Monsieur de Lestourges appartenait au parti nommé, en Italie, le parti *codino*. Les *codini* sont les braves gens qui croient à la fidélité et au dévouement, se figurent qu'il existe une religion catholique et font encore une différence entre le Pape, le Taïcoun et Sa Majesté l'empereur de toutes les Russies.

Monsieur de Lestourges avait épousé mademoiselle Gilberte-Marie de Varancé, fille unique et héritière du dernier baron de ce nom. Il n'en avait eu que deux enfants : le vicomte Gaëtan, auquel des lettres-patentes du roi Victor-Emmanuel accordaient le droit de porter le titre de baron de Varancé, et mademoiselle Clarisse, alors âgée de dix huit ans. Monsieur de Lestourges avait brisé sa carrière en 1852, lors des affaires ecclésiastiques provoquées par la loi Siccardi. Il était alors substitut de l'avocat fiscal général à la Cour d'appel de Savoie, et donna sa démission, ne voulant pas servir un ministère qui violait le statut de 1848. Le premier paragraphe de ce statut est en effet ainsi conçu : « La religion catholique, apostolique et romaine est la seule religion de l'État ! » Cette citation n'a pas besoin de commentaires. En 1860, le comte, attaché par ses affections de famille à la dynastie de Savoie, ne voulut point voter pour l'annexion ; il partit avec son fils pour Rome, et arriva juste à temps pour prendre part à la glorieuse défaite de Castelfidardo. Il y fut grièvement blessé, et se vit obligé de quitter le service. Il revint alors à Garocelle et fonda, de ses deniers, le journal que rédigea depuis monsieur Courchamps. Ne pouvant servir l'Eglise de son épée, il la servit en mettant aux mains d'une plume exercée un moyen d'action.

Le lecteur comprendra maintenant que monsieur de Lestourges n'était point en faveur auprès des autorités constituées. Fort heureusement l'annexion n'était point encore accomplie et les fonctionnaires français, mis à l'écart par les natifs, ne frayaient point avec la société de Garocelle et formaient bande à part. Le comte put

donc conserver ses anciennes relations, sans crainte d'être mal-
mené, sans compromettre ses opinions anti-dynastiques.

Sa fortune, déjà bien diminuée lorsqu'il hérita de son père, fut
encore amoindrie par le procès qu'il venait de soutenir contre ses
parents, les barons de Varignan, d'Asti, qui, ralliés au gouvernement italien, furent ouvertement protégés par le ministère, au
préjudice des droits d'Azupert de Lestourges. Le comte supporta
dignement sa ruine, prit des mesures énergiques pour restreindre
son train de maison, déjà bien restreint, et vécut absolument
comme s'il n'eût eu ni souci ni craintes pour l'avenir.

OU L'ON A LA HARDIESSE DE PRENDRE LA DÉFENSE DES MOINES FAINÉANTS.

Il est inutile de raconter ici les diverses péripéties du dîner ; de dire que le potage Crécy était excellent et le poisson exquis ; de dérouler la nomenclature des vins servis à chaque service, et de dévoiler quelle quantité en absorbèrent les grandes capacités de la compagnie ; Varçon dépassa Morteret, et Crépinat, Varçon. Nul besoin d'ajouter un commentaire.

Ce fut surtout au dessert que la conversation prit le tour qu'elle devait conserver. Comme dans toutes les batailles, on commença par des escarmouches et de légers engagements. Le capitaine baron Crépinat représentait la grosse artillerie, Morteret, la cavalerie, Varçon, l'infanterie légère. Chacun disait son mot. Seulement ils avaient affaire à forte partie. Voici l'exorde.

— Il est singulier, dit le docteur Varçon, que l'on n'ait pas songé à utiliser ces immenses bâtiments du couvent des Camaldules. Pour peu qu'ils soient laissés encore à l'abandon quelques années durant, ils tomberont en ruines. Ce serait vraiment dommage, car ils sont magnifiques.

— Parbleu ! siffla la voix flûtée d'Athenulphe, les moines se seraient-ils contentés de chaumières ? Il leur fallait des palais.

— Tas de fainéants ! gronda le baron. Quelles jolies casernes ça ferait !...

Georges de Selves échangea un coup-d'œil avec le comte et Claude : la bataille allait s'engager. La Mottière voulut corriger les paroles du pharmacien, l'interjection déplacée du capitaine. Aussi dit-il d'un ton insinuant :

— Eh ! mais, je ne vois pas pourquoi l'on n'établirait pas là une maison d'éducation ? L'on y pourrait loger trois cents élèves... Nous n'avons pas de collége... Oh ! c'est une question que j'ai bien souvent méditée dans mon cabinet, moi !

— Vous avez une excellente idée, La Mottière, dit à son tour monsieur de Lestourges, une idée que l'on pourra mettre à profit.

— Sans doute, reprit Morteret, nous obtiendrions facilement l'érection d'un collége communal à Garocelle. Monsieur le maire est dans les meilleurs termes avec le préfet. Monsieur de Selves ne nous refusera point son concours.

Le marquis répondit sèchement :

— Vous vous trompez, monsieur. J'estime que l'enseignement universitaire, tel qu'il existe aujourd'hui, ne convient point à la jeunesse.

— Préférez-vous celui des Jésuites ? interroge l'ancien député avec une nuance de dédain.

— Oui, Monsieur.

— C'est singulier ! Je croyais les hommes intel'igents...

Le marquis, haussant les épaules, se tourna vers l'amphytrion, sans répondre à l'impertinente sortie du médecin démocrate.

— Je suis élève des Jésuites, dit-il, et j'ignore ce qu'on peut leur reprocher. Si l'on étudie attentivement leur histoire, il est facile de voir que ces religieux ont été calomniés indignement. Du reste, monsieur, le docteur Varçon n'est point un sot, et, s'il pèche, c'est sciemment ; qu'il me permette de le lui dire. On ne doit parler que de ce que l'on sait.

— Hum ! hum ! murmura le notaire Ouzaux à l'oreille de Taulier, son voisin, voici une petite leçon que notre démagogue ne paraît guère disposé à digérer rapidement.

Le regard de Varçon étincelait, mais il n'osa répliquer. Il se contenta de dire, en essayant de paraître calme et froid :

— Ma foi ! Monsieur, je déteste les Jésuites de robe courte à l'égal des Jésuites de robe longue... Et mes sentiments sont les mêmes pour tous les ordres religieux. Du moment que cela vous déplaît, je suis trop poli pour continuer une discussion oiseuse.

— Hum ! hum ! interrompit le notaire en mâchant ses mots, les opinions sont comme des clous... plus on tape dessus, plus on les enfonce.

La saillie de maître Ouzaux provoqua un rire général, et fit diversion. Varçon, interloqué, s'arrêta net.

Claude Egault prit alors la parole, et dit en s'adressant au jeune Morteret :

— Tu parlais tout-à-l'heure de chaumières et de palais, mon camarade, et je crois avoir entendu monsieur le baron prononcer le mot « fainéants. » Si tu te le rappelles, nous avons fait nos classes au petit séminaire de Villeblanche, et c'est du clergé que nous avons reçu ..

— Oui, ajouta le vieux chanoine de sa voix cassée, il y a des gens qui craignent d'évoquer ce souvenir. Est-ce rancune de la férule ? est-ce ingratitude ? Il ne m'appartient guère d'en décider.

— Bon! bon! s'écria vivement La Mottière en essayant de couvrir de sa voix puissante les grêles accents du vieillard. Il faut d'abord obtenir les bâtiments et les mettre en état. Quand le moment sera venu, je m'occuperai, moi, des questions subsidiaires. Pour moi, je préférerais voir s'établir un collége... libre... oui, libre! mon Dieu!... dirigé par des prêtres, s'il est... absolument nécessaire que... Oui, nous verrons, je réfléchirai... Une fois les formalités remplies... eh bien! moi... moi.

Ce qu'il y avait de plus clair dans ces phrases entrecoupées, c'est que l'avocat pataugeait, et ne disait pas ce qu'il pensait, ou ne pensait point ce qu'il disait. Monsieur de Selves ne se départait pas de sa froideur; le comte de Lestourges demeurait impassible. Des conversations particulières s'établirent entre les convives; la partie bien pensante de la réunion voulait éviter une discussion dangereuse; le parti Varçon se dépitait : l'on était allé trop vite en besogne. Le docteur avait trop promptement jeté le masque. Cependant, Morteret, d'un ton patelin, demanda au marquis de Selves s'il comptait se faire admettre au sein de la fameuse Académie Garocelloise.

— Sans doute, monsieur, répondit Georges avec courtoisie, j'ai déposé une demande écrite entre les mains de monsieur La Mottière.

— Ah! très-bien : nous avons une séance pour demain, reprit Athenulphe, toujours avec un accent doucereux. Claude, viendras-tu?

Claude leva sur lui un regard investigateur et, sans doute, il vit dans cette question quelque chose de particulier, car il ne put s'empêcher de sourire, et répondit :

— J'irai certainement et avec d'autant plus de plaisir, que la lettre de convocation me dit qu'il s'agit de lire un travail préparé pour le prochain volume. Ce travail est de toi ?

— Oui, répartit Athenulphe avec une fausse humilité, c'est bien pauvre.

— Nous verrons !

— Je vous dis que la chose est réelle ! hurlait Crépinat en frappant de son poing fermé sur la table. Je le tiens du prévôt de la Collégiale, par les os de Garib Idi !

— Allons donc, répondit Varçon, que dites-vous là ? C'est absurde, ce serait une atteinte portée à nos droits !

— Certes ! reprit le baron, depuis la proclamation des immortels principes de 89...

— Et les lois ! interrompit l'ancien député, les lois, monsieur ! N'y a-t-il pas un article du Concordat qui défend ces choses là ! Sommes-nous au moyen-âge ?... Ces pompes théâtrales... ces mascarades orgueilleuses sont-elles de notre époque...

— A qui voudra-t-on faire croire que des miracles ont lieu en plein dix-neuvième siècle ? fit à son tour Athenulphe d'un ton convaincu.

Le marquis de Selves écoutait sans mot dire ; son regard allait de l'un à l'autre des interlocuteurs. Une mine dédaigneuse plissait ses lèvres ; sur son visage on lisait une expression à la fois indignée et railleuse. Claude lui dit à voix basse quelques mots auxquels le marquis répondit par un signe de tête affirmatif.

Monsieur Egault le père et Joseph Brissot suivaient de l'œil avec intérêt cette pantomime assez mystérieuse. Depuis le commencement du repas, Louis Egault et le jeune vicomte de Lestourges, causaient à demi-voix, sans paraître accorder la moindre attention à ce qui se passait autour d'eux. L'élégant Innocent Delphin, raide comme un piquet sur son fauteuil, ne desserrait les dents que pour engloutir une quantité de pâtisseries, de fruits et de compôte. Il avait mangé deux fois de chaque plat, consommé trois potages, absorbé quantité de vin. Afin de préserver des taches sa chemise à dentelles, son flamboyant gilet, son pantalon coupé à l'instar de Paris, ce pantagruélique petit crevé enveloppait son corps d'une serviette qui lui serrait le cou sous le menton et descendait jusque sur ses genoux; rien d'amusant à voir comme cette grosse tête laide et niaise surmontant les plis empesés de ce linceul blanc.

— Vois, disait Gaëtan à Louis, il ressemble au décapité parlant.

— Ou plutôt, répondit le petit Egault, à ces têtes de bois dont les coiffeurs de Paris ornent les montres de leurs boutiques.

Sur un dernier mot de Varçon, à propos des miracles, le marquis, se tournant de son côté, lui demanda poliment de quoi il s'agissait. Claude Egault ne laissa à personne le temps de répondre et s'écria, donnant à sa voix des inflexions railleuses :

— Vous demandez ce qui fait pousser des cris de rage à ces messieurs? Avec leur permission, et sauf le respect que je leur dois, voici de quoi il s'agit. Ce sera long, mais vous me pardonnerez ma prolixité. Depuis trois siècles environ la population de Garocelle et de la province demandait à Rome d'instruire le procès de canonisation d'un bienheureux confesseur, Anthelme II, abbé de Saint-Emilien, mort en odeur de sainteté le 8 juin 1395. Rome, cédant à nos instances, a commencé le procès l'an dernier, et les fêtes de la canonisation auront lieu probablement l'an prochain. Il y aura procession solennelle pour la translation des restes sacrés de saint Anthelme, de l'église paroissiale où il est enseveli, à l'église de Saint-Emilien qui réclame l'honneur de les posséder. Eh bien! cette procession solennelle, monsieur le docteur Varçon la traite de mascarade orgueilleuse et de pompe théâtrale!... Monsieur le capitaine Crépinat invoque les immortels principes de 89… et mon camarade Athenulphe, niant les miracles, sourit dans sa barbe…future!… de la crédulité des… cagots. Les uns et les autres ne sont pas logiques. Monsieur Varçon, qui traite de masques les prêtres revêtus de leurs vêtements sacerdotaux, ne craint point la réciproque, lorsqu'il se pare du tablier maçonnique, du baudrier, de la truelle… La capitaine baron Crépinat ne se doute aucunement qu'au moyen-âge l'on ne donnait jamais une baronnie en échange d'un plat de canard aux navets!… et lorsqu'il invoque les immortels principes de 89 — vieille blague à l'usage des grognards — il oublie que ces principes, immortels ou non, lui refusent le droit de se *baronnifier!*… Athenulphe, lui, parle beaucoup de choses qu'il ne sait pas, semblable à ces demi-savants qui ne pouvant tout approfondir, s'imaginent qu'ils se décernent un brevet de génie, niant tout, même l'évidence…

Une triple salve d'applaudissements retentit dans la salle, après que le jeune orateur eût cessé de parler. Nos trois démagogues rageaient, mais ils n'osèrent exhaler leur rage, et se contentèrent de répondre, Varçon, par un sourire de défi; le capitaine, par un juron d'estaminet; Athenulphe, par ce qu'il crut être une injure :

— J'ai toujours dit que tu n'étais qu'un jésuite! cria-t-il à Egault d'un bout de la table à l'autre.

— Parbleu! répondit Claude en levant les épaules, tu me fais là le seul compliment qui puisse me plaire.

Crépinat jugea à propos d'élever la voix à son tour. Il n'était pas orateur. L'on s'en apercevra.

— Monsieur, dit-il, monsieur! vous me parlez… d'un… *pékin* qui vivait en l'an mil trois cent et tant… Qui me dira, à moi, pourquoi le pape ferait un saint de ce monsieur? Est-ce que nous le connaissons, nous autres? L'avons-nous vu? Comment nous prouverez-vous qu'il est mort en odeur de sainteté?

Le comte de Lestourges se chargea de répondre à ces inepties :

— Crépinat, vous avez besoin de relire notre histoire nationale,
s'écria-t-il avec un accent plein de raillerie. Cet Anthelme, abbé
de Saint-Emilien, fut le bienfaiteur de notre pays et, malgré les
cinq siècles qui nous séparent de lui, il vous rend chaque jour de
nombreux services.

— Bah ! grommela ce sabre illustre autant qu'idiot, je voudrais
bien savoir comment !

— Faites-moi la grâce de ne pas m'interrompre, continua le
grand seigneur, et veuillez écouter. Le chemin qui mène à votre
propriété de Villarmouxy, c'est le docteur Anthelme qui l'a fait
tracer. Or, sans ce chemin, vous serait-il possible d'exploiter vos
fermes, rivées par leur position au sommet d'une colline escarpée
de toute autre voie de communication ? L'hôpital où vous gagnez
huit cents francs par an à soigner dix malades, poursuivit-il en
s'adressant au docteur, c'est Anthelme qui l'a fondé... C'est à lui
que nous devons la foire des Rameaux, qui rassemble à Garocelle
trois mille étrangers, et met en circulation, au bénéfice de la ville,
près de cent cinquante mille francs chaque année... C'est lui qui
fit diguer la rivière, défricher la plaine de Champbérard, assainir
les marais de Voutheil ; enfin, Anthelme fut celui qui obtint du
comte Amédée VII les franchises de la commune de Garocelle....
Et ces immenses travaux qu'un gouvernement hésiterait à exécuter, Anthelme les acheva n'ayant pour ouvriers que ses moines,
les mêmes que monsieur Morteret appelle des fainéants ! Saluez
donc, hommes de peu de foi, progressistes insensés, saluez cet
homme immortel à qui vous devez tout, et comme citoyens, et
comme chrétiens !... Montrez-moi donc un de vos démocrates, un

de vos philosophes, un de vos libres-penseurs qui en ait fait autant.

Georges de Selves tendit la main au comte, et lui dit avec un
accent ému où l'on sentait vibrer les plus nobles sentiments :

— Bravo, mon cousin ! c'est beau ce que vous venez de nous dire !

Le chanoine Morteret se leva et, dardant un regard de mépris
sur les trois démocrates qui n'avaient encore pu trouver une réponse, il acheva de les écraser par ces paroles

— Vous avez entendu ce que le saint abbé daigna faire pour le
pays... Sachez ce qu'il fit pour les âmes... Il vécut pendant vingt
ans, sans autres aliments que du pain et de l'eau... Il dormit pendant vingt ans sur la dure trois heures par nuit... Il usa de ses
genoux les dalles de l'église... Et toutes ces rigueurs qu'il s'infli-
geait avaient pour but d'apaiser la colère de Dieu... de toucher sa
miséricorde... Il fut souvent exaucé... En 1392, le torrent débordé
faillit engloutir Garocelle : il pria, et les eaux se retirèrent comme
celle de la mer Rouge devant les Hébreux... En 1394, la peste dé-
vorait cent cadavres par jour dans cette ville de trois mille habitants... Il pria... et la peste s'enfuit sur les ailes de la mort... Puis,
comme le bon pasteur, il donna sa vie pour ses brebis... Une maison brûlait, et tous ses habitants étaient endormis... Anthelme
sauva, l'un après l'autre, une mère et ses deux enfants... Il mourut dans les flammes, sans avoir achevé son œuvre côte à côte
avec Jean Morteret, le père et l'époux des sauvés... notre ancêtre,
Athenulphe, le mien, le vôtre !... Oui... cet Anthelme, ce moine,
ce fainéant, vécut et mourut en faisant le bien... Insultez-le...

Le chanoine repoussa son fauteuil par un mouvement violent,
puis il serra la main à La Mottière, salua les convives, et sortit
sans ajouter un mot, sans daigner jeter un regard sur son neveu
et ses deux amis... nous allions dire ses complices.

Le Tresor. 7

— Hum! hum! gronda le caustique tabellion, voilà un homme
que j'aime!... Quatre-vingt-trois ans, messieurs!... Eh! eh! hum!
hum! il se fait comprendre, sapredienne!... Bonne mémoire!...
hum! hum! hum!

XI

LES MÉSAVENTURES D'UN LIVRE, FAÇON RENAN.

Le départ du chanoine Morteret fut le signal d'un désarroi général. Le notaire Ouzaux, sous prétexte de rhumatismes, prit sa pelisse
et se retira, non sans avoir interpellé railleusement le parti rouge,
comme il disait, dont les trois représentants faisaient une mine
piteuse. Sa désertion fut suivie de celle de Joseph Brissot et de
monsieur Egault le père. Ces messieurs, ayant bien diné, sent.ient
le besoin de faire une digestion paisible. Les autres convives se ren-
dîrent au salon où le café était servi, et se divisèrent en divers
groupes.

L'on causait avec beaucoup d'animation. Claude Egault, Georges
de Selves, le comte de Lestourges et l'abbé Morteret, par leurs
sincères mais trop violentes paroles, ava.ent allumé dans le cœur
des démocrates un vif ressentiment : Athenulphe Morteret, outré
de la franchise de son ancien ami de collége, fulminait contre lui
de terribles imprécations. La face blême de Varçon reflétait un sen-

....cnt de hain... envieuse; le capitaine baron Crépinat parlait de couper les oreilles à ses adversaires.

Monsieur La Mottière s'estimait fort empêché. Il voulait ménager à la fois la chèvre et le chou, donner raison aux uns, affirmer que les autres n'avaient pas tort. Sa qualité d'amphytrion rendait son rôle d'autant plus difficile qu'il manquait essentiellement de tact. Il allait de l'un à l'autre essayant de calmer ces colères dissimulées à demi, de ramener entre ses invités cette cordialité dont la province a le secret et que des opinions froissées par la discussion changeront en véritable discorde. Il réussit à moitié. Athenulphe et Varçon voulaient ne point brûler leurs vaisseaux ; ils tenaient à ménager la susceptibilité de leurs clients. Ceux-ci, nous entendons parler du groupe dont Georges de Selves devenait, pour ainsi dire, le chef, possédaient trop l'usage du monde pour ne pas montrer bon visage à ceux qu'ils écrasaient sans pitié, une heure auparavant. Le capitaine baron Crépinat, ayant lampé le tiers du contenu d'un flacon de liqueurs des îles, s'endormit dans un coin. Gaëtan de Lestourges, assis à une table de jeu gagnait galamment à Innocent Delphin une pièce de cent sous. Louis Egault observait les péripéties dramatiques de cette partie d'écarté. Lorsque le dandy gagnait, et c'était rare, car il jouait mal, ses yeux pétillaient de plaisir, il manifestait une joie grossière; si, au contraire, il perdait, son visage s'allongeait, ses lèvres se pinçaient, il maniait les cartes en tremblant, les mains crispées ; alors il jouait avec une précipitation fébrile, il couvait de l'œil les enjeux, s'emportait à la moindre faute, discutait pour dix centimes comme s'il se fût agi de la caisse d'un agent de change.

Malgré les efforts de La Mottière, ses convives se sentaient gênés, la conversation s'alanguissant, tombait d'elle-même.

Athenulphe et Varçon, entraînés par l'exemple, commencèrent

une partie d'impériale. La Mottière, Lestourges, Claude et Georges s'installèrent autour de la cheminée et se mirent à fumer en causant. L'on parla tout naturellement des événements politiques, des affaires de Rome, du rôle de la presse, des livres à la mode. Chacun disait son mot, sauf la Mottière qui, plus au courant des questions agricoles et de la chronique locale, se bornait à lancer, de temps à autre, dans ce dialogue, une exclamation insignifiante.

— Nous avons à Paris, dit monsieur de Lestourges au créole, un concitoyen qui jouit d'une certaine réputation littéraire, c'est un homme d'un talent véritable, quoique ses opinions soient diamétralement opposées aux nôtres.

— Vous le nommez?

— Sylvain Brissot, mon cher marquis. Il est parent à un degré assez éloigné du libraire de la rue des Portiques.

— Avez-vous lu, demanda Claude au comte, le dernier livre de Sylvain?

— L'*Ultramontanisme*? Non, certes, le titre seul m'a effrayé.

Athenulphe releva la tête, comme un cheval de bataille qui entend le son du canon. Il posa ses cartes, s'accouda sur le guéridon et s'écria d'un ton provocateur :

— Moi, je l'ai lu; c'est un beau livre !

— Un chef d'œuvre! appuya Varçon.

Décidément, apothicaire et médecin se pouvaient donner la main, ils voguaient de conserve, dans les eaux ; c'était Nysus et Euryale, Castor et Pollux, Damon et Pithias... Un couple bien assorti !

Les éloges spontanés que décernèrent au livre de Sylvain Brissot les deux intimes eurent l'effet d'une déclaration de guerre. Georges, le comte et Claude se regardèrent d'un air qui voulait dire :

— Attention ! voici l'ennemi.

Puis Claude, le geste sobre, la voix grave, le ton ferme et décidé, reprit en accentuant fortement ses paroles.

— Docteur, Athenulphe, je ne suis point de votre avis. L'*Ultra-montanisme* est, je l'accorde, une belle œuvre littéraire, mais je nie à ce livre tout mérite historique ou philosophique. Sylvain renouvelle contre la Papauté les accusations absurdes dont ses prédécesseurs ont rempli des in-folios qu'on ne lit plus, des romans qui n'amusent guère. Voltaire et sa séquelle ont dit tout cela, il y a plus d'un siècle. Ces radotages, ces inepties n'ont presque plus de portée et, sous la masse des sots qui forment un certain public, les livres comme celui de Sylvain Brissot n'auraient d'autres destinée que celle de servir à faire des cornets de papiers pour les marchands de tabac.

— Ce n'est pas discuter, cela, c'est assommer ! s'écria d'un ton de mauvaise humeur Nysus-Varçon.

— Tu pourrais au moins citer quelque fait à l'appui de tes assertions, ponctua Euryale-Athenulphe.

Claude leva les épaules :

— Un fait ? reprit-il, mais il y en a cent ! il y en a mille !

Que voulez-vous que je dise ? Tenez. S'il fallait en croire Sylvain sur les deux cents soixante-trois papes qui se sont succédés sur le trône de Saint-Pierre, il n'en est pas un seul qui n'ait mérité le bagne à perpétuité. Les plus belles figures, Innocent III, Grégoire VII, Léon X, Pie V, sont insultés avec cette violence irréfléchie que la presse prétendue libérale emploie contre tout ce qui est respectable : hommes ou idées. Sylvain voit tout, il entend tout. Je dois avouer que je ne vois point comme lui, ni ne sais comme lui, ni n'entends comme lui. Il a puisé ses arguments un peu partout, et ils sont misérables. Il parle de complaisances ultramontaines, ce qui me paraît une réunion de mots complétement dénuée de sens. Il accuse Rome d'avoir la prétention de dominer les empires... d'être despote, anti-libérale, que sais-je ? En un mot, il réalise complétement le type de l'historien des œuvres duquel Joseph de Maistre a pu dire : « Depuis trois cents ans l'histoire est une conjuration perpétuelle contre la vérité. »

Varçon lança au jeune homme un coup d'œil vipérin et mumura

Tant de fiel entre-t-il dans l'âme des dévots.

Le pharmacien, se mit à ricaner et lorsque Claude eut achevé, il se leva et vint s'accouder sur le dossier du fauteul de La Mottière. Alors avec un accent dont aucune langue ne pourrait décrire l'étrange consonnance et dont on ne saurait noter les inflexions, tantôt aigres, criardes, aiguës, tantôt sombres et basses, il reprit :

— Voilà bien, en peu de mots, l'expression de ta pensée tout entière et non-seulement de la tienne mais de celle du parti dans les bras duquel tu t'es jeté, n'étant pas assez fort pour t'accrocher à nous... Eh bien ! je suis content que tu te sois dévoilé. A mes yeux, le livre de Sylvain Brissot est un chef d'œuvre ! je l'ai dit, je le maintiens. Cet homme a ce qui vous manque, à vous autres : du nerf. Il démolit cet échaffaudage de contes à dormir debout, de légendes, de traditions, qui soutient, par le côté poétique, votre religion romaine qui n'est plus celle de Jésus-Christ. Il abat la forêt des préjugés....

Ici, le marquis de Selves interrompit soudain l'orateur :

— Je ne m'étonne plus, alors, s'écria-t-il, qu'il nous débite tan de fagots !

Athenulphe, ivre de fureur concentrée, reprit au milieu des éclats de rire :

— Le sarcasme !.. Ah ! voilà votre arme favorite. Ne pouvant nous attaquer en face, vous cherchez à nous rendre ridicule.

— Et nous y parvenons sans peine, interrompit encore l'incorrigible créole, le plus gros de la besogne est déjà fait.

— Monsieur, observa d'un ton solennel Varçon, il est assez singulier que mon ami Morteret ne puisse défendre librement les opinions que vous avez attaquées et qui sont les nôtres.

— Sylvain Brissot, poursuivit Atheaulphe, est plus qu'un homme, plus qu'un écrivain, plus qu'un génie : c'est un caractère ! Malgré Rome et ses adhérents, son dernier livre a fait son chemin. Les journaux l'ont vanté, la presse a été unanime à le prôner. Je me fais gloire d'avoir passé une partie de ma vie aux côtés de cet homme illustre...

Claude, impatienté, saisit la balle au bond.

— Oui, nous fûmes ensemble au collège, dit-il, et je me souviens qu'il te donna plus de taloches que de marques d'amitié. Oh! vois-tu ? je connais mon Sylvain Brissot autant que toi, si ce n'est plus. Il n'a pas trente ans et joue à l'homme sérieux, blasé, incorruptible, inaccessible à tous les sentiments humains. Il écrit bien, c'est vrai. Il a de l'esprit, du talent, mais, à côté de ces qualités combien de défauts ! Quelle outrecuidance! quelle mauvaise foi ! Il pomponne sa phrase, y met des rubans roses, se fait coquet, gai, badin, léger... il marivaude... il s'emmarquise... et débite son poison sous un monceau de fleurs de... rhétorique. Son illustration est de fraîche date, mon cher, et trop éclatante pour n'être pas surfaite!... Non! non ! point d'illusions fâcheuses... *cuique suum* ! Sylvain Brissot n'aura du génie que lorsqu'il abandonnera la voie déplorable où l'orgueil et le manque de critique l'ont poussé... Quant à son livre, c'est une mauvaise action. Il ne contient qu'erreurs ou calomnies : ses appréciations sont fausses... les jugements qu'il porte ne sont corroborés d'aucun argument sérieux, d'aucune preuve historique.

Claude parlait avec tant de conviction qu'il ébranlait même les indifférents. La Mottière eut un bon mouvement, il vint à lui et lui tendit la main. Athenulphe avait rougi et pâli tour à tour en entendant cette sévère critique de l'homme dont il se posait comme l'apologiste et le soutien. Il ne se dissimulait que Claude disait la vérité; aussi, conscient de son infériorité, il n'essaya même pas de répondre. Seulement il fixait sur le jeune homme ce même regard venimeux qu'il lui avait déjà lancé, il s'écria :

— Tiens ! tu n'es qu'un clérical !

— Parbleu ! s'écria spirituellement Claude.

— Et comme vous n'êtes pas clérical, vous ignorez peut-être ce que c'est, ajouta le marquis de Selves. Je vais vous le dire, monsieur, un clérical c'est l'opposé d'un imbécile.

Et sur cette injure dont son imagination méridionale ne calcula sans doute pas la portée, le créole ajouta d'une voix hautaine :

— Claude et vous, Lestourges, venez-vous ?

Il prit congé du maire avec les formes les plus polies, les plus gracieuses et sortit, accompagné du comte et des trois jeunes gens. La Mottière les accompagna jusque dans l'antichambre.

— Mon cher La Mottière, lui dit monsieur de Lestourges, voici une soirée qui est un évènement. Pardonnes-nous ce qui s'est passé, car il y avait un complot tramé contre nous, tu le sais. Nous nous en sommes fort heureusement tiré !.. Tu es des nôtres, hein ?

La Mottière leur serra la main à tous et rentra dans son salon en se frottant les mains. Cet homme dont le seul but était de faire parler de lui, bon gré malgré, se disait in petto :

— Demain, tout Garocelle saura l'histoire ! Ah ! ah ! ah ! dans cinq ans d'ici l'on parlera encore de ce dîner. Bonne affaire ! Ils ont tiré les marrons du feu ! Ah ça ! il s'agit de ne point rester entre, l'enclume et le marteau... De quel côté me mettrai-je ?

Dix minutes plus tard, il ne restait personne chez lui. Varçon et le pharmacien s'en allèrent de compagnie, méditant des plans de vengeance et se jurant l'un à l'autre de ne point laisser impunie l'insulte faite à leur parti, dans leur personne. Ils montèrent ensemble au second étage. Leur conversation dut être intéressante, car elle se prolongea jusqu'à trois heures du matin.

Le jeune Innocent Delphin s'en fut au cercle, où, pour se consoler d'avoir perdu cinq écus avec le vicomte de Lestourges, il se fit gagner dix louis par le fils du notaire Ouzaux.

Quant au capitaine baron Crépinat, qui dormait du sommeil du juste, il sortit en dormant, dormit en allant chez lui, et ne fut pas plutôt arrivé qu'il tomba sur un canapé où il se mit à ronfler comme un orgue de cathédrale.

Lorsque La Mottière eut congédié tout son monde, il se déshabilla. Une fois enbossé dans une robe de chambre ouatée, les pieds dans de chaudes babouches fourrées, il s'éten'it sur une bergère, au coin de son feu et se livra au monologue suivant:

— De quel côté me mettre? Atl.enulphe me fait peur, avec ses yeux de chat et sa petite voix flûtée... Varçon est mon locataire : il vaut pour moi cinq cents francs de rente annuelle. Il est conseiller, médecin de l'Hôpital, président de la société de secours mutuels... Donc! il y aurait à lutter. D'un autre côt', je n'ai pas grand chose à espérer de ce marquis... Lestourges est ruiné.. il a terminé ses procès. . Le petiot Egault est un mignon jeune homme qui changera de sentiment d'ici à... Hum ! Hum ! sapredienne! comme dit maître François Ouzaux, notaire impérial, un garçon de son âge, qui parle aussi rudement, ne change pas d'opinions comme de chemises !... Bah ! je vais tous les dimanches à la messe d'onze heures '... je vois.

les chanoines... si Varçon n'est pas content, il déménagera... je
m'en... moque: Et si Athenulphe regimbe on l'amadouera... Je ne
suis pas bête !

Sur quoi, il s'en fut coucher.

En passant devant la maison de monsieur Courchamps, Claude
vit un filet de lumière à travers les volets. Il pria son frère d'avertir qu'il rentrerait plus tard, salua monsieur de Selves et les Lestourges à qui leur cousin offrait l'hospitalité, et monta chez le rédacteur en chef de *La Minerve*.

Monsieur Courchamps, selon son habitude, travaillait encore. Il
ne fut pas médiocrement surpris de voir entrer Claude chez lui.

— Je viens, lui dit le jeune homme, vous conter une bonne histoire.., vous en ferez votre profit... *Le Libéral* paraît demain à dix
heures et *La Minerve* sera sous presse à midi, vous aurez donc le
temps de tirer parti de mes renseignements.

XII

Quoiqu'il fût déjà deux heures, les habitués du café du *Commerce* n'avaient point encore vidé les lieux. Il ne manquait plus à la réunion qu'Athenulphe, Morteret et Claude Egault. La même raison les empêchait sans doute de venir au café ce jour-là.

Il régnait une telle animation dans la salle que madame veuve Nicrabeau, effrayée de tout ce bruit, de tout ce tapage, s'était déjà demandé à plusieurs reprises si elle ne ferait pas bien d'envoyer prier monsieur le commissaire de police de venir prendre une chope de bière mousseuse, récemment arrivée de Munich. Elle se résolut pourtant à retarder encore son invitation, supposant avec quelque raison que l'entrée de l'estimable fonctionnaire chargé de veiller à la sûreté publique serait peut-être mal interprétée.

Tous les petits guéridons de marbre étaient environnés de consommateurs; un certain nombre de citoyens n'ayant pu trouver de place, faisaient le pied de grue debout auprès du gros poële de faïence à tuyau de cuivre poli. D'autres serraient de près le comp-

ïoir où trônait Celimène-Aréthuse, née Piffrard. Chaque petite
réunion se laissait présider par un bourgeois qui tenait à la main
un journal qu'il lisait. De temps à autre un murmure indigné s'élevait; mais le groupe où pérorait Varçon applaudissait, au contraire. Le capitaine baron Crépinat fumait dans sa grande pipe de
Cummer à tuyau d'ambre ; il avait déjà consommé ses neuf verres
d'absinthe de Neufchâtel (brevetée S. G. D. G.), et gardait à grand'
peine son équilibre. C'était sa manière à lui de sanctifier ces jours
de fête. Quels événements mettaient ainsi en émoi les habitués du
café du *Commerce*, et madame veuve Nicrabeau, Celimène Aréthuse, née Piffrard ?

La porte vitrée s'ouvrit. Claude Egault se montra sur le seuil
avec le vicomte de Lestourges auquel il donnait le bras. Ce fut un
concert d'exclamations, d'interrogations, de chuchottements. Le
jeune homme reçut le choc sans broncher ; il entra et vint s'asseoir
à la table où se massaient le notaire Ouzaux, Joseph Brissot et
La Mottière. Une petite bande de menus démocrates, avoués, huis-
siers et avocats, commandée par Varçon, occupait la table voisine.

— Tenez, Claude, fit La Mottière en tendant au jeune homme la
feuille qui excitait ce trouble universel, voici *le Libéral* de ce matin,
lisez-le.

— Peuh ! répondit Egault avec insouciance, je l'ai déjà lu, mais
je le veux relire encore ; peut-être y trouverai-je ce que j'y ai vainement cherché ce matin.

— Votre éloge ! siffla la voix sardonique du docteur.

— De l'esprit ! riposta Claude sèchement.

Et il lut à haute voix l'article suivant:

» L'hydre à sept têtes du cléricalisme se réveille de sa longue
somnolence. Il se passe dans notre ville des faits étranges et que
nous dénonçons à qui de droit. Un noble étranger arrivé depuis

peu, un jeune homme à la tête ardente, aux opinions exaltées, les célébrités enfin du parti *Codino* ont formé une sorte de conspiration dans le but bien avéré de renverser le parti libéral, si digne, si pur de toute souillure, qui tient à Garocelle le haut du pavé!

» Il n'entre pas dans notre esprit de faire des personnalités ; c'est un genre de polémique que l'on doit réserver aux cléricaux. Seulement, nous avertissons ultramontains et rétrogrades, que leur attitude *donquichottesque* ne nous effarouche pas du tout; que leurs moqueries jésuitiques auront pour seul résultat d'appeler le rire sur nos lèvres. En un mot, les disciples d'Escobar, ces sec-tateurs de Loyola dont les *monita secreta* sont le Code, auront beau faire et beau dire, ils ne convaincront personne de leur innocence, et, puisque nous en sommes aux révélations, nous pouvons dire ceci : Notre pays est à l'abri des grandes commotions, mais non de la funeste influence cléricale. Il ressort évidemment que la domi-nation des cléricaux, leur intrusion dans les affaires municipales, leur incapacité, leur opiniâtreté, leur aveuglement, ont compromis la fortune publique et entravé la marche du progrès. Aussi espé-rons-nous les vaincre à tout jamais, s'ils mettent à exécution cer-tains projets de canonisation, procession, *et cœtera* dont le bruit est monté jusqu'à nous, des infinies profondeurs où se cache la gent cléricale. »

» Et s'ils veulent nous combattre et mesurer leurs forces contre les nôtres, ils verront bientôt ce que nous valons. Ils mordront la poussière, et puisse l'Etre suprême qui veille sur nous du haut de l'empirée, débarrasser notre pays à tout jamais de cette bande de Saint-Vincent-de-Paul, qui, sous prétexte de charité, capte des testaments, s'empare des successions et s'enrichit aux dépens des imbéciles. Messieurs les ecclésiastiques sont avertis que la presse libérale et voltairienne surveille *sévèrement* le clergé. »

Ce piteux entrefilet était signé : « A. M. »

— Eh bien, demanda Joseph Brissot au jeune homme, qu'en dites-vous?

Claude fit une moue dédaigneuse.

— C'est grossier, menteur et lâche, dit-il de façon à être entendu de tout le monde. Quand on écrit des ignominies de ce genre, on devrait avoir le courage de les signer, afin d'être à même de recevoir les soufflets qu'un pareil article mérite en guise de réponse.

Varçon bondit comme sous le choc d'un ressort élastique.

— Monsieur! rugit-il d'une voix altérée par la colère.

— Hein? fit Claude froidement. Acceptez vous comme vous concernant les paroles que je viens de prononcer?

Avant que le docteur eût eu le temps de répondre, la porte du café s'ouvrit avec fracas, et le comte de Lestourges apparut sur le seuil, le visage rayonnant. Il tenait, lui aussi, un journal à la main.

Il se fit un grand silence.

— Messieurs, s'écria le comte en saluant, l'on fait queue à l'entrée des bureaux de *la Minerve*. L'imprimeur a dû faire un second tirage et le journal est en retard d'une heure. Les trois cents premiers numéros se sont vendus à l'enchère, en voici un que j'ai payé cinquante centimes!

Et il agita triomphalement la feuille au-dessus de sa tête.

— Lisez, lisez! lui cria-t-on de toutes parts.

— Voulez-vous que je lise, écoutez.

L'on entendit, au milieu du silence, le bruit du papier froissé, puis la voix du gentilhomme s'éleva grave et joyeuse.

« PRATIQUES LIBÉRALES.

» Il est de ces injures auxquelles on ne répond que par le dédain ; malheureusement cette arme ne peut être employée que dans les grands centres où certains hommes sont placés au-dessus de la foule, si bien connus, si sentis, si approfondis, qu'ils sont inatta- quables. Ainsi M. Guizot a pu dire : Vos injures n'atteignent pas à la hauteur de mon dédain. »

» Dans une ville comme la nôtre, le silence ne serait pas de mise : on nous taxerait de poltronnerie. Il nous faut donc, malgré le dégoût que nous éprouvons, répondre à l'article anonyme contenu dans *le Libéral* de ce matin. Le style de cette diatribe nous fait deviner que son auteur n'a point l'habitude de la plume et qu'il ne jouit pas de connaissances bien étendues. Passons-lui cette ignorance et voyons le fond de son libelle.»

» Les cléricaux — et si le mot veut dire *catholiques*, nous en sommes — y sont proprement appelés « la bande de Saint-Vin- cent-de-Paul, sectateurs de Loyola, disciples d'Escobar. » La chose ne déplaît pas aux libéraux. On y parle des *monita secreta*, publiés par un V.·. M.·., qui sont complétement apocryphes et ne méri- tent pas l'honneur d'une réputation. C'est un de ces pamphlets que l'on vend sous le manteau, que l'on ne peut lire sans rougir de honte et dans lequel nos adversaires vont puiser des idées et re- tremper leurs forces, lorsque leur *bagou* mercenaire commence à paraître monotone. Le livre se vend 1 franc; c'est vingt sous plus qu'il ne vaut. »

» Monsieur A. M. s'érige aussi en censeur de la morale publique ! Messieurs les ecclésiastiques sont avertis que la presse libérale et voltairienne surveille *sévèrement* le clergé.»

» Monsieur Fouché, duc d'Otrante, ministre de la police, eût été bien heureux que la presse voltairienne et libérale de son temps surveillât *sévèrement,* non pas seulement le clergé, mais encore la noblesse, l'armée, la bourgeoisie et le peuple. Il eût économisé quelques millions et simplifié la besogne de ses agents. Mais nous

ne sommes plus au temps de monsieur Fouché, duc d'Otrante, ministre de la police. »

» Quand on est révolutionnaire, on ne saurait l'être à moitié.
Monsieur A. M. ne craint pas de terminer ce que nous avons la
charité d'appeler son article en priant l'Etre suprême de débarrasser Garocelle des cléricaux. C'est là que monsieur A. M. nomme du
libéralisme ! Nous ne lui en faisons pas compliment, s'il entre dans
les pratiques libérales d'exciter à la haine les citoyens contre les citoyens, d'attaquer les hommes les plus respectables sans oser les
nommer; de calomnier à mots couverts, en se gardant bien de donner prise à une attaque en diffamation, nous sommes désormais
fixés sur les intentions des messieurs de la démocratie. Ils s'intitu-
lent citoyens et libéraux, proclament qu'ils veulent à tout prix la
liberté des cultes, la liberté de conscience, la liberté d'opinion, la
liberté d'action : tout cela se peut traduire par *la liberté pour eux.*
Ils attaquent sans trêve et sans relâche le culte catholique; ils
veulent donc nous empêcher d'accomplir les actes extérieurs de
notre religion. Et c'est du libéralisme?

» Monsieur A. M. accuse les cléricaux d'avoir compromis la for
tune publique. Nous le mettons au défi de prouver ce qu'il affirme
si catégoriquement. Ses désirs ne seront point accomplis. Dieu
ne *débarrassera* pas Garocelle des cléricaux que cette ville renferme ; ils resteront, si tel est leur bon plaisir, et monsieur A. M. en
sera pour ses souhaits. »

» Et maintenant, digne monsieur A. M., renoncez à manier une
plume et contentez-vous de brandir un pilon. Tenez-vous-en aux
lochs, aux cataplasmes, aux clystères, aux pilules, mettez du coton
dans vos oreilles, buvez de l'eau, tenez-vous les pieds chauds, et
tâchez de modérer votre fougue, sinon vous n'aurez pas la pratique
des cléricaux. » *signé* : OUTIS.

Le Trésor.   8

— Bien dit, sapredienne, bien dit ! s'écria le notaire Ouzaux lorsque le comte eut achevé sa lecture. Ma foi, si l'auteur de cet article veut se dénoncer, hum, hum ! je lui paie un dîner, mais un dîner à faire peur à Gargantua.

— Oh! superflu ! *verg well,* superflu, beautiful, parole d'honneur, exclama Innocent Delphin, qui avait des prétentions à l'anglomanie.

Chacun prêta son tribut d'éloges à l'article de *la Minerve.* Claude seul garda le silence ; il paraissait même assez embarrassé et se disposait à s'esquiver sans bruit lorsque Varçon l'arrêta au passage et lui dit à voix basse :

— Où donc allez-vous, monsieur Claude? pourquoi ne joignez-vous pas vos louanges à celles de ces messieurs ? serait-ce que votre modestie vous empêche de vous glorifier vous-même ?

Claude se dégagea brusquement et lui dit :

— Pensez tout ce qu'il vous plaira, peu m'importe.

Il se glissa hors du café et se promena sous les portiques jusqu'à ce que messieurs de Lestourges fussent venus le rejoindre. Tous trois ensemble se dirigèrent alors vers les bureaux de *la Minerve.* Monsieur Courchamps les reçut avec cordialité. Il serra fortement la main à Claude et s'écria en souriant avec malice :

— Eh! eh ! messieurs, savez-vous bien que j'ai fait une excellente journée ; un tirage de quatre mille ! total deux cents francs de bénéfice extraordinaire ! Je parie que j'ai demain deux cents abonnés de plus, ce qui me donnera neuf cents francs de bénéfices à la fin de l'année. Votre article a fait sensation. Tenez, j'ai besoin d'un second moi-même et je vous prends pour coadjuteur avec future succession. Je me charge d'obtenir le consentement de votre père.

L'on peut s'imaginer la joie de Claude Egault qui, depuis si longtemps ambitionnait cette place. Certes, il savait qu'un journaliste de province ne peut arriver ni à la gloire ni à la fortune. Mais il savait aussi que de toutes les positions littéraires, celle de rédacteur en chef d'un petit journal est la moins précaire, la plus durable. Il aurait du temps pour travailler, en dehors de son journal, il gagnerait de quoi vivre. Que désirer de plus.

Toujours accompagné du comte et de Gaëtan, il rentra chez lui et s'empressa de prévenir son père de ce que lui proposait monsieur Courchamps. Monsieur Egault se montra moins hostile que son fils ne le craignait. Il donna son consentement sans se faire prier. Peut-être avait-il quelque arrière-pensée, c'est ce que nous apprendra la suite de cette histoire.

Claude trouva dans son salon monsieur le marquis de Selves, lequel était venu s'informer de l'effet produit au café du *Commerce* par l'article de Claude. Les quatre amis, assis autour de la cheminée où brûlait un beau feu brillant, se livrèrent paisiblement aux charmes d'une causerie amicale. Egault entretenait ses amis de projets d'avenir. Georges souriait et se promettait à lui-même d'aider à parvenir cette nature franche et loyale, ce travailleur consciencieux. Monsieur de Lestourges devait partir le lendemain avec son fils pour la Commanderie où il avait laissé la comtesse et sa fille sous la garde d'un vieil intendant; il pensait un peu au passé, à sa richesse perdue, à sa famille ruinée. Cependant il conservait sa légèreté d'esprit, sa gaîté, et se jurait de travailler à relever sa maison.

Soudain, l'on frappa trois coups secs à la porte du salon.

Les causeurs échangèrent un coup-d'œil.

— Je me demande qui cela peut être, fit Claude. Mes camarades n'ont point coutume de frapper ainsi.

Il se leva et ouvrit.

Les visiteurs étaient Varçon et le capitaine baron Crépinat. Tous deux revêtus de noir, l'habit boutonné jusque sous le menton ; la contenance grave, le visage sérieux. Georges de Selves devina le but de leur visite, et, d'un coup-d'œil, il avertit Claude. Celui-ci reçut froidement, mais poliment ces deux personnages. Sans leur offrir des siéges, il s'informa du motif de leur visite.

— Monsieur, lui dit Varçon qui, probablement, était chargé de porter la parole, vous êtes l'auteur d'un article publié ce matin dans *la Minerve* qui attaque un de mes plus chers amis, monsieur A. Morteret, lequel m'a chargé de vous demander raison ; comme il est l'insulté, il choisit le pistolet, et vous...

Claude éclata d'un rire moqueur, si communicatif que Georges et les Lestourges ne purent s'empêcher de faire chorus avec lui.

Varçon interloqué, s'arrêta net.

— Voyons, docteur, lui dit Claude en riant toujours, croyez-vous qu'Athenulphe ait bien soif de mon sang ?

— Heu, heu... non, balbutia l'ancien député.

— Eh bien ! dites-lui que je n'ai pas soif du sien. Je place dix balles sur une carte, à vingt-cinq pas, quoique je sois myope. Dites-lui cela, et ajoutez qu'il ne me plaît guère de jouer ma vie contre la sienne. Nous nous battrons à coup de plume... Docteur, je ne vous retiens pas.

Le docteur fit un demi-tour à droite et se dirigea vers la porte, sans daigner saluer personne. Le capitaine, furieux d'échouer aussi ridiculement, le suivit ; mais, arrivé sur le seuil, il montra le poing à Claude, en lui criant de sa voix beuglante :

— Attends, attends, on t'en donnera, mon petit, des cartes à piquer de balles, par les os de Garibaldi.

XIII

OU LE LECTEUR EST INTRODUIT AU SEIN D'UNE SOCIÉTÉ SAVANTE

— Eh! bien, mon cher Brissot, assistez-vous à la séance? disait le lendemain, vers deux heures, Claude au libraire de la rue des Portiques. Tous ces messieurs sont réunis. Je viens de voir passer monsieur Ouzaux, son portefeuille de secrétaire sous le bras.

— Et la Louison de monsieur La Mottière, ajouta Gaëtan de Lestourges, a déjà porté à l'Hôtel-de-Ville une corbeille pleine de volumes et de parchemins. Le tout recouvert d'une serviette.

— La serviette est pittoresque! dit Claude.

Brissot appela son commis qui rangeait des volumes sur un rayon et le prévint qu'il sortait. Le commis, adolescent de dix-huit à vingt ans, blond et joufflu, eut un sourire malicieux.

— Guélard va me jouer quelque tour, murmura le libraire, il a un petit air chiffonné qui m'intrigue beaucoup. Ah! ça, vous ne savez pas? le baron Crépinat m'a menacé de me couper les oreilles, par l'héroïque Ganache! si je ne demande pas à mon commissionnaire cent exemplaires de l'ouvrage de Sylvain. Je lui ai répondu que je ne voulais pas vendre de mauvais livres.

— Vous avez bien fait, répliqua le jeune Egault. S'il s'avise de vous menacer encore et de vous importuner, on lui donnera une petite leçon.

Lorsqu'ils pénétrèrent dans la salle des séances de l'Académie Garocelloise, la réunion était au grand complet.

Lorsqu'il s'agit d'élever une statue au fameux jurisconsulte Pantaléon, La Mottière fut nommé président du Comité chargé de recueillir les souscriptions et de traiter avec les sculpteurs et les fondeurs.

Ce comité composé, outre lui, du comte de Lestourges alors millionnaire, du notaire Ouzaux, du chanoine Morteret et du baron Carradori, mort quelques années plus tard, fut le noyau de l'Académie de Garocelle. Moyennant la rétribution modique de dix francs par année, tout homme exerçant une profession libérale était admis au sein de cette société qui comptait alors trente-cinq membres effectifs, dont vingt non résidants, et autant de membres honoraires.

Chaque année, l'Académie publiait un volume de trois cents pages contenant des documents ou des monographies relatifs à l'histoire de la province. Certes ! l'académie de Garocelle rendait de vrais services au pays; ce n'est qu'au moyen de ces travaux locaux, de ces recherches consciencieuses, de ces documents inconnus exhumés de la poussière des archives que l'on pourra un jour établir l'histoire de la France, qui, au dire de Napoléon, doit en avoir mille volumes ou n'en avoir qu'un.

De là, cette devise ingénieuse que l'Académie fit graver sur ses diplômes, un râteau avec cette légende : *Sparsa Colligit*. Ses ressources, tant en cotisations qu'en subventions municipales et

ministérielles, se composaient de quinze à seize cents francs de revenu.

L'impression du volume, et les menus frais absorbaient la totali-
té de cette somme ; la ville de Garocelle avait accordé la jouis-
sance gratuite d'une des salles de l'Hôtel-de-Ville.

Cette salle, située au second étage, formait un parallélogramme
de seize mètres de longueur sur dix de largeur. Trois fenêtres ogives, à vitraux coloriés, remplissaient tout un côté de la paroi , et
formaient au fond de la salle comme une espèce d'abside carrée.
A l'autre bout, une de ces immenses cheminées du moyen-âge
occupait aussi toute la muraille en largeur et en hauteur. Quatre
statues en soutenaient le manteau, accosté de deux bas-reliefs que
le temps avait couvert d'une patine grisâtre, et surmonté de l'é-
cusson des Brussol peint en couleurs vives sur une pierre blan-
châtre provenant des carrières de Saint-Vulpian. Deux portes perçaient chacune des parois latérales; d'immenses corps de bibliothèque en noyer verni les séparaient ; l'un servait d'archives et de
bibliothèque à l'Académie ; l'autre renfermait les antiquités récoltées
dans les fouilles opérées çà et là, et de nombreuses dépouilles des
monastères de Garocelle.

D'antiques tapisseries, retenues par des torsades d'argent, qui
se drapaient en portières sur les portes, enlevaient à l'aspect général de cette belle salle un peu de sa froide sévérité. Le plafond,
composé de poutrelles reposant sur une maîtresse poutre qui le traversait dans toute sa longueur, offrait à l'œil des peintures d'un
mérite réel que les siècles avaient émaillées et brunies. L'ameublement se composait d'une table à pieds tors et de siéges en bois
sculptés.

Rien, sans contredit n'avait changé dans cette salle depuis la
mort du dernier marquis de Brussol, si ce n'est que la table était

couverte de cet ignoble tapis de drap vert si communément employé et si laid.

La séance fut ouverte, aussitôt les trois retardataires arrivés.

Gaëtan de Lestourges et le marquis de Selves attendirent, dans une salle voisine, que leur admission fût accomplie. Le secrétaire, maître Ouzaux, lut d'abord le procès-verbal de la dernière séance ; cette lecture, faite de la voix nasillarde que prennent à leur insu les greffiers et officiers ministériels généralement quelconque, dura vingt minutes. L'on procéda ensuite au vote secret par oui et par non sur .'admission des deux candidats présentés par messieurs le comte de Lestourges et Claude Egault. Le résultat du scrutin amena pour les deux récipiendaires neuf suffrages affirmatifs et cinq négatifs.

Il est facile de comprendre que tous les académiciens libéraux ou prétendus tels votèrent contre l'admission de ces catholiques notoires. Monsieur Courchamps n'assistait point à la séance.

Introduits, puis informés que la majorité des voix les élisait, Georges et Gaëtan versèrent entre les mains du trésorier, monsieur Egault le père, leur cotisation de la première année ; puis, le marquis, en son nom et au nom de son co-récipiendaire, remercia en quelques mots l'Académie de l'honneur qu'elle daignait leur faire. Sa courte harangue achevée, il vint s'asseoir entre Claude et Gaëtan, en face d'Athenulphe Morteret, qui était à droite du docteur Varçon, En sa qualité de président, La Mottière occupait le haut bout de la table.

— Messieurs, dit le trésorier en se levant, je dois vous présenter les comptes de l'année qui vient de s'écouler. Je suis fâché d'avoir à constater l'état malheureux de notre caisse. Nous sommes en déficit de cent soixante-deux francs, trente-cinq centimes.

Il lut d'une voix monotone le compte qui accusait cette lamen table situation. La consternation se peignit sur tous les visages : la société se voyait forcé de recourir à un emprunt pour couvrir le trésorier de ses avances. Il y eut un cri d'indignation lorsque monsieur Egault lut ce paragraphe :

— *Itèm*... Avancé à monsieur Athenulphe Morteret, pour voyage au chef-lieu, frais de copie, coût de papier et matériaux divers, la somme de dix-neuf francs, quarante centimes... ci... 19, 4o.

— Comment ? s'écria maître Ouzaux, je ne comprends pas gnère...

— Permettez, fit observer Claude, votre état n'est pas en règle, mon père. Il nous faut un décompte de l'emploi de cette somme. Je refuse de voter ce paragraphe, si le détail ne nous est pas soumis.

Athenulphe répliqua d'un ton aigre :

— Eh ! croyez-vous donc que je sois capable de voler ?...

Claude l'interrompit ave un geste de dignité :

— Ah ! dit-il, fi ! de pareilles pensées !... Non, Athenulphe, un tel soupçon me flétrirait à mes propres yeux. Seulement, il est nécessaire que notre comptabilité soit régulière et notre budget est trop mince pour que nous puissions le voter ainsi, par chapitre.

L'incident n'eut pas de suite. Pour en terminer, la société vota le paragraphe dont il s'agit, sans exiger le détail. Mais lorsque le président fit un appel de fond, il y eut des récalcitrants. Il ne s'agissait pourtant que d'une souscription d'un demi-louis par tête, et, parmi les assistants, il s'en trouvait qui n'avaient point payé leur annuité. Quelques-uns s'exécutèrent, la plupart s'excusèrent sous divers prétextes. Il manquait plus de cent francs pour parfaire la somme et combler le déficit. Georges ouvrit sa bourse, y prit dix pièces d'or et les remit au trésorier d'une main timide. Il n'y eut pas de contestations, et l'excellent président — qui n'avait rien

donné — remercia le généreux créole avec des larmes dans la voix.
Touchante sensibilité !

Depuis un instant, Athenulphe paraissait fort affairé. Il se
remuait sur son siége, toussait, crachait, tourmentait des feuilles
d'un volumineux cahier placé devant lui. Puis, avec une feinte
modestie, il pria le président de lui accorder la parole pour lire
une œuvre importante.

Le président fit un signe affirmatif... Les Académiciens prirent
la posture la plus commode, à leur sens, pour écouter, et le tendre
Athenulphe commença la lecture de son manuscrit d'une voix
emphatique. Son travail avait pour titre : *Documents pour servir*
à l'histoire de la Domination du Clergé en Savoie — Recherches
historiques, archéologiques et philosophiques sur l'abbaye des Béné-
dictins de Saint-Emilien, en la paroisse et commune de Garocelle,
avec ces mots pour épigramme : *Mon royaume n'est pas de ce*
monde.

Il serait fastidieux d'analyser l'ouvrage d'Athenulphe Morteret, qui, malgré son titre extraordinaire, contenait, il faut l'avouer,
de rares documents et de précieuses données. Bien souvent, néanmoins, le fond ne sauvait pas la forme, et l'orateur commettait des
erreurs capitales. Nous en donnerons quelque idée à notre lecteur.
Dans ce travail, où les appréciations manquaient de tout, de cette
délicatesse d'expressions sous lesquelles certains écrivains par-
viennent à déguiser élégamment l'erreur, le jeune pharmacien
attaquait avec la virulence particulière à la jeunesse, qui ne sait
rien ménager, les institutions féodales et le système du gouvernement adopté par le moyen-âge. Pour son malheur, il avait suivi les
détestables conseils du docteur Varçon et du baron Crépinat.
Outre une apologie complète de la Révolution, l'ouvrage contenait
l'expression d'une haine véritable contre la noblesse ; il apportait

à l'appui de son assertion, des chroniques et des légendes si bien invraisemblables. qu'un enfant de quinze ans eût trouvé puéril d'y ajouter foi ; l'opinion de quelques écrivains de l'école de Proud'hon lui servait aussi de caution ; il se retranchait derrière des autorités contestables et se mettait à l'abri en citant force faits soi-disant irréfutables, tirés d'œuvres dont il ne nous est même point permis d'écrire le titre. En un mot, il partageait les préventions d'une secte, heureusement peu répandue en Savoie et qui vit de la calomnie.

L'*Ultramontanisme*, de Sylvain Brissot, était plus d'une fois cité et glorifié. Il va sans dire qu'Athenulphe Morteret renouvelait contre la Papauté, le Clergé, les ordres religieux, qui tous brillèrent d'un vif éclat entre l'an mil et la Réforme, les erreurs propagées et mises à la mode par les encyclopédistes. Il avouait néanmoins quels immenses services les moines rendirent à l'ordre social ; seulement il ajoutait, comme un correctif à cet aveu, que ce dévoûment avait pour mobile la cupidité, l'ambition, l'espoir d'arriver à la domination universelle.

Il appréciait, avec des réserves, les travaux des Bénédictins. Cette énorme compilation de faits, de dates, de chartes inédites, de documents inconnus ; ces immenses collections historiques, ces grandioses monuments littéraires, œuvres des savants disciples de saint Benoît, avaient été entreprises, à son avis, uniquement pour le profit de la religion. Et, bien que la société profitât de cette diffusion de lumières, comme elle n'avait pas eu lieu uniquement pour son usage, comme la Religion et l'Église en recevaient une sorte de gloire, il refusait aux moines son tribut de reconnaissance et d'admiration.

Athenulphe, en cet instant, paraissait presque beau, l'on ne pouvait contester ni son talent ni ses connaissances ; il lisait bien et savait intéresser son auditoire. Son débit lent, bien accentué, trop emphatique peut-être, ne laissait perdre à l'oreille ni un mot, ni une syllabe.

Le spectacle présenté par une réunion de quinze hommes intelligents ou qui devaient l'être, eût inspiré une curieuse scène de genre à que'que peintre de l'Ecole Flamande. Cette vaste salle , était admirablement conservée, correcte dans son style, décorée sobrement; les vitraux tamisaient la lumière et laissaient filtrer des rayons de soleil chaudement colorés à travers leur cristal semblable à un écrin de pierres précieuses en fusion ; cette lumière qui tombait d'aplomb sur la table et s'y jouait en reflets étranges, piquant une étincelle au flanc d'un encrier, miroitant sur les pages couvertes d'enluminures et d'orfrois d'un manustrit.

Les membres de l'Académie écoutaient, chacun en sa posture favorite: l'un s'accoudait sur le tapis vert et ne détournait pas son regard du lecteur; l'autre, les jambes croisées, le torse rejeté en arrière, se balançait sur son siége et paraissait trouver un ineffable plaisir à compter les rosaces du plafond; un troisième, immobile comme une statue, étudiait attentivement les jeux de l'ombre et de la lumière; celui-ci , affaissé sur lui-même, semblait goûter les d'lices du sommeil ; celui-là, les yeux à demi-clos, les lèvres épanouies en un radieux sourire, ne manquait pas de ressemblance avec ces fumeurs d'opium que l'on rencontre accroupis dans l'ombre, dans les rues du Caire ou de Constantinople. Il y avait là des types fort curieux.

En général, tous ces gens étaient vieux. Claude, Gaë'an, le pharmacien, formaient seuls l'élément jeune de la bande. Le marquis de Selves, fort brun, basané, avec ses traits ravagés, le feu intérieur dont étincelait son regard ; le pharmacien, bouffi de graisse, empesé, à l'air rogue, semblaient tous les deux plus vieux qu'ils ne l'étaient réellement. Les autres avaient des cheveux blancs, gris, ou teints; plusieurs montraient un crâne pelé comme un genou. Le chanoine Morteret, le digne notaire Ouzaux eussent avantageusement remplacé les momies égyptiennes du musée de Turin. Le premier, grand, osseux, au visage flétri, aux yeux caves, à la bouche édentée, à la peau terreuse, n'avait plus rien de vivant. Jamais l'on ne se fût imaginé que cet homme, bientôt nonagénaire, pût encore parler, agir et penser.

Quant au notaire, petit vieillard tout ratatiné, le visage couvert de rides, les mâchoires branlantes, cachant sous des sourcils buissonneux la vivacité de son regard, avait le chef garanti par une perruque ébouriffée de nuances roussâtres; son vêtement se composait d'un habit à queue de morue, d'une couleur indéterminée, d'une coupe impossible; de pantalons noirs et d'un gibus empire comme on n'en voit plus qu'à Garocelle.

XIV

Athenulphe ne fut point interrompu une seule fois pendant tout
le temps que dura sa lecture, près de deux heures. Lestourges,
monsieur de Selves et Claude s'étaient concertés à voix basse, et
Claude, ayant été chargé de répondre, prenait activement des notes.
Depuis longtemps le soleil était couché, lorsque le pharmacien
cessa de parler. On apporta des lampes.

Claude se leva :

— Monsieur le président, messieurs, dit-il, il me paraît nécessaire de discuter le travail que monsieur Athenulphe Morteret présente à l'Académie pour être imprimé dans son volume annuel. Je
crois me faire l'interprète de la majorité des membres en déclarant
que, tel qu'il est conçu et écrit, l'ouvrage de monsieur Morteret ne
peut être publié dans notre Recueil. Avant d'en voter l'impression, je demande à ce qu'il soit soumis à un comité de censure.

Athenulphe ne put supporter ce nouveau coup. Il se mit en colère et répondit que son ouvrage passerait tel quel, ou ne passerait pas du tout. La Mottière était désolé de ce fâcheux contre-temps. Il avait besoin' de ce manuscrit pour compléter le volume des Mémoires de l'Académie, et cependant il tenait à ménager l'opinion au nom de laquelle Claude Egault portait la parole. Il fit un signe furtif au pharmacien, et dit à Claude :

— Si tu as des observations à faire, Egault, parles.

— Je demande, fit monsieur de Lestourges, que les observations de monsieur Egault fils soient consignées au procès-verbal.

Claude se leva, et, ses notes à la main, il improvisa le discours suivant, que Gaëtan de Lestourges sténographiait avec attention.

— Messieurs, écrire l'histoire d'une ville qui n'est plus, c'est soulever les cendres d'un mort ; écrire celle d'une institution que la main des hommes a renversée dans un instant d'égarement, c'est faire amende honorable au passé. Partir d'un faux principe, stigmatiser une corporation, nier les bienfaits que les moines ont répandu sur la contrée dont nous sommes les enfants, c'est, à mon avis, danser sur une tombe et remplacer une épitaphe par des couplets bachiques ; c'est insulter à la majesté de la mort ; c'est commettre un sacrilége. Le livre de monsieur Athenulphe Morteret est un argument destiné à soutenir un parti qui est le sien. Il a cherché des faits nouveaux, des preuves nouvelles, et des circonstances inconnues jusqu'ici pour étayer sa thèse ; il entasse les citations, dont quelques-unes sont oblitérées, et s'inspire, je le regrette, des idées anti-chrétiennes des philosophes du siècle dernier.

Il serait trop long de vouloir développer ici la critique détaillée de tous les faits erronés contenus dans ces *Recherches sur l'abbaye de Saint-Emilien*. Il me suffira, pour ranger à mon avis ceux de mes honorables collègues qui pensent autrement que moi, de faire quelques citations et de les discuter. Monsieur Morteret attaque tout d'abord, et sans ménagement, le pouvoir temporel accordé par le roi Rodolphe III aux abbés de Saint-Emilien, qu'il fit comtes de Garocelle, avec tous droits de régale, mère et mixte-empire. C'est évidemment là une allusion fort transparente au pouvoir temporel des papes si souvent et si violemment attaqué depuis dix ans par le parti dont monsieur Morteret se pose comme l'interprète. Je lui répondrai par ces mots qu'un écrivain peu suspect de cléricalisme, écrivait dans une *Histoire politique des Papes :* « La chute de l'empire d'Occident ne laissa debout en Italie, comme force organisée et agissante que le pouvoir de la papauté, centre et personnification de l'Eglise. C'était le seul qui eût un caractère de permanence au milieu des fragiles établissements de la conquête, qui se détruisaient les uns les autres comme le flot chasse le flot. Rien ne durait plus excepté lui. Tel qu'il était alors, indéfini, désarmé, sans attributions précises, seul debout au milieu des ruines, il avait toute la majesté d'une puissance morale. Toujours actif, toujours dévoué, entouré d'un prestige qui frappait jusqu'aux conquérants, les peuples le voyaient sans cesse s'interposer entre la victoire et les vaincus (1). » Où puisé-je cette apologie du pouvoir temporel? Dans le livre d'un ennemi, messieurs! S'il fallait renouveler cette interminable querelle qui dure depuis dix ans à ce sujet, nous n'en finirions pas. Je m'en tiens donc à cette citation, dont le seul mérite est l'aveu d'un libéral.

Mais le fond du travail de monsieur Morteret est une véritable philippique dirigée contre le moyen-âge et ses institutions. Il a pu dépeindre le moyen-âge sans l'avoir sérieusement étudié. Mon Dieu! quand on entend de tous côtés déclamer contre cette époque...! lorsqu'on n'en voit que la surface, s'il m'est permis de m'exprimer

(1) M. Pierre Lanfrey.

ainsi, il est facile de la décrire sous des couleurs effrayantes. Je
ne m'étonne donc point de rencontrer si fréquemment dans le travail de monsieur Morteret les mots : — Situation matérielle affreuse,
terrible, navrante, douloureuse ; — ignorance, — oppression, — pil-
lages, – meurtres, — système de prohibition, — pénalités extraordinaires — droits absurdes, o lieux, immoraux... — Ce ne sont là
que des mots : un habile agencement de mots, il faut le reconnaître. Je me bornerai, pour expliquer la « situation matérielle,
affreuse, terrible, navrante, etc., » à vous faire quelques citations
qui me reviennent à la mémoire. Dans un simple roman, oui,
messieurs, un roman, M. Octave Feuillet s'exprime à peu près en
ces termes : « Envisagez un instant de bonne foi ce que devait
être la vie d'un homme du moyen-âge et du plus misérable... Que
de diversions morales à sa détresse physique ! que d'intérêts, que
de joies, que d'extases qui nous sont inconnus et dont nous retrouvons l'émotion toute palpitante dans les récits des vieux chroni-
queurs ! Il possédait, cet homme, non-seulement dans sa foi, mais
dans ses superstitions même, une source intarissable d'espérances,
de rêves, d'agitations morales qui lui faisaient sentir la vie avec
une intensité que nous ignorons. Le monde matériel lui était dur,
c'est vrai ; mais il y vivait à peine. Il s'en échappait à tout instant ;
son âme avait des ailes... Il avait Dieu, les anges, les saints.... les
magnificences du culte sans cesse déployées sous ses yeux,... la
vision lumineuse du paradis toujours entr'ouverte sur sa tête... Il
avait, à un degré puissant que vous vous efforcez d'affaiblir chaque
jour, tous les sentiments naturels, l'amour, le respect, la foi, le
patriotisme. Et ce n'était pas tout. Son imagination était encore
occupée, surexcitée sans trève par le mystère de l'immense inconnu
qui l'entourait de toutes parts... sous son foyer, dans les bois, dans
les campagnes, dans la nuit, tout un peuple d'êtres surnaturels,

Le Trésor.   9

qui lui parlait, l'inquiétait, l'enchantait et faisait de sa vie une légende, un roman, un poème continuel d'un intérêt doux et terrible. Eh bien ! oui, cet homme-là, déguenillé, affamé, saignant sur la glèbe, devait être plus heureux dans sa vie et dans sa mort, qu'un de vos ouvriers bien vêtus et bien payés, qui croient que ce n'est pas Dieu qui tonne, qui ne croient ni aux anges, ni aux fées, qui travaillent le dimanche, et qui n'ont d'autre fête que l'ivresse morne du lundi !... • Vous allez me dire, messieurs, que c'est là de la poésie, mais je puis vous citer maintenant de la prose. M. Guerard, un homme que l'on n'accusera pas d'être catholique et d'appartenir au « parti prêtre, » dans son remarquable ouvrage *Conditions des personnes et des terres du moyen-âge*, dit ceci : « Cette servitude encore si accablante dont parle Beaumanoir, n'était plus admise de son temps dans le Beauvoisis, comme il a soin d'en avertir, et même ne semble pas avoir été très-répandue ailleurs, à la même époque. » D'autre part, M. Léopold Delisle s'écrie, dans ses *Etudes sur la condition de la classe agricole en Normandie :* « Non-seulement les seigneurs n'y exerçaient sur personne un pouvoir absolu et arbitraire, mais tous leurs vassaux, moyennant une redevance minime et déterminée, pouvaient se marier suivant leurs inclinations et transmettre leurs biens à leurs héritiers. » « La servitude, dit Raepsaët, ayant en grande partie disparu, le peuple ne s'est pas soucié autant qu'on le croit communément d'obtenir un affranchissement complet. *Il a fallu souvent le contraindre à devenir libre.* » Louis-le-Hutin, après avoir, en 1315, publié un édit solennel qui conviait les serfs à se racheter, écrivait à un personnage dont on ignore le nom que « par mauvez conseil et deffaute de bons avis, préfèrent de rester dans la chetivité de servitude que venir à estat de franchise. » L'on peut en conclure que ces malheureux serfs n'étaient pas déjà dans une « situa-

tion affreuse, etc. » En somme, et comme le dit un illustre polé-
miste catholique, « à la place du *seigneur* mettez l'ÉTAT, et voyez
plusieurs époques de l'histoire moderne. » Et l'on ne dira pas que
l'Eglise ne fût pour rien dans l'abolition de l'esclavage, puisque,
dès 1179, le pape Alexandre III avait proclamé qu'il ne devait pas
y avoir d'esclaves dans le royaume chrétien. Je pourrais, messieurs, multiplier les citations, afin d'effacer ma propre personna-
lité et de vous résumer l'opinion de nos grands historiens, mais
votre conviction est arrêtée, je m'en tiendrai donc là pour ce qui
regarde le servage.

Monsieur Morteret met en cause, assez hors de propos, l'Inquisition. Tout ce que je pourrai dire à ce sujet serait ou trop long ou trop
court. Je passe donc, et me borne à demander que les passages où
il est question de cette institution soient biffés par le comité de
censure. Je conseille aussi à mon collègue de lire la savante et
judicieuse dissertation du docteur Hefelé, de l'université de Tubin-
gue, sur l'Inquisition politique d'Espagne. Il la trouvera dans la
Vie du cardinal de Ximénès.

Revenons au moyen-âge, à son « ignorance, » à ses « pénalités
extraordinaires. » Monsieur Morteret éclabousse en passant la monarchie héréditaire, la noblesse, l'Eglise. — Quelques citations,
arme qui me paraît très-bonne à employer, détruisent tout l'effet de
ses affirmations. Monsieur Morteret verra que je lui oppose des adversaires dignes de lui. Il dit, en parlant de l'Eglise : « Les doctrines
ultramontaines et obscurantistes de l'Eglise romaine furent la cause
des superstitions qui plongèrent le moyen-âge dans cette ignorance
absolue que les efforts du XIX° siècle ont tant de peine à faire dispa-
raître. L'Eglise oppressait le suzerain qui écrasait le grand feuda-
taire sous une formidable puissance, et le forçait à pressurer le
peuple. L'Eglise fut la borne qui força la civilisation de reculer. »

Je répondrai sur ce point à monsieur Morteret par deux citations. L'une est de monsieur Guérard : « *Le grand bienfaiteur du moyen-âge est le christianisme*, dit-il. Ce qui frappe le plus dans les révolutions de ces temps demi-barbares, c'est l'action de la religion et de l'Eglise. Le dogme d'une origine et d'une destinée commune à tous les mortels, proclamé par la voix puissante des évêques et des prédicateurs, fut un appel continuel à l'émancipation des peuples. Il rapprocha toutes les conditions et ouvrit la voie à la civilisation moderne. Quoiqu'ils ne cessassent pas de s'opprimer les uns les autres, les hommes se regardèrent comme les membres d'une même famille, et furent conduits par l'égalité religieuse à l'égalité civile et politique. De frères qu'ils étaient devant Dieu, ils devinrent égaux devant la loi, et de chrétiens, citoyens. » Monsieur Guizot, ce protestant qui rend si volontiers hommage à la vérité, corrobore de son sentiment celui du libéral monsieur Guérard : « Nul doute qu'en adoucissant les sentiments et les mœurs, s'écrie l'illustre homme d'Etat dans son *Histoire de la Civilisation en Europe*, en décriant, en expulsant un grand nombre de pratiques barbares, l'Eglise n'ait puissamment contribué à l'amélioration de l'état social. » Et, dans un autre ordre d'idées, il est facile de démontrer les erreurs que la plume de monsieur Morteret a laissé tomber, je ne veux point dire avec connaissance de cause. L'ignorance dont il accuse la noblesse n'a jamais existé que dans l'imagination de romanciers, trop amis du pittoresque. Je me rappelle une page qui contient, à cet égard, la vérité vraie ; elle se trouve dans les *Mélanges d'histoire et d'archéologie bretonnes*, de monsieur La Borderie : « Combien de fois n'a-t-on pas cité, dit-il, cette fameuse formule mise, dit-on, à la fin de certains actes, où le notaire rapporte que *messire un tel, en sa qualité de gentilhomme, a déclaré ne pas savoir signer* ? Or la vérité est que cette fameuse formule peut être, jusqu'à nouvel ordre, tenue pour chimérique, puisqu'on n'a encore montré aucun acte où elle se trouve. Il m'est passé par la main DES MILLIERS de titres bretons de toutes les époques. Je ne l'y ai vue nulle part, et je sais qu'un de mes amis (monsieur Léopold Delisle), qui a fouillé à fond les archives de Normandie, n'a pas été plus heureux. La vérité est qu'en Bretagne, depuis le XIIIᵉ siècle, et d'après les actes qui nous restent, ce ne sont presque plus que des nobles qui remplissent les charges de judicature, au moins dans les cours ducales, pour lesquelles il fallait non-seulement savoir écrire, mais aussi connaître très-bien la jurisprudence. La vérité est encore que les nobles même qui n'exerçaient point ces charges, n'en savaient pas moins-écrire, qu'il existe des signatures de Bertrand du Guesclin, etc. » L'on chercherait en vain une meilleure preuve, des affirmations plus explicites. Si l'on veut soutenir qu'en Savoie il n'en était point ainsi, il me sera facile d'anéantir ces assertions que je n'hésiterai pas à traiter de mensongères. Le Trésor des Chartes du diocèse de Maurienne, en Savoie, me fournira des témoins irréfragables. Je citerai : 1° une vente faite aux chanoines de Saint-Jean, par Michel ; cette pièce date du Xᵉ siècle, elle est signée par cinq témoins : Bruno *Claviger* ; Armand, neveu de Boson de Genève ; Guillaume Saginaud ; Albert de Suse ; Matthieu Tilerius ; 2° une donation de l'évêque Conon au Chapitre, en 1088 ou 1108, signée par neuf témoins, entre lesquels Constantin des Millières, Boson de Genève, Payen du Mollard, Ugues Béroard ; 3° une donation du comte Amédée III à l'évêque de Maurienne, vers 1108, signée par Odon de la Chambre et son frère Amédée, Aimon de Brozel, Guillaume de Rossillon, Esurion et Bernard de la Chambre. Et, du reste, Gorini, dans sa *Défense de l'Eglise* que Thiers, Guizot et les Thierry nommaient une œuvre impérissable, nous fournit un novel argument qui défie toute réfutation. Le voici : « Quand on songe au sacrifice que dans la nuit du 4 août 1789 la noblesse de la Constituante fit de ses priviléges, on en est peu surpris, car sans compter que tout cœur géné eux appel it des réformes sociales, ce qui se passait autour de l'Assemblée ne permettait guère d'hésiter. Mais qu'au V° et au VI° siècle, cette aristocratie qui avait jusqu'alors fourni à l'Etat tant de généraux, de gouverneurs de province, de préfets, de patrices, de consuls, d'empereurs, et qui, par la dislocation de l'empire voyait décupler son action dans les provinces, se soit tout à coup surprise nulle, incapable, impuissante, et cela parce que ses populations devenaient chrétiennes aussi bien qu'elle, l'assertion est inadmissible, et il est impossible de n'en pas sourire comme d'un paradoxe beaucoup trop bizarre. »

La prétendue ignorance du moyen-âge passe donc à l'état de chose jugée. Monsieur Morteret fait une excursion dans le domaine politique. « La monarchie héréditaire, prétend-il, fut un despotisme contenu qui abandonnait au caprice d'un homme, souvent maniaque ou méchant, les destinées de la nation. » Je lui répondrai au moyen d'un fragment de la lettre que monsieur Donoso Cortès, marquis de Valdegamas, ambassadeur d'Espagne à Paris, et l'un des hommes d'Etat contemporains les plus complets, écrivait au rédacteur en chef de la *Revue des Deux-Mondes* : «La monarchie héréditaire, telle qu'elle a existé aux époques qui séparent la monarchie féodale de la monarchie absolue, est le type le plus parfait, le plus achevé du pouvoir politique et des hiérarchies sociales. Le pouvoir était un, perpétuel et limité : un dans la personne du roi, perpétuel dans sa famille, limité parce qu'il rencontrait partout une résistance matérielle dans une hiérarchie organisée. Il y avait alors aussi des assemblées, mais elles n'étaient pas au pouvoir. Quand la monarchie, sans être encore absolue, eut déjà acquis une grande

force, elles furent une digue et rien de plus ; au jour de l'ébranle-
ment des trônes, elles devinrent un champ de bataille. Ceux qui
ont voulu voir dans les assemblées de cette époque l'origine des
gouvernements parlementaires ignorent ce que c'est que le gouvernement parlementaire et qu'elle en est l'origine. »

Claude fit ici une pause d'un instant. Sa prodigieuse mémoire,
sa profonde érudition l'avaient fidèlement servi. On l'écoutait avec
une attention soutenue, et il était très-évident qu'il remuait les
convictions les plus arrêtées, qu'il déracinait les préjugés les plus
tenaces des amis ou plutôt des partisans d'Athenulphe Morteret.
Il fallait frapper un dernier coup.

XV

Il y avait près d'une heure que Claude Egault parlait et personne, dans son auditoire, ne paraissait fatigué, inattentif. Il étonnait les plus intraitables par sa merveilleuse facilité d'élocution, par l'étendue de ses connaissances, et surtout par l'habileté avec laquelle il combattait, à l'abri de textes irréfutables. Son éloquence persuasive avait ébranlé les meilleurs soutiens d'Athenulphe, et celui-ci vit bien que la bataille était perdue. D'énergiques applaudissements avaient seuls rompu le silence et fait retentir les voûtes de cette salle transformée en champ de bataille.

Au bout d'une minute ou deux, Claude, encouragé par la tacite approbation de la majorité continua :

— Il me répugnerait d'avoir à discuter les faits que monsieur Morteret accumule dans son ouvrage pour attaquer les mœurs du clergé au moyen-âge. Je veux enfin terminer cette longue discussion, persuadé, messieurs, que mes efforts pour battre en brèche l'erreur et faire éclater la vérité, n'auront pas été tout-à-fait inutiles. Et je vous dirai : il est possible que l'on puisse, avec de l'esprit, de la verve et de la gaîté, attaquer avec succès peut-être des institutions, une époque, des corporations, que tant d'individus — sans esprit — ont déjà décriées et calomniées d'après le célèbre axiôme : » Mentez, mentez hardiment, il en restera toujours quelque chose. Mais il est une chose que l'on ne doit point laisser en proie à la calomnie, aux systèmes, aux préjugés, aux préventions ; cette chose, c'est l'histoire. Conjuration contre la vérité, selon notre compatriote Joseph le Maistre, simple tradition selon certains hommes... d'esprit, l'histoire est pour moi le *palladium*, le livre sacré, auquel on peut appliquer le mot : **Noli me tangere** ! Ne touchez pas à l'histoire, ne la déflorez pas, ne la défigurez pas, ne la travestissez pas. Et je repousse le livre de mon collègue monsieur Morteret, parce qu'il déflore, parce qu'il défigure, parce qu'il travestit l'histoire.

Claude se rassit et passa son mouchoir sur son front mouillé de sueur. Une salve d'applaudissements salua la péroraison du discours si brillamment improvisé par le jeune orateur ; des félicitations unanimes le récompensèrent de ses efforts, de son courage. Mais le silence était à peine rétabli qu'Athenulphe l'apostropha avec vehémense.

— Dites plutôt, s'écria t-il d'une voix qu'une colère furieuse altérait, dites plutôt que vous me faites une opposition systématique... Vous essayez de me démolir... parce que vous êtes jaloux ! oui jaloux ! jaloux ! jaloux !

Pour toute réponse Claude haussa les épaules. Monsieur de Lestourg's dit avec dignité :

— Monsieur le président, je vous prie de rappeler à l'ordre le membre de l'Académie qui se permet d'apporter ici et ses passions et ses colères...

— Hum ! hum ! fit le notaire Ouzaux, hum ! écrivez aussi bien que

Claude parle, mon petit Athenulphe, et je vous assure que nous applaudirons tous à vos succès.

Le président échangea quelque paroles à voix basse avec le secrétaire et le vieux chanoine qui rayonnait. Puis il annonça qu'il déférait les *Recherches sur l'Abbaye de Saint-Emilien* à un comité de censure composé de messieurs de Selves, de Lestourges, l'abbé Morteret, Varçon et Grandjoseph, avoué, digne compère du docteur.

Athenulphe reprit sur la table son manuscrit et déclara qu'il n'acceptait point ce comité de censure.

— Je prie l'Académie, poursuivit-il, de voter dès à présent l'impression de mon manuscrit. Le résultat du scrutin prouvera que monsieur Claude Egault n'a été l'interprète que d'une infime minorité.

L'evénement ne justifia pas ses prévisions. Le manuscrit fut repoussé par onze voix contre trois : Varçon, Grandjoseph et La Mottière seuls avaient osé voter pour l'impression du manuscrit. Lorsque l'assemblée se sépara, huit heures sonnaient à l'horloge de l'Hôtel-de-Ville. Depuis la fondation de l'Académie, jamais on n'avait vu de séance se prolonger aussi longtemps et provoquer de semblables discussions. Cette journée devait être la cause d'une révolution locale.

Si notre lecteur veut bien nous permettre de faire quelques pas en arrière, nous retournerons avec lui, pour la dernière fois, au café du *Commerce*, royaume où madame veuve Nicrabeau, Célimène Aréthuse, née Piffrard, régnait en despote, sans crainte, sans peur et sans reproche.

Deux heures avant que la séance commmençât, le docteur Varçon,

Athenulphe et le capitaine baron Crépinat prenaient tranquillement leur café dans l'établissement dont notre premier chapitre contient une description peu flattée. Ils s'étaient établis dans un coin de la salle du billard, à l'entour d'une table isolée. Un observateur n'eût jamais soupçonné l'occupation à laquelle se livraient ces braves gens, en dégustant avec sensualité l'arôme délicat du Bourbon *belle première.* Madame la marquise de Sévigné, ce *blue stocking* non patenté du siècle de Louis XIV, eût vainement épuisé l'interminable kyrielle d'épithètes de sa lettre à Coulanges. Elle vous l'eût donné en cent et en mille, bon lecteur, vous n'eussiez point deviné. Pour ne point allécher outr. mesure votre curiosité, nous vous le dirons sans préambule.

Nos trois démocrates conspiraient.

Pour quoi? pour qui? par quels moyens?

Ecoutez Varçon dont la langue venimeuse et le geste patelin s'unissent pour convaincre ses V∴ F∴ de la L∴ de la *Renaissance,* sous l'O∴ du G∴ O∴ de F∴.......

— Il ne faut pas nous dissimuler, mes chers amis, que l'alliance de ce monsie.r de Selves avec Lestourges, Claude Egault, le vieil Ouzaix, La Mottière et Joseph Brissot, nous causera de graves préjudices.

Nous avons subi un échec complet, l'autre jour, à ce dîner du maire. Il se trame quelque chose contre nous pour la séance de ce soir. Claude et le créole nous tournent en ridicule... Ils se moquent de nous... A force de faire, ils ameuteront contre le parti libéral ces niais et ces imbéciles qui forment, à Garocelle, une majorité imposante et composent le parti clérical. Entre nous, ces gens-là sont affiliés aux jésuites.

— Allons donc! murmura Athenulphe à l'oreille du médecin, gardez ces *balançoires* pour quand vous parlerez en public. Sauf le respect que je vous dois, ô docteur, vous savez bien qu'il n'y a pas de jésuites... en robe courte, et que les vrais jésuites ne se mêlent pas de politiques.

— Ils sont prudents, les gredins ! gronda le baron, déjà ivre aux trois quarts, et qui versa une demi-fiole de rhum dans son café !

— Je continue, reprit le docteur. Il faut nous venger de l'affront que nous avons reçu l'autre soir. Il faut nous venger de l'article — bien spirituel, ma foi — de *La Minerve*. Il faut nous venger du ridicule que votre provocation manquée a fait tomber sur vous, Athenulphe. Ah ! si vous m'aviez écouté, ce cartel saugrenu....

— Mais par quel moyen agir ? demanda le pharmacien. Ces catholiques sont trop honnêtes ! nous n'avons aucune prise sur eux !

— Laissez-moi faire ! Il nous faut commencer par....

— Claude Egault ! interrompit vivement Athenulphe. Je m'en vais le massacrer dans *le Libéral*.

Le docteur secoua la tête.

— Vous n'y êtes pas ! s'écria-t-il d'un ton rusé. Commençons par le plus mince : Joseph Brissot. Vous savez que ce libraire ne veut pas vendre ce qu'il appelle des mauvais livres. Vous chercheriez vainement chez lui les œuvres de Michelet, de Renan, de Quinet... il n'a jamais voulu me commissionner les infâmes pamphlets de l'abbé Trois-étoiles, qui, entre nous, est un abbé comme je suis le Grand Turc. Il a refusé ce matin de faire venir de Paris cent exemplaires de l'*Ultramontanisme*, de Sylvain Brissot. Enfin, vous vous souvenez, Athenulphe, que lorsque mes livres *Les Evangiles Apocryphes* et *La Bible sociale* furent mis à l'index, il me força de reprendre les exemplaires que j'avais déposés chez lui.

— Oui, repartit le capitaine baron Crépinat, je me souviens que vous lui intentâtes un procès. Le tribunal jugea que le libraire n'était point forcé de vendre vos livres, mais qu'il ne pouvait vous

obliger à les reprendre. Alors, Azupert de Lestourges, riche encore en ce temps-là, racheta pour cinq mille francs les mille exemplaires de Brissot et en fit un beau feu dejoie sur la place de l'Eglise.....
avec la permission de monsieur le maire, qui était alors monsieur Egault le père.

A ce souvenir, le front de mousieur Varçon se rembrunit et lorsqu'il reprit la parole, son accent devint amer, sa voix sifflante agaçait les nerfs comme le bruit d'une scie mordant une barre de fer.

— Oui, je me souviens!... ces choses-là ne s'oublient jamais. Lestourges a perdu son procès : j'avais eu soin de faire parvenir à l'avocat des Varignan certaines pièces qui... mais poursuivons. Brissot est gêné. Il doit près de huit mille francs aux frères Prex de Paris,et je crois qu'il a d'autres dettes encore. Voici mon plan. Ce soir, pendant la séance,le capitaine ira chez lui et se fera montrer son carnet d'échéances par le petit Guélard. J'ai mis ce bonhomme dans nos intérêts en payant pour lui cinquante francs et des centimes qu'il devait au café des Pompiers. Je rachèterai par dessous main toutes les créances, les effets, les mandats que Brissot doit payer,et je trouverai bien moyen de le faire déclarer en faillite.

Athenulphe et Crépinat se regardèrent avec épouvante.

— Mais c'est un crime ! dirent-ils, effrayés de tant d'audace jointe à tant de perversité.

Leur cœur n'était point entièrement gangrené !

— Qu'importe ! gronda Varçon en les fascinant du regard. Un crime n'est dangereux que lorsqu'il tombe sous le coup de la loi... demandez à La Mottière ! Il me faut dix mille francs et des complices... vous me donnerez mille écus chacun et vous partagerez avec moi la responsabilité de l'affaire. Moi je me charge de l'exécution.

Il y eut entre le misérable et ses deux compagnons une lutte hor-r.ble. Figurez-vous Satan aux prises avec deux âmes faibles qui n'osent point s'adresser au ciel et que le mensonge, la haine et la colère, trois serpents dont la blessure est mortelle, enlacent dans leurs replis. Ce combat se prolongea longtemps, mais ni Morteret, ni Crépinat ne puisaient leurs armes dans l'arsenal de la morale chrétienne, ils devaient fatalement succomber... Le pacte fut signé entre ces trois criminels, qui, ne pouvant arracher à Brissot la vie, voulaient l'assassiner dans son honneur.

— Pour Claude, continua Varçon, nous n'avons pas à nous en inquiéter. Le bruit court en ville que le vieux Courchamps lui cède la rédaction en chef de *La Minerve*. Ce garçon manque de ruse.... Sa loyauté m'est connue, il donnera droit dans les piéges que nous lui tendrons. Dès à présent, mon cher Athenulphe, nous prendrons, vous et moi, dans *Le Libéral* une position secrète : nous ferons la politique sous une signature commune, Andoche Fynot, si vous le voulez bien. Puis, nous laisserons le petit Egault s'enferrer de lui-même. Ce petit clerc, ce thuriféraire, professe l'éreintement de façon convenable. Nous l'amènerons tout doucement sur les bancs de la police correctionnelle... il sera fou avant six mois.

Ce projet, qui frisait de moins près le Code pénal que la vengean-ce projetée contre Brissot, fut accepté sans trop de discussion. Il ne s'agissait plus que de creuser une mine pour faire sauter monsieur de Selves, comme disait agréablement le capitaine baron Crépinat. L'on remit à un autre jour la discussion de ce nouveau plan. Mon-sieur de Selves n'était point encore suffisamment connu pour que l'on pût trouver son côté faible.

Lorsque le médecin et son complice eurent quitté le café, le ca-pitaine paya la consommation, lut quelques journaux et sortit au bout d'un quart-d'heure. Il se dirigea aussitôt vers le magasin de Brissot. Adolphe Guélard, le commis de celui-ci, était seul. Le baron Crépinat s'assit, appuya ses deux mains sur la pomme de sa canne et se mit à regarder silencieusement autour de lui. Puis, d'un ton paterne :

— Eh bien ! mon garçon, dit-il, votre patron a-t-il demandé à Paris les ouvrages dont j'ai besoin ?

— Lesquels, monsieur le baron ?

— L'*Ultramontanisme*, de Sylvain Brissot, et la *Férule pédago-gique*, de M. Carolus Le Sot, le célèbre rédacteur de l'*Opinion na-tionale*.

— Je ne connais pas cela, répliqua l'adolescent d'un ton timide. Monsieur Brissot refuse de vendre ces sortes d'ouvrages.

— C'est bien ! c'est bien !... A propos, mon garçon, le docteur Varçon ne vous a-t-il pas dit quelques mots d'une affaire...

Adolphe Guélard devint écarlate, un tremblement convulsif secoua ses membres grêles... Il ne savait que trop de quelle *affaire* Crépinat entendait parler. Cet enfant, d'abord honnête, mais corrompu par de mauvaises compagnies, entraîné au cabaret par des ivrognes et des joueurs qui gaspillaient là leur jeunesse, il suivait maintenant la pente avec une rapidité qui n'étonnera point les observateurs. Petit à petit, il avait appris à boire et à jouer et, quoiqu'il fût l'unique soutien d'une mère infirme, il ne craignait pas de dépenser plus qu'il ne gagnait. Il avait des dettes et ne savait comment les payer. Varçon, avec son flair de coquin, devina les passions du jeune commis, il résolut d'exploiter la situation embarrassée où ses vices le plongeaient.

— Allons, continua le capitaine, remplissez votre engagement ; montrez-moi le carnet d'échéances de votre patron... Vos dettes

sont payées et voici deux cents francs pour vous amuser... Hein !
je suis généreux.... et discret donc ! Vous n'avez rien à craindre.
C'est une simple plaisanterie, une farce, une mystification. Oh !
rien de plus. Et vous pouvez dormir sur vos deux oreilles...

DEUXIÈME PARTIE

LES SOUTERRAINS
DE LA COMMANDERIE

I

RÉCIT

Cinq mois se sont écoulés depuis les événements racontés dans les derniers chapitres de la première partie de cette histoire. Nous sommes au mois de mars, et l'hiver sévit encore dans toute sa rigueur. Bien des événements se sont passés ; la situation de nos personnages s'est modifiée et la ville de Garocelle, si calme, si tranquille jadis, est aujourd'hui ce que devait être Vérone durant la querelle des Montaigus et des Capulets.

La scène du dîner chez monsieur La Mottière, les péripéties de la séance de l'Académie Garocelloise provoquèrent une scission depuis longtemps existante à l'état latent entre les deux partis qui divisaient la petite ville. Les libéraux, qu'on nommait les *Rouges*, de leur drapeau, avaient pris une attitude hostile vis-à-vis des cléricaux. A la tête des Rouges se trouvaient, naturellement, Varçon,

Athenulphe et le capitaine baron Crépinat, qui servait tantôt de jouet, tantôt de paravant au bataillon démocratique. Le parti clérical — ce mot nous semble bon et nous nous en servons — ayant pour chef le marquis de Selves et pour organes le vieux Courchamps et Claude Egault, avait déjà remporté plusieurs victoires. Ainsi, une école secondaire libre, dirigée par messieurs les Lazaristes, s'installa dans les bâtiments du couvent des Camaldules. Aussitôt, les démocrates ouvrirent une souscription, et du mince produit de cette souscription, fondèrent un pensionnat dirigé par un franc-maçon qui, de sacristain, s'était fait journaliste, ministre protestant, de ministre protestant, maître d'école. Il s'appelait Jubilod. Au bout de trois mois, son pensionnat comptait deux internes et six externes. Il dut y renoncer. Sans emploi, il fut heureux d'accepter une place d'employé aux abonnements dans les bureaux de *la Minerve*. C'est à ce même Jubilod qu'arriva une aventure assez plaisante qu'il nous est infiniment agréable de narrer à notre lecteur. Du temps qu'il était pasteur à Genève, il se promenait un jour dans les environs de cette ville avec deux de ses collègues. Ils rencontrèrent le curé de D***, vieillard qui jouit d'une réputation d'esprit bien méritée. Le vénérable prêtre montait un bon cheval et cheminait au pas sur la route poudreuse.

— Il paraît, lui dit Jubilod, que monsieur le curé dédaigne la monture du Christ, et préfère une bête moins humble et de plus d'apparence; voilà du luxe mal placé. Les Apôtres voyageaient à pied.

Le curé toisa le pasteur et reconnut à qui il avait affaire.

— Monsieur, répondit-il avec une politesse exquise, voudriez-vous dire qu'un âne me conviendrait mieux?

— Précisément.

— Comme cela se trouve! reprit le curé d'un ton pénétré. Je

suis de votre avis, monsieur. Mais il m'e t arrivé un malheur.
J'arrive de Genève, où j'allais pour acquérir un âne, je n'en ai
point trouvé ; il paraît qu'on les a tous retenus pour en faire des
ministres protestants.

Sur quoi il piqua des deux, laissant M. Jubilod morfondu.

Varçon jugea à propos de faire circuler une pétition demandant
l'expulsion des Frères de la doctrine chrétienne et leur remplace-
ment par des instituteurs laïques. Il obtint environ quarante signature. La pétition fut présentée au conseil. Le lendemain, *la
Minerve* publiait une lettre de protestation signée par plus de deux
cents pères de famille. Le conseil municipal, à l'unanimité, sauf
deux voix, vota pour le maintien des écoles chrétiennes.

Du coup, Atheaulphe et Varçon donnèrent leur démission. Ils
espéraient être réélus ; leur attente fut trompée. Comme il manquait déjà cinq conseillers, l'on fit une élection partielle, et les
catholiques firent nommer sept des leurs, non sans peine, assuré-
ment. Leurs adversaires versaient le vin à flots ; ils distribuaient
du tabac, des cigarres ; visitaient les ateliers, répandaient l'argent.
Tout cela ne les empêcha point d'être vaincus.

Enfin La Mottière, qui voulait faire du juste-milieu, ménager
tout le monde, reçut l'ordre de se démettre de ses fonctions de
maire. Le notaire Ouzaax fut nommé à sa place.

Disons maintenant quelques mots de chacun de nos personnages.

Complétement décidé à rester en Savoie et même à fixer sa ré-
sidence à Garocelle, le marquis de Selves avait fait vendre, à Cuba,
tous les biens qu'il y possédait et cédé ses mines d'argent au
gouvernement du Mexique , en échange d'une rente viagère de
six cent mille francs. Malheureusement, les dissensions politiques,
do t le Mexique fut le théâtre pendant le cours de cette année,
empêchèrent le paiement de cette rente qui, selon toute probabilité,

ne sera jamais payée. En revanche, le jeune créole, devenu l'un
des plus grands propriétaires du pays, avait employé les deux tiers
des huit cent mille piastres qu'on lui compta en échange de son
habitation de la Trinitad, à acheter en Savoie plusieurs propriétés
immenses, entr'autres une magnifique villa sur le lac du Bourget,
l'hôtel princier des marquis de Gayderrier, à Chambéry et les ruines admirablement conservées du château de Sermoyé, dans la
vallée de l'Isère. Il fit réparer et meubler avec un luxe inouï la
villa de Montjoie et l'hôtel de Gayderrier ; quant au château de
Sermoyé, son dessein était de le faire entièrement relever, d'après
les dessins conservés à la Biblothèque Royale de Turin. L'un des
plus célèbres architectes de Rome, le commandeur Arcini, fut chargé
de cette résurrection. Il n'est pas inutile de dire qu'un parc de
cinquante hectares entourait le manoir et que cinq grosses métai-
ries en dépendaient.

Le marquis devint promptement populaire. Il avait comblé de
présents la collégiale de Saint-Emilien et l'église paroissiale de
Garocelle, il souscrivait à toutes les œuvres de charité. Les pauvres
ne l'abordaient jamais en vain. Il fonda six lits dans chacun des
Hospices de la Savoie, et ils sont nombreux. Deux bourses et deux
demi-bourses dans chacun des vingt établissements d'éducation de
la province de la Savoie. Les sociétés savantes, les musées, les
bibliothèques reçurent de lui des dons précieux. Il racheta, au prix
qu'on en exigea tout ce qu'il put retrouver d'objets ayant appartenu
aux églises des monastères et des couvents de Garocelle et les dis-
tribua aux paroisses les plus pauvres du diocèse.

Son nom était dans toutes les bouches et dans tous les cœurs.
Citoyen de Garocelle depuis trois mois, une célébrité glorieuse le
récompensait.

Au 1er janvier, le gouvernement lui fit envoyer la croix de la

Légion-d'Honneur et, chose étrange, on n'osa point prétendre qu'il n'en était pas digne.

Et maintenant, si notre lecteur veut savoir le fin mot de ce brusque changement de vie, disons-le bien vite.

Clarisse de Lestourges, à dix-huit ans, avait la beauté vigoureuse des enfants de la montagne, et non cette idéale beauté que l'on prête aux pâles filles des grandes villes ; svelte, bien proportionnée, un port de reine, une démarche pleine de majesté et de grâce ; des cheveux noirs couronnant un front étroit, mais blanc comme le carrare, des yeux pétillants d'intelligence, un nez mince, busqué, ni trop peu aquilin, une mignonne bouche à l'expression un peu altière, des joues fraîches et roses trouées par deux gracieuses fossettes.

Clarisse, timide, un peu moqueuse, était, en revanche, pieuse, instruite, comblée de vertus ; somme toute, quelque chose comme une perfection.

Or le marquis de Selves remarqua cette perfection. Aussi depuis son arrivée il passait régulièrement une journée par semaine à la Commanderie de Saint-Vulpian.

Le comte était un grand chasseur, et en outre, profondément versé dans la science du blason. Lorsqu'il avait passé une journée ou deux à poursuivre un ours ou un sanglier, il se délectait à faire des recherches dans son chartier et dans sa bibliothèque. Monsieur de Selves partageait ces goûts cynégétiques, sans toutefois dédaigner l'art héraldique et l'archéologie. En deux heures, son cheval anglais le menait à Saint-Vulpian. La matinée était consacrée à à la chasse, à midi l'on dînait ; l'on accordait deux heures à la conversation, et le reste du temps, jusqu'au soir, appartenait au travail.

Grâce à monsieur de Selves, le comte Charl s-Félix put mettre en bon ordre les archives de sa famille, dresser une généalogie complète et publier une volumineuse histoire des Azupert et des Lestourges, terminée depuis longtemps, mais qu'il n'imprimait pas faute d'argent. Le marq is fit éditer aussi, pour son propre compte, divers mémoires qui lui méritèrent une place distinguée parmi les savants travailleurs de la province.

De telle sorte qu'une amitié profonde et d'autant plus sincère qu'elle était désintéressée, vint resserrer les liens de parenté qui unissaient l'un à l'autre ces deux hommes si bien faits pour s'assembler. Georges espérait plus encore. Clarisse était la jeune fille qu'il avait longtemps cherchée sans la trouver, la seule digne de porter son nom, parce qu'elle seule comprenait son caractère et ses goûts.

Claude Egault, fixé décidément à Garocelle, était devenu le collaborateur assidu de monsieur Courchamps ; bien que *la Minerve* ne fît aucun béfice, l'administration de ce journal lui donnait un traitement modique, mais cependant assez important pour que les gens de Garocelle s'étonnassent infiniment qu'un écrivain gagnât autant qu'un juge de tribunal, autant qu'un fonctionnaire. Ce fut un *tolle* général quand on apprit le changement de position de notre héros. On lui refusa dès lors tous les talents qu'on lui accordait si libéralement, alors qu'il ne songeait nullement à les mettre à profit. On se plut à le dénigrer, à lui faire une guerre à coups d'épingle, à tourner en ridicule sa personne, son visage, sa démarche, ses vêtements. On ne parlait de lui qu'en disant : ce pauvre Claude ; il suffisait qu'un article fut signé de lui pour être déclaré détestable avant même d'avoir été lu. Ils sont comme cela en province.

Nous commettrions pourtant un mensonge si nous n'exceptions de ces *on* malveillants, un certain nombre d'hommes de bon sens et de jugement, quelques dames flattées d'être les concitoyennes d'un auteur. Les jeunes gens, eux, détestaient Claude. Sa manière de vivre, si opposée à la leur, leur semblait un blâme perpétuel. Ils avaient beau faire, ils ne pouvaient acquérir cette distinction de manières, cette facilité d'élocution, cette réserve et ce sang-froid de bon goût que Claude avait puisés dans la fréquentation d'une société d'élite. Il leur déplaisait de l'entendre dire quelquefois :

— Le comte un tel me disait... Monsieur Trois-Etoiles de l'Académie française prétendait devant moi, etc.

L'un d'eux, joli petit clerc d'avoué, qui gagnait dix écus par mois et portait les redingotes réformées de son patron, lui dit un jour :

— Ah ça ! Claude, quelle sorte de gens voyais-tu à Paris ? La Bohême, sans doute, ceux qui crèvent de faim aujourd'hui et dé·pensent demain cent francs en orgies.

Claude l'arrêta net et lui fit cette fière réponse :

— Mon cher, je ne saurais te dire quelle société je fréquentais à Paris, mais il serait facile de te prouver qu'on n'y recevait ni clercs d'avoué, ni procureurs.

Une autre fois un riche avocat lui tint ce langage :

— Voyons, monsieur Egault, comment se fait-il que, possédant une intelligence rare, un talent véritable, du moins on le prétend, vous n'ayez pas cherché à parcourir une carrière. Vous seriez au moins avocat, notaire, employé. Qui diable vous a mis dans la tête de devenir journaliste ?

Claude, avec un geste de dédain, riposta :

— Parbleu ! vous ne feriez pas un journaliste de tous vos avocats, de tous vos employés. En revanche, d'un journaliste vous pouvez tout faire, un ministre, un ambassadeur et même un rat-de-cave.

Il va sans dire que ces deux réponses coururent la ville et qu'on

les attribuait à un orgueil immodéré. Claude n'avait pas le temps
d'être orgueilleux ; il avait trop conscience de sa valeur pour se
montrer piqué de ces attaques venimeuses.

En province, toute supériorité est un malheur pour celui qui la
possède. On l'envie, on le jalouse, on feint de ne point le comprendre. Ah ! que Dieu vous garde, lecteur, si vous habitez la province et si vous vous sentez quelque chose là, de le laisser deviner,
fût-ce à votre ami, à votre frère, à votre chien. L'on vous rendrait la
vie insupportable. Qu'il y ait une décision à prendre, un conseil à
demander, une querelle à soutenir, une besogne à terminer, l'on
dira toujours :

— Adressez-vous à un tel, qui est un homme supérieur.

Si le journal de la localité publie un article contre la municipa-
lité, contre telle mesure à prendre, contre tel ordre administratif,
si un livre anonyme paraît, si de méchants vers sont édités, si...
si... si, l'on dit encore :

— Voilà bien monsieur un tel. C'est un homme supérieur.

C'est alors une vie de combats et de luttes, luttes mesquines, il
est vrai, mais qui n'en sont que plus douloureuses pour un esprit
élevé. Rien ne jette dans le cœur plus de dégoût, de décourage-
ment que cette vie où tout le monde s'arroge le droit de prendre
; art ; où tout le monde vous barre le passage, vous suscite des
ennemis, vous accable de méchancetés imméritées. On est à la piste
de vos défauts, de vos habitudes. L'on transforme ceux-là en vices
incorrigibles ; l'on vous traite de maniaque, de fou, d'idiot. C'est
la guerre à coups d'épingles, cent fois plus meurtrière que la guerre
à coups de canons. Tout cela, parce que vous êtes un homme supérieur, ou prétendu tel. Il ne vous est plus permis d'être *vous-
même* ; il faut ressembler à la caricature que l'on soutient être *vous*,

subir l'encens empoisonné du flatteur à la langue sucrée, vous courber sous les injures dont il plaît aux imbéciles de vous accabler.

Le docteur Varçon s'était mis décidément à la tête du parti rouge. comme nous l'avons dit au commencement de ce chapi're. S'il n'avait rien perdu de son outrecuidance, il avait pris du moins le sage parti de se tenir un peu plus à l'écart. Du reste, son influence, contre-balancée par celle du màrquis de Selves, n'était plus si considérable. Il perdit une partie notable de sa clientèle aristocra-tique, à la suite de ses démêlés avec les Lestourges et les Egault. L'administration de l'Hospice, éclairée sur ses mauvais sentiments, lui retira son emploi de médecin chef, pour le donner à un jeune docteur, nouvellement revenu de Paris, et qui signait D. M. P., c'est-à-dire *doctor medicus parisiensis*. Par ainsi, monsieur Varçon se ruinait, au moral et au physique, en voulant mener à bonne fin la lutte insensée qu'il avait entreprise contre les sentiments d'une ville tout entière.

Athenulphe se tenait coi. Il attendait, pour se montrer, une occasion propice.

Le capitaine baron Crépinat... Mais il est inutile d'entretenir notre lecteur de ce vilain personnage, et, s'il veut bien nous le permettre, nous reprendrons sans désemparer le fil de notre narration.

II

Le 24 mars devait être pour Joseph Brissot une date fatale. Ce jour-là, pâle, blême, agité par une émotion qu'il cherchait en vain à contenir, il se promenait de long en large dans son magasin, tandis que Claude Egault, assis derrière le comptoir, le suivait de l'œil avec inquiétude. Le jeune commis du libraire, Adolphe Guélard, paraissait, lui aussi, en proie au plus profond chagrin. Une ardente rougeur empourprait son visage; ses yeux rouges dénonçaient des pleurs versés récemment. Sa tête se penchait sur sa poitrine; il rangeait machinalement une caisse de livres arrivée par le courrier du matin.

— Oui, disait Joseph d'une voix entrecoupée et d'un accent désespéré, c'est la faillite!... la faillite! la faillite!... et pour nous autres commerçants... — car nous sommes commerçants, nous, les marchands d'intelligence — la faillite, c'est le déshonneur!

— Mais n'existe-t-il aucun moyen d'arranger cela, murmura timidement Claude?

Joseph Brissot vint se planter devant lui, les bras croisés et répliqua en scandant chaque phrase :

— Je dois douze mille francs à diverses maisons de librairie de Paris... les créances devaient être payées à terme, comprenez-vous? Or qui a terme ne doit rien... mes créanciers m'ont informé qu'ils faisaient un transfert de créance et reculaient l'échéance de quelques jours... Or, j'espérais être en mesure de payer.. mais le docteur Varçon me devait neuf cents francs et n'a pu me donner le moindre à-compte. Grandjoseph, l'avoué, a chez moi un débit énorme... En somme on me doit à Garocelle près de trois mille francs desquels je n'ai pu tirer le premier sou. Il y a quinze jours, j'achetai un superbe bahut de la renaissance, dont la valeur réelle est de quatre ou cinq mille francs ; on me le céda pour deux mille, et je pris terme à cinq mois... Hier, mon vendeur arrive éploré, me supplie de lui payer ce meuble... je résiste... j'avais mon échéance! Rien n'y fit!... des prières il passa aux menaces, des menaces... ah ! c'est triste à dire, aux injures... Il m'appela voleur !... Furieux, pour me débarrasser de cet homme, je lui donnai son argent, après avoir vainement offert de lui rendre ce bahut... Mon ami, il osait me menacer de la faillite... et voilà que j'ai reculé pour mieux sauter...

— Mais, reprit Claude, on ne peut vous déclarer en faillite, mon cher Brissot, tant que vous n'aurez pas suspendu vos paiements. Or vous avez du temps devant vous!

— Pas une heure, clama Brissot d'un ton désespéré. L'on m'a porté, ce matin, mes onzes traites, dont la dernière est échue depuis deux jours... Cela compose un total de neuf mille trois cent quarante sept francs... J'ai sept cents francs en caisse, où voulez-vous que je trouve les huit mille francs qui me manquent? Et lorsque j'aurai payé ces onze traites, il me restera deux mille francs encore à payer dans la semaine.

— Mais la banque?

— Augustin de Surgy m'a promis d'attendre jusqu'à demain pour les traites échues. Si la somme n'était pas si considérable, il se montrerait plus accommodant... mais il a lui aussi des paiements à faire...

— Ne pourriez-vous les emprunter ?

— Allons donc, il faut deux cautions... Qui me garantira pour une somme qui dépasse le revenu annuel de nos plus riches propriétaires... A qui demanderai-je huit mille francs? Et qui me les prêtera?.., Si vous les aviez, je serais tranquille ! mais vous ne les avez pas et votre père non plus. Qui est-ce qui a dans son gousset ou dans son secrétaire huit mille francs à prêter au libraire Brissot?

— Enfin, voyons, vous ne pouvez être déclaré en faillite sur la seule demande d'un créancier... Parbleu ! un créancier ne suffit pas...

— Oh ! que vous êtes donc enfant! cria Joseph Brissot avec une impatience fébrile. L'article 437 du Code dit que : « Tout commer·sant qui cesse ses paiements est en état de faillite. » La loi ne fait aucune distinction entre la cessation et la suspension des paie-ments. La mise en faillite d'un commerçant peut être prononcée, bien qu'il n'y ait qu'un seul créancier.

— Eh ! dit Claude qui ne se lassait point de poser de nouvelles objections, vous êtes solvable, mon ami. Vous avez une maison, une vigne. Que dis-je! votre musée représente à lui seul une valeur décuple de celle que vous devez.

— C'est vrai. Mais il importe peu que je sois solvable ou insol-

vable, il suffit de savoir si, de fait, je paye ou ne paye pas. Quelque
soit mon actif, si je ne paie pas, je suis en faillite. Dans les trois
jours, à dater de la suspension de mes paiements, je dois avoir
déposé mon bilan. Puis l'on prononce un jugement, l'on met les
scellés, l'on nomme un syndic... Oh ! je sais bien que je paierai,
allez! l'on vendra à vil prix ma précieuse collection, ma vigne, ma
pauvre maison.. mes créanciers seront intégralement soldés. . Oui,
c'est vrai. Oh ! la loi est clémente !... Et l'on dira que je suis un
homme juste... mais la moitié de ma fortune sera mangée en frais...
mangée, mangée... Mais je n'aurai plus de crédit... mais... ah !
tenez, Claude, voyez, cela me déchire le cœur... Et l'on dira dans
Garocelle que Joseph Brissot a dévoré tout son bien et fait perdre le pauvre monde, car c'est ainsi que l'on parle français à Garocelle.

Et le malheureux se mit à rire, d'un rire nerveux , convulsif,
dont les éclats ressemblaient au hoquet d'un moribond. C'était une
scène terrible. Joseph Brissot possédait, à son plus haut degré,
cette probité commerciale qui met son point d'honneur à ne jamais
renvoyer une traite impayée, à ne jamais subir l'ombre même d'un
protêt.

D'ailleurs, cet homme ne possédait aucune aptitude pour le
commerce, et surtout pour un commerce aussi varié que celui de
la librairie. Depuis cent ans les Brissot étaient libraires, de père
en fils ; Joseph, pour ne point désobéir à son père , avait fait un
dur apprentissage chez les Mauduit, de Lyon ; puis il était revenu
à Garocelle juste à temps pour fermer les yeux à son père. Il s'oc-
cupa toute sa vie d'études étrangères à ce qu'il appelait ironique-
ment son gagne-pain. Plus d'une fois, il fut sur le point d'abandonner son pays natal et de s'enfuir à Paris , ce gouffre où s'en-
gloutissent toutes les intelligences. Il n'osa jamais. Deux carrières

s'offraient à son ambition et il flottait, indécis, entre elles, ne se
fiant à personne et ne demandant jamais un conseil. Son caractère
manquait d'initiative; il plia sous le joug et végéta , obscur , inof-
fensif, indifférent à tout. Il eut pu devenir grand artiste, un com-
positeur distingué. Il fut libraire. Ce n'est pas que ce commerce
d'intelligence soit au-dessous d'un grand esprit , loin de là, mais
il est nécessaire d'en avoir les aptitudes ; il faut s'y intéresser, il s'y
faut dévouer tout entier. Or, Joseph collectionnait avec trop de
passion les sous mérovingiens, pour amasser les pièces de un franc,
qui, entassées, forment des louis et deviennent plus tard des billets
de banque.

Tout son capital y passa. Il lui restait sa maison et une vigne,
le tout de mince valeur, son musée, qui, en se vendant aux en-
chères, se déprécierait de moitié, et son fond de librairie. Si bien
que, devant une somme énorme qu'aucun capitaliste du pays ne
lui prêterait, même avec des garanties, il se voyait en face d'une
faillite inévitable. Cette nature molle, sans énergie, surexcitée
outre mesure par le malheur qui fondait sur elle à l'improviste,
arrivait au paroxisme de la douleur, et se heurtait presque à se
briser contre l'impuissance.

Tout à coup son cerveau fut traversé par une lueur soudaine qui
lui fit entrevoir, sinon la vérité, du moins une partie du complot
tramé contre lui. Pâle, sombre, morne, il se livra à d'amères pensée et tomba dans une profonde méditation, recherchant les causes
impondérables de sa disgrâce inattendue. Claude le crut en proie
au désespoir, et, pour l'arracher à ce monstre dévorant, il lui pro-
digua les consolations, de sa voix la plus douce, avec son accent le
plus sympathique; mais Joseph n'écoutait pas. Sur ces entrefaites,
Georges de Selves pénétra dans le magasin et demeura stupéfait
sur le seuil, en voyant ce qui s'y passait. Georges pressentit une

partie de la vérité. Il resta impassible devant le visage convulsionné de Brissot, l'attitude épouvantée d'un commis, la souffrance empreinte sur le front de Claude Egault.

— Que se passe-t-il donc ? interrogea-t-il d'un ton bref.

Pour toute réponse Joseph Brissot ouvrit les yeux et lui jeta un regard froid, triste, indifférent. Puis il parla, et ses amis n'entendirent pas, sans un secret effroi, sa voix entrecoupée, faible, étranglée par l'angoisse, et dont l'accent avait perdu toute sonorité :

— Il y a quelque chose ! disait-il... Oh ! je le sens... La main d'un ennemi inconnu s'acharne contre moi et cherche à m'arracher... ce que j'ai de plus précieux... Oh ! mon Dieu ! peut-il donc exister en ce monde, où jamais je n'ai fait du mal à qui que ce soit, un homme qui me haïsse ? De ma vie, je n'ai dit un mot contre quelqu'un ; de ma vie, je n'ai refusé un service, une aumône, une bonne parole... Et pourtant, continua-t-il, en précipitant sa diction, il y a dans le malheur qui m'accable autre chose que le hasard ! Je vois, de mes yeux, il est clair, évident pour moi qu'une main criminelle — car c'est un crime d'attenter à l'honneur d'un homme, plus encore que de boire son sang comme une bête féroce — a ourdi contre moi un complot infâme.

Georges de Selves et Claude échangèrent un regard dont la signification ne put échapper au libraire. Claude, en peu de mots, dit à son ami ce qu'il en était. Pendant ce temps, Joseph poursuivit, après avoir dédaigneusement levé les épaules :

— Eh ! ne dites pas que je suis fou... C'est une trame ourdie par des gens habiles, qui savent que la loi ne peut rien sur eux et qui, sans s'exposer aux sévérités du Code, tuent, pillent et rançonnent, sûrs de l'impunité. Oh ! la vérité est là !... je n'en puis douter ; je la sens, je la vois, je la touche... Mon Dieu ! pardonnez-leur et sauvez-moi ?

Le Trésor.   11

Tandis que son maître prononçait, avec l'accent d'une indicible douleur et d'une fervente prière ces derniers mots, Adolphe Guélard sentait mille pointes aiguës s'enfoncer dans son cœur et le meurtrir, et le déchirer. Il avait maintenant conscience de sa faute, et comprenait les résultats terribles de sa mauvaise action. Courbé sous le poids de la honte, il rougissait et blémissait tour-à-tour ; ses jambes pouvaient à peine le soutenir, et les ongles de sa main, crispés sous sa chemise, lacéraient sa poitrine. Un flot de larmes brûlantes jaillit de ses yeux ; il fit un pas en avant et vint rouler aux pieds de Brissot en balbutiant, si bas, qu'on le devina plutôt qu'on ne l'entendit :

— Grâce !... Grâce !...

Le libraire fondit sur lui avec l'impétuosité d'un aigle se jetant sur sa proie , le saisit au collet avec une force dont on ne l'eût jamais cru capable et le remit debout devant lui en rugissant :

— Misérable ! qu'as-tu fait ?

Le visage du commis était violet ; les deux mains du libraire serrées autour de son cou l'étranglaient. Il ne put que répéter d'une voix sifflante :

— Grâce !...

Puis il tomba comme une masse sur le parquet. Georges et Claude parvinrent à retenir Brissot qui voulait s'élancer de nouveau sur le jeune homme. La foule commençait à s'amasser devant le magasin et plusieurs individus, Varçon en tête, y avaient pénétré. Claude mit tout le monde à la porte, sans plus de façon, tira le verrou intérieur et entraîna Brissot et Guélard dans l'arrière-boutique.

Alors Adolphe fut sommé de s'expliquer.

Il avoua tout, sans ambages, sans réticences.

Georges et Claude furent effrayés de la haine horrible qui poursuivait Brissot et les menaçait eux-mêmes. Guélard leur révéla

tous les détails du plan tramé par Varçon, Crépinat et Athenulphe.
Il ne chercha point à pallier ses torts ; aussi sa franchise lui valût-
elle un mérite aux yeux de ses auditeurs. Brissot écoutait, stupéfié
de tant d'audace et de corruption. Sous l'impression de ces aveux,
il oublia sa propre situation et poussa un soupir de soulagement
en voyant avorter la conspiration , dont il espérait être la seule
victime. Lorsque l'adolescent eût achevé son récit, Georges de Selves prit la parole à son tour :

— Monsieur , dit-il au commis, vous recevez une rude leçon,
j'espère qu'elle vous sera profitable. Vous voyez combien est rapide
la pente qui conduit au mal. Vous avez mal agi. Désormais soyez
honnête homme : il en coûte moins et l'on y gagne plus. A ma prière,
monsieur Brissot voudra bien vous garder chez lui, mais n'ébrui-
tez pas cette affaire. Un silence absolu peut seul empêcher un scandale. Vous viendrez me voir aujourd'hui, je vous fournirai les
moyens de rembourser à vos... complices l'argent qu'ils vous ont
avancé.

Adolphe Guélard prit la main du généreux créole et la couvrit
de baisers. Le marquis se retourna vers Brissot et lui dit en souriant :

— Quant à vous, mon cher ami, je vous en veux de n'avoir pas
eu plus de confiance en moi. Si vous m'aviez dit un mot, rien de
ceci ne serait arrivé. J'ai, à votre disposition, la somme qu'il vous
plaira de me demander, pour aussi longtemps que vous voudrez.
Vraiment, vous m'avez fait bien souffrir !... Pour une misère !

Joseph s'empara de l'autre main du jeune seigneur et la serra
fortement sans pouvoir proférer un mot. Cette journée finissait,
pour lui autrement qu'il ne le craignait et il ne put s'empêcher d'é-
clater de rire lorsque Claude murmura :

— Il se faut entr'aider, c'est la loi de nature !...

III

— La maison de Tavannes, dit monsieur de Selves d'un ton doctoral en prenant La Mottière par le bouton de son habit, la maison de Tavannes n'a jamais eu l'honneur de s'allier à la Royale maison de Savoie.

— C'est bien ce que je disais, répondit l'avocat avec un accent plein de conviction.

Le comte Azupert s'approcha sournoisement des deux interlocuteurs ; la question au sujet de laquelle ces messieurs se trouvaient d'accord l'intéressaient vivement. Il était parvenu à se prouver à lui-même qu'il était allié, par les femmes, aux Valois et à la maison de Savoie. Il est vrai qu'il n'avait jamais pu le prou-

ver aux membres de l'Académie Garocelloise, les plus forts généa-
logistes de l'endroit.

— Bonjour, marquis, dit-il à Georges en lui tendant la main.
Vous causez blason, je crois.

— Précisément, s'écria La Mottière.

Monsieur de Lestourges jeta sur ce dernier un regard très-froid ;
il le salua, mais sans lui tendre la main ; puis il reprit :

— La maison de Lestourges descend en droite ligne de la maison
de Savoie... par les femmes bien entendu. Amédée III, comte de
Savoie, eut trois fils et cinq filles de son mariage avec Mahaud
d'Albon. Sa cinquième fille, Isabeau, épousa mon aïeul, Archambaud de Lestourges et de Néranges, qui le suivait à la croisade en
1148. Cet Archambaud était fils du sire Jean de Salveuse et d'une
Avoye de Bourbon que je crois proche parente du roi Louis le Gros
de France. Laurent Meillet, Samuel Guichenon, et Adam de Sy-
chard prétendent que cette Isabeau de Savoie épousa Octave de
Saulx, fils de Guy, d'où sont venus les Saulx Tavannes.

— Et comment portez-vous le nom d'Azupert, demanda Georges
de Selves, est-ce un prénom particulier à la famille ?

— Du tout, mon cher marquis. Je tiens mon nom de baptème
du roi Charles Félix mon parrain. Ce nom d'Azupert est le mien.
Les Azupert, dont l'origine se perd dans la nuit des temps, se
sont greffés sur les Lestourges, en 1459, par le mariage de Jean XI
Azupert avec Guillaumaz, baronne de Lestourges, dame de Salveuse et de Néranges, fille de Louis et de Jeanne de Combefort
d'Aiguenoir .

Le notaire Ouzaux s'approcha sur ces entrefaites et demanda au
comte en souriant :

— Quel est donc le blason des Lestourges, mon cher comte !

— Mais vous le savez aussi bien que moi, répondit celui-ci.

Nous portons : *d'Or à la Croix pattée de gueules cantonnée de quatre fleurs de lys du même.*

— Hum ! hum ! fit le caustique tabellion, beaucoup de gueules sur peu d'or.

Le comte se serait fâché tout rouge, si maître Ouzaux n'avait ajouté en guise de correctif :

— C'est un blason illustre... Venez donc par ici, monsieur le comte, poursuivit le notaire, j'ai une confidence à vous faire.

— A moi ?

— Venez.

Le notaire prit le bras de monsieur de Lestourges et le conduisit vers une embrasure de fenêtre. Arrivé là, il le saisit par un bouton de son habit et entama le dialogue.

C'était le soir, chez madame Egault que cette conversation avait lieu ; madame Egault recevait un certain nombre d'amis ce jour-là, veille de l'Annonciation ; or, madame Egault se nommait Annonciade. Le ban et l'arrière-ban de ses amis et connaissances se réunissaient chez elle pour la fête, suivant l'usage. Tous ceux que nous connaissions, beaucoup que nous ne connaissions point et ne connaîtrons jamais étaient là. Il y manquait pourtant Varçou le Rouge, et cette aimable fleur éclose au fourneau cabalistique : l'apothicaire Athenulphe.

Joseph Brissot, encore mal remis des émotions qui avaient agité la matinée, ne se montra pas, mais il avait envoyé à madame Egault une belle toile de Saint-Jean, de Lyon, représentant un gros bouquet de pensées, de myosotis.

On causait !

Qu faire en un salon à moins que l'on y cause.

Dieu sait ce qui se débitait de paroles entre madame Voinard, madame Ouzaux et le gros docteur Pussnieff, un réfugié polonais mis à la mode par des lunettes d'or, qu'il portait avec une grâce supérieure.

Le comte de Lestourges blasonnait avec le notaire Ouzaux ; La Mottière faisait un cours de législation avec monsieur E.ault le père ; l'avoué Grand ose.h causait finances avec le percepteur.

Paule brodait dans un coin tout en parlant chiffons avec Edith Courchamps et Clarisse de Lestourges. La hardiesse nous manque pour introduire notre lecteur au sein de cette corbeille de fleurs. Du reste, ces demoiselles chuchottaient à voix basse ; il serait bien dommage que nous devinassions leurs secrets. Si notre lecteur est curieux, tant pis pour lui !

Disons, pour calmer son ire, que mademoiselle Courchamps, digne d être comparée à ses deux amies, était la troisième perfection. Garocelle avait baptisé ces trois amies très-intimes d'un surnom particulier. On les nommait les Trois Vertus Théologales. Or, par une malice bien digne de ces petites filles, elles en avaient revêtu les emblèmes, pour paraître à cette fête de famille. Sur leurs simples robes de mousseline blanche, se nouaient des ceintures de couleur différente.

Paule, la foi, port..it une ceinture bleue et une croix d'or sus_ pendue à un ruban de semblable nuance.

Clarisse, l'espérance, avait une ceinture verte et une ancre d'argent remplaçait la croix d'or.

Une aumônière toute grande ouverte pendait à l'écharpe rouge d'E lith, la ch rité. Ce groupe était ravissant. Plus d'un poète eût a mé à contempler ces enfants simples, naïves et gracieuses, dont la candeur et la bonté eussent inspiré des vers admirables au grand poète de la jeunesse, Lamartine. Il y en avait d'autres, à ceintures multicolores, mais les trois Vertus étaient incomparables : trois diamants dans une masse de perles. Les anges même devaient sourire, à les voir si belles et si pures...

Madame Voinard et madame Ouzaux semblaient prendre grand plaisir à la conversation du docteur Pussnieff. Ce polonais était un petit homme doué d'un remarquable embonpoint, et d'une bêtise dont rien ne saurait donner une idée. Il ne s'en flattait point, au contraire. Il permettait volontiers qu'on le comparât à Broussais, à Orfila, à Nélaton ; d'une ambition modeste, ayant de lui-même une opinion peu outrée, il se contentait de dire :

— Nous autres, princes de la science !

Madame Polixène Ouzaux, née Cancrelet, était une personne d'un rare mérite, qui savait accommoder à merveille les reliefs de bœuf bouilli, remettre des fonds neufs aux vieilles culottes de son mari, et dont le seul défaut consistait à se moucher dans une incommensurable foulard d'un rouge éblouissant. Les méchantes langues la disaient bavarde, médisante, gourmande, accariâtre et parfaitement bête, mais notre lecteur a bien trop d'esprit pour en croire les méchantes langues. Madame Ouzaux née Cancrelet s'avouait elle-même un peu commère, mais est-il rien de meilleur que de s'épancher dans le sein d'une amie fidèle... ou, à son défaut, comme disent les gens de chicane, dans le cœur de sa cuisinière !.. Elle était un peu médisante, c'est vrai ; mais quels péchés confesser à l'abbé Morteret, sans cette suprême ressource de parler à tort et à travers sur la robe de madame l'adjointe ou sur le chapeau de la demoiselle du juge de paix ?... Enfin elle était un tantinet gourmandé; mais est-il défendu d'aimer ce qui est bon ?

A côté d'eux, l'avoué Grandjoseph poursuivait sa causerie avec le percepteur :

— Oui, disait-il, tout cela devrait être réformé, monsieur Piquargent.

Le système hypothécaire que... qui...

Le percepteur hochait la tête.

— Et puis l'organisation hiérarchique de la finance que... enfin qui... vous comprenez !

Quoique le percepteur — un brave homme, au fond — ne comprît pas du tout, il fit un signe affirmatif.

— Ah ! c'était bien affreux, mesdames, nasillait le docteur qui racontait l'insurrection de Pologne avec certains détails biographiques et historiques difficiles à rapporter ici. Oui, mesdames, affreux au possible... On a pendu le comte Plater, belle dames, le plus charmant seigneur... et moi même j'ai failli être hissé au gibet. Ce n'est pas que je me fusse mêlé à l'insurrection... Oh ! non, mais .. vous savez ?

Ces dames, qui ne savaient rien, se crurent néammoins obligées de plaindre ce pauvre docteur qui avait failli être pendu.

Madame Voi ard chanta un joli couplet où *prudence* rimait avec *ambulance*, *polonais*, avec *massacrés*. En vérité, la complainte du Juif Errant n'était qu'une méchante versification auprès de cette délicieuse saynète. Ce fut, du moins, l'opinion du seigneur Passnieff, palatin de Languzko, docteur en médecine, premier chirurgien de l'archevêque primat de Gnesne, chevalier de plusieurs ordres et commandeur de quelques autres.

— Saperlipopette! exclama la voix de pie-grièche de la chère madame Ouzaux, j'aurais bien voulu y être, moi, à votre place, et Cosakieff, Russowieff...

— Mourawieff?

— Oui, je disais bien, Mascofieff... en aurait vu de drôles, allez!

— Mais pourtant, madame!

— Môssieu le docteur, apprenez que je suis Cancrelet de naissance, et que les Cancrelet n'ont jamais reculé devant rien, pas même devant les... Comment disiez-vous?

— Mourawieff.

— Oui, c'est ça! Moursouveuve! glapit la vieille dame, se méprenant à la prononciation du médecin polonais.

Dans l'embrasure de la fenêtre, maître Ouzaux continuait sa conversation avec Lestourges. Il s'agissait de choses sérieuses, car le mot argent revenait à chaque instant dans le discours. Le notaire développait longuement une thèse qu'il étudiait depuis plusieurs jours. Son discours, plein d'adroites flatteries, de gracieux compliments, tendait à faire apercevoir au comte la perspective d'une grande fortune jointe à une brillante position sociale. Gaëtan de Lestourges venait d'entrer dans sa vingt-deuxième année. Il suivait depuis trois ans les cours de la Faculté de Grenoble, il ne lui restait plus qu'à passer ses examens et soutenir sa thèse pour recevoir, avec le titre de licencié en droit et la toge de serge noire y attachée, le droit de défendre la veuve et l'orphelin. Avec un peu de protection, le jeune homme choisirait une carrière brillante. Il avait le choix entre la diplomatie, l'administration, la magistrature.

Mais le comte ne possédait qu'une fortune trop médiocre pour

accompagner un nom comme le sien. Il devait aussi songer à marier
sâ fille ; et, de nos jours, l'on épouse rarement une fille sans dot,
fût-elle de race princière. Monsieur de Lestourges écouta gravement
et froidement les insidieuses insinuations du notaire et finit par
avouer qu'un mariage convenable aiderait seul son fils à suivre
une carrière digne de l'ancienne splendeur des Lestourges. Il
ajouta naïvement qu'il ne voyait aucun parti pour Gaëtan dans la
noblesse du canton.

Ouzaux parla timidement de bourgeoisie.

— Mon cher notaire, lui répondit carrément le gentilhomme, on
vous a chargé de me faire des avances. Ecoutez-moi donc et tirez
parti de mes paroles. Mon fils ne suivra aucune carrière, car il
faut pour cela être riche, et je ne le suis pas. Mon intention est de
l'envoyer passer quelques années à Paris... s'il ne se marie pas
d'ici à deux ans. Dans ce dernier cas, il restera chez moi. Peut-être
un jour pourrons-nous relever notre antique fortune. J'ai foi en
ma devise, et elle me dit : *Un jour viendra.* Si donc votre bourgeoise veut accepter la position telle qu'elle est, c'est bien ! Si elle
a plus de cinquante mille francs de dot, je refuse. L'on dirait que
je vends mon titre pour redorer mon blason qui, vous l'avez dit
tout-à-l'heure, porte « beaucoup de gueules sur peu d'or. » Basez-
vous donc là-dessus. Je veux une fille sage, honnête, de bonne
famille, vertueuse et chrétienne, ayant une dot convenable en rapport avec ce qu'un jour mon fils héritera de moi.

— Sapredienne ! s'écria maître Ouzaux au comble de la joie, je
vous eusse cru moins... coulant!. . vous passez pour être assez
entiché de noblesse !

Le comte haussa les épaules et repartit :

— On a tort, mon cher ami ; je ne voudrais pas, pour tout au monde, que ma fille devînt madame Gros-Jean ou madame Casca-mèche !... Mais que mon fils épouse une Gros-Jean, peu m'importe ! Cette Gros-Jean ne sera que la vicomtesse de Lestourges.

— C'est vrai.

— Du reste, ajouta le comte en fronçant le sourcil, j'avais espéré mieux et ce n'est point de ma faute si... Enfin !

— Vous aviez des projets ?

— Oui, mademoiselle de Salignies.

Le notaire serra la main au digne comte, mais il ne répondit pas. Oh ! lecteur ! voilà qui est gros de mystère !... Vous ne nous accuserez pas de ne point mêler un peu de mélodrame à notre comédie. Le mélodrame est simple. Depuis cinquante ans les Salignies et les Lestourges étaient séparés par une haine inexplicable dont personne ne put jamais pénétrer le motif. En mourant, le marquis Jérôme avait dit à sa fille :

— Quoi qu'il arrive, quels que soient les événements, je te défends, ma fill , de te réconcilier avec la famille de Lestourges. Tu es chrétienne : pardonne, comme je pardonne moi-même à cet instant suprême... Mais que jamais une alliance n'existe entre les miens et les Azupert.

Sylvie obéit.

Dans le cercle où le docteur Pussnieff trônait du haut de son piédestal de proscrit, on pérorait de plus belle. Manifestement, ce docteur polonais avait un succès fou. Il n'ouvrait pas la bouche que déjà l'on applaudissait à outrance.

Madame Courchamps, qui s'était jointe à ces dames, riait aux larmes, tout en faisant les efforts les plus dignes d'éloges pour ne pas déranger l'harmonie de sa coiffure à la grecque.

La petite veuve Voinard chantonnait les plus remarquables productions du temps de l'empire, production dont la romance de la reine Hortense — paroles de Garat, musique de Grétry — est un remarquable échantillon.

Madame Ouzaux, née Cancrelet, cancannait avec le percepteur, auquel elle prouva, comme deux et deux font quatre, que ce Blaguowief, qui opprimait l'Irlande, n'était qu'une brute, et que cette reine Victoria, qui massacrait les Polonais, était une buveuse de sang.

Ah ! mais...

La soirée était dans toute son animation. Ce que l'on avait déjà consommé de punch, de sirops et de petits gâteaux, nous ne pourrions le dire ; mais la servante Rose estimait ces dames et ces messieurs de remarquables capacités.

IV

HISTOIRE DE L'AVOCAT DES CHATAIGNES ET PHYSIOLOGIE D'UN MÉDECIN

Madame Egault, assise auprès de la cheminée, réunissait autour d'e'le un cercle pressé de causeurs. Il y avait là monsieur Georges de Selves, l'avocat La Mottière, Claude et son frère Louis, le notaire Ouzaux, monsieur de Leslourges et le vicomte Gaëtan qui s'étaient rapprochés de ce groupe. A droite, les Trois Vertus formaient le centre d'une corbeille fleurie; à gauche, monsieur Egault, Taulier, l'avoué Grandjoseph, le capitaine baron Crépinat jouaient au tarot.

— Vous assisterez sans doute à la procession de demain ? dit en s'adressant à madame Egault le marquis de Selves. Le temps est on ne peut plus favorable et l'on dit que la cérémonie sera magnifique.

— Oui, répondit elle en inclinant légèrement la tête, ma famille tout entière y sera. Monseigneur, ainsi que les évêques de M*** et de T*** sont arrivés ce soir même.

— Et le corps de notre saint Anthelme sera transporté à l'église de la collégiale ? demanda monsieur de Lestourges.

— Eh! sans doute, répliqua Louis avec sa vivacité de jeune homme, vous le savez aussi bien que nous, monsieur le comte.

— Hum! hum, gronda le notaire et maire Ouzaux, comme il s'intitulait lui-même, je connais des gens à qui cela ne fait point plaisir que Rome ait canonisé le bienheureux abbé de Saint-Emilien.

Le capitaine baron Crépinat entendit ces mots et fit un geste de mauvaise humeur, mais il n'osa proférer aucune parole.

— Que voulez-vous, s'écria Claude, il y a des gens qui ne veulent point croire au bien ! Pour eux, le mal seul triomphe ; ils ricanent devant la piété, ils n'ont à la bouche que l'insulte ou le sarcasme pour la sainteté. Eh ! ne me dites point que cette race d'individus n'est point représenté chez nous. Hélas! nous avons aussi nos renégats, nos apostats, nos impies et nos prévaricateurs. Je vous le dis, messieurs, prenons garde.

— Mon cher, lui dit à l'oreille monsieur de Selves, il y a quelque chose de nouveau. Ce n'est pas sans motif que vous parlez ainsi.

— Vraiment, dit à son tour l'avocat La Mottière, qui prit un accent fâché ; tu es d'une violence, mon Claude, d'une violence dont rien n'approche! Vois-tu, moi je ne parle jamais ainsi. J'aime la paix, moi.

— Monsieur, répondit Claude, je dis ce qui est.

Puis il ajouta à voix très-basse, en s'adressant à Georges :

— Il faudra que tout-à-l'heure je vous parle.

De son côté, madame Egault parlait à voix basse avec le comte de Lestourges assis auprès d'elle. Cette procession du lendemain occupait tous les esprits. L'on s'attendait à quelque chose que l'on ne pouvait spécifier; un vague pressentiment planait dans l'air, semblable à ce malaise que ressent un peuple à la veille d'une révolution.

Quelqu'un prononça le nom du docteur Varçon. La Mottière affecta aussitôt de se séparer du groupe; il entama une querelle avec l'avoué Grandjoseph qu'il détestait cordialement et un jeune avocat dont il protégeait les débuts.

— Le docteur Varçon, proféra Georges de Selves avec un accent intraduisible, c'est un homme qui cherche à se poser en libre-penseur et se ment à lui-même.

— S'il y a demain quelque manifestation, ajouta madame Egault, soyez sûr qu'il l'aura fomentée.

— En mettant à l'abri sa précieuse personne, dit à son tour le comte de Lestourges, car il est trop égoïste pour se risquer.

— Hum! hum, fit le notaire en ouvrant lentement sa tabatière, vous le connaissiez bien, sapre!... Hé! pardon, ma nièce. Ne m'en veuillez pas si je parle chez vous comme ailleurs. Voyez-vous, ce Varçon, hum! hum, tend à se faire de plus en plus mépriser. Il joue depuis quelque temps un bien triste rôle. Je l'ai pourtant connu pieux, ce garçon là, sapredienne!

— N'est-ce pas lui qui soigne mademoiselle de Salignies? demanda Claude.

— Oui, oui, c'est lui. Je ne sais pas pourquoi elle ne veut que lui. Voulez-vous que je vous dise? Eh bien! Varçon la tue, cette malheureuse enfant. Au début de sa maladie, il y a trois mois, il recommanda la diète absolue, de telle façon que Sylvie ne mange rien depuis cette époque. Lorsque je vis que la maladie s'empirait et que le médecin n'ordonnait aucun remède, je voulus une consultation. Varçon ne voulut entendre à rien ; refusa net. Sur de nouvelles instances, il accéda à ma demande et nous cherchâmes ensemble sur lequel de ses confrères devait tomber notre choix. Je lui proposai successivement les cinq médecins de Garocelle, il n'en voulut aucun, en déclarant qu'il accepterait le docteur Niélard, de Vouthiel. Or le docteur Niélard a près de quatre-vingts ans, il est sourd, impotent. Vous comprenez bien, qu'à mon tour, je voulus passer outre. J'eus beau lutter, crier et tempêter, Varçon eut gain de cause et monsieur Niélard fut appelé. Je ne pus assister à la consultation et ne sus que plus tard ce qui s'était passé. Lorsque les deux médecins revinrent au salon, Varçon me dit à plusieurs reprises de payer incontinent son collègue, ce que je fis. C'était renvoyer sans retour le vieillard. Vous croyez peut-être que Varçon suivit le conseil de son confrère , qu'il exécuta son ordonnance? Pas du tout. Il continua son propre traitement, c'est-à-dire la diète, toujours la diète et de l'eau fraîche pour boisson. Aussi ma nièce dépérit à vue d'œil. Que faire? Je consultai secrètement un médecin de Chambéry ; il me conseilla la pepsine, une nourriture légère. J'en informai Varçon; il haussa les épaules, et voilà.

C'était Madame Voinard qui venait de prononcer ces paroles. Au nom de mademoiselle de Salignies elle avait quitté son cher docteur polonais et, sans penser à fredonner le moindre couplet, elle débita tout d'une haleine son petit discours. Ce récit provoqua un murmure d'indignation chez tous ses auditeurs.

— Et ma cousine, demanda le comte de Lestourges, dans quel état se trouve-t-elle aujourd'hui?

— Elle est extrêmement faible, répliqua la veuve. Sa maladie la conduit lentement au tombeau. Ce qui me désespère, c'est qu'elle veut une solitude complète autour d'elle. Si je ne sors pas, si je ne fais pas mes visites quotidiennes, la malheureuse enfant refuse de prendre ses potions. Oh ! si vous saviez combien je souffre...

La vieille dame porta son mouchoir à ses yeux, puis, ne pouvant donner un libre cours à ses larmes, elle sortit précipitamment du salon, sans permettre à qui que ce fût de l'accompagner. Madame Egault la suivit d'un regard affligé.

— Oh ! je crois qu'elle doit bien souffrir en effet, murmura le vicomte Gaëtan, elle aime beaucoup ma cousine. Sylvie est si belle et si bonne, dit-on.

Monsieur de Lestourges jeta sur son fils un regard mélancolique.

Claude, agité par une émotion qu'il essayait de déguiser sans y parvenir, Claude s'écria du ton de la colère concentrée :

— Ah ! ce docteur Varçon est un misérable dans toute la force du terme. Comme le disait récemment un poète satirique dont la muse trône dans un journal à un sou :

> Son nez flaire l'argent ; il a l'air d'un coquin ;
> Sa bouche est analogue à celle d'un vampire!...
> Mais s'il est diplomé par le céleste empire,
> C'est un passe-partout pour ouvrir aux vivants
> La porte du tombeau. . . . . , ...

La parole du jeune homme retentit au milieu d'un silence profond. Toutes les causeries cessèrent, à ces accents où vibraient les sentiments de son âme.

Le comte de Lestourges, emporté par l'exemple, s'écria à son tour de sa voix incisive :

— Ce que vous dites là, Claude, est l'expression de la vérité sous une forme encore trop attrayante. Oui, Varçon aime l'argent ; c'est son Dieu, sa loi, sa force. Et puisque vous citez les vers de *l'In-connu*, vous auriez tort de vous arrêter en si beau chemin. Dites le reste.

Claude continua donc, sans souci de blesser les amis du docteur qui pouvaient se trouver là :

> Sa clientèle est mince, il est vrai, mais il sait
> En matois consommé, combiner ce qu'il fait :
> Qu'un malade effrayé du plus léger symptôme
> De fièvre tierce ou quarte aille trouver notre homme,
> Hardiment, le docteur rassure le fiévreux
> En lui faisant savoir que son sang généreux,
> Par excès de santé, fait battre son artère ;
> Que l'effet du printemps est l'unique mystère
> De son état présent... Le client convaincu
> Se retire, joyeux, en laissant un écu,
> Si ce n'est un louis, joyau d'aristocrate
> Qui court dans le gilet rapé de l'Hippocrate...
> Mais quand il est parti, notre grand praticien
> Rit sous cape et se dit : Allons ! cela va bien !
> L'imbécile a gobé crânement la pilule ;
> Il est clair que la fièvre en ses veines circule
> Et qu'un peu de quinine arrêterait le mal
> En deux jours. Mais, ma foi, ce remède banal,
> En coupant la maligne au début de sa course,
> Guérirait mon crétin sans profit pour ma bourse.
> Tandis qu'abandonné, dans huit jours — ai-je tort ?
> Il sera dans son lit, effrayé de la mort.
> C'est là que je l'attends... Alors, docteur Mercure
> Se fera commerçant et tentera la cure...

Trois mois, six mois, peut-être, en m'y soignant un peu,
J'aurai le moribond dans mes mains... Eh ! mon Dieu !
On vit de son métier, bien sot qui n'en sait vivre.
. . . . L'écrivain de son livre,
L'avocat de sa langue. . . . .
Le débiteur saisi fait vivre le recors ;
Et moi qui veux un jour m'étaler en carrosse,
J'exploite le malade.... et *zut* du sacerdoce!...

A peine Claude achevait il qu'il se fit dans le salon un véritable tumulte. Chacun parlait à la fois et l'on eût été fort tenté de dire comme un jour un académicien en pleine séance :

— Messieurs, si vous ne parliez que quatre à la fois ?

Le notaire Ouzaux fut le premier à crier. Les vers déclamés par son neveu lui paraissaient fort peu en rapport avec ce qu'il connaissait de la poésie. Il n'y trouvait aucune ressemblance avec les poésies de Chapelain, de Dorat et d'Arlincourt, ses auteurs favoris.

— Hum ! hum , gronda-t-il , voilà qui sent le romantisme à plein nez; c'est nauséabond. Mais, pas moins, Varçon s'y retrouve de la tête aux pieds.

L'organe suraigü de son épouse glapit :

— Foi de Cancrelet ! j'aime encore mieux Sourawieff, ce gredin d'Anglais qui tue les gens d'Irlande.

Madame Courchamps crut devoir cacher sous son éventail le sourire qui vint se poser sur ses lèvres. La Mottière eut moins de ménagement, il s'écria de sa voix de stentor, que madame Polyxène Ouzaux s'obstinait à nommer une voix de centaure :

—Moi, je suis de l'avis de maître Ouzaux, moi! Varçon est dépeint au naturel dans les vers — il prononça *verses* — de Claude. Il y a longtemps que je l'ai jugé, moi. Cependant, il y a quelque chose

dans cet homme-là. Vous ne trouvez pas ? Je l'ai porté dans mes
bras, tout petit, voyez-vous ; et cela me rappelle des souvenirs que…
dont… Impressionnable comme je le suis, je me… Ce Varçon m'a
gagné le cœur. J'aime ceux de mon pays, moi, et, soit dit sans me
vanter (j'en suis incapable), il en est peu qui aient rendu autant de
services que moi.

— Il me donne singulièrement sur les nerfs, dit Claude au marquis de Selves, je vais lui donner une leçon Donnez-moi la répli-
que. Je vous réponds qu'il cessera de vous ennuyer. A l'entendre,
on croirait qu'il a porté dans ses bras tous les enfants de Garocelle,
et que rien ici-bas n'existe sans sa permission.

Profitant d'un instant où le silence s'était à peu près rétabli, le
créole pria Claude Egault de raconter quelque anecdote pour amuser ces dames. Polyxène Cancrelet, suspendue au bras de son mari,
pérorait à demi-voix avec l'aimable docteur Pussnief, qui riait encore de la physiologie du médecin.

Il jalousait profondément son confrère, selon la coutume des
échappés de la docte faculté. Les vers de Claude flattaient ses sentiments secrets. Aussi le couvait-il d'un regard tendre. Il appuya
la demande du marquis ; il flairait un nouveau scandale, anodin,
mais divertissant.

— Ma foi, dit Claude, mon histoire sera des plus simples et des
plus brèves. Je connais un avocat, un charmant avocat dont le seul
tort est d'être une personnification du *moi*. Il a tout fait, tout vu,
tout créé, tout aimé, tout commencé, tout fini. Quand il parle, il
émaille la plus petite phrase de son affectionné *moi*.

— Un bien joli pronom! s'écria monsieur de Selves en riant.

L'on fit chorus, après quoi le jeune Egault poursuivit:

— Cet avocat est riche, mais avare, mais cuistre au suprême
degré. Il mesure l'huile que sa gouvernante emploie aux lampes et

se rend compte de la quantité de beurre qui entre dans sa soupe quotidienne. Or il advint qu'un paysan nommé Bernard eut un procès et qu'il choisit l'avocat susdit pour le défendre. A la veille du jugement, Bernard vint trouver son avoué auquel il portait un panier de châtaignes. Il fut ensuite visiter l'avocat et commit l'imprudence de montrer ce récipient d'osier.

— Tiens, dit maître Chose, en voyant le panier pendu au bras de Bernard qui lui imprimait un balancement agréable. Vous m'apportez un cadeau, mon brave?

— Hé! non, répondit le villageois, j'ai porté des châtaignes à monsieur le procureur.

Les traits de notre avocat prirent une expression si courroucée que Bernard eut peur.

— Ah! vous portez des châtaignes à M. X*** et vous m'oubliez, vociféra le Cicéron garocellois. Eh! tenez, voilà vos pièces, allez chercher un autre patrocinant.

Voilà Bernard bien embarrassé. Il retourne chez l'avoué et lui conte sa mésaventure. L'autre, bon homme et malin, restitue les châtaignes, y joint d'autres fruits et recommande au montagnard de porter tout cela chez monsieur La M..., l'avocat, dit Claude en se reprenant. Eh bien! que pensez-vous que fit ce dernier?

— Il refusa le contenu du panier, dit madame Egault.

— Il mit son client à la porte, gronda le notaire.

— Il reprit les pièces du procès et renvoya le paysan, s'écria Gaëtan de Lestourges.

— Il lui offrit à dîner, rugit le capitaine baron Crépinat.

— Il accepta fruits et châtaignes, dit à son tour le marquis de Selves qui, depuis longtemps avait deviné.

— Précisément, répliqua Claude. Et, sans transition, après avoir regardé autour de lui, il ajouta du ton le plus naturel et sans intention apparente.

— Tiens ! monsieur La Moltière a disparu....

— Sans trompette ni tambour, interrompit l'inexorable Polyxène Cancrelet.

V

OÙ L'ON VOIT APPARAITRE LE FEU COMMANDEUR AZUPERT

A quelques jours de là, les habitants de la Grande-Rue et de la
la rue d'Arvom furent témoins d'un singulier spectacle. Ils virent
sortir, nous devrions dire, se précipiter de l'Hôtel-de-Ville, un
individu aux vêtements en désordre qui parcourut au galop les
rues précitées, et vint s'arrêter, haletant, devant la porte de l'ancien hôtel de Lestourges, que l'on commençait à nommer l'hôtel de
Selves. Cet individu n'était autre que Claude Egault. Vous ne
l'eussiez point reconnu.

Ses cheveux épars flottaient au gré du vent, ses yeux hagards
n'y voyaient plus, ses joues étaient pâles, ses traits contractés. Et
néanmoins son visage resplendissaient d'une joie délirante.

Beaucoup le crurent fou. D'autres se livrèrent à une foule de commentaires plus ou moins bizarres. Sur la place de l'Hôtel-de-Ville, on disait qu'il avait été pris en flagrant délit de soustraction dans une des salles du Musée. Rue Neuve, il était certain que madame Egault venait de mourir subitement. Rue de la Gare, on colportait de grandes nouvelles politiques : l'empereur ayant été tué, deux prétendants marchaient sur Paris, chacun à la tête d'une armée de six cent mille hommes. Enfin, rue d'Arvom, l'on était sûr, à n'en pas douter, que Claude conspirait avec le marquis de Selves ; qu'un ramoneur caché dans une cheminée avait découvert le complot, et que Claude venait avertir son complice et lui faciliter les moyens de s'enfuir. Cette hypothèse fut confirmée lorsqu'on vit Claude sortir à cheval de l'hôtel de Selves, remonter au grand trot le haut de la rue d'Arvom, et se diriger vers la frontière d'Italie.

En venant à l'hôtel, il portait à la main un objet dont on ne put distinguer la nature. Cependant on fut généralement d'accord que cela ressemblait assez à un paquet de papiers. Ces papiers se transformèrent, suivant les hypothèses de chaque quartier, en une liasse d'autographes, en un paquet pharmaceutique, en dépêches télégraphiques, en documents dangereux, en machine infernale.

En arrivant à la porte de l'hôtel de Selves, Claude se sentit défaillir. Il tira avec une telle violence le cordon de la sonnette, que ce cordon lui resta dans la main. Un domestique vint ouvrir, effaré. Sans mot dire, Claude, le repoussant brusquement, fit irruption dans un fumoir où Georges travaillait d'habitude, en criant, d'une voix affolée :

— *A horse ! a horse ! my kingdom for a horse !*

Ce qui veut dire en bon français :

— Un cheval ! un cheval ! mon royaume pour un cheval !

Georges se leva tranquillement. Malgré le sang espagnol qui coulait dans ses veines, son flegme eut fait honneur au fils d'Albion, le p'us ferré sur le *cant* britannique.

— Tiens ! dit-il avec sang-froid, est-ce pour me citer William Shakespeare que vous entrez avec cette impétuosité ?

Claude lui répliqua vivement :

— Il ne s'agit pas de plaisanter. Voici dix minutes que je suis dans la même position que Richard III à la défaite de Bosworth. Les premières paroles qui me sont venues à la bouche ont naturellement été celles qu'il prononça à l'issue de cette mémorable bataille... Mon cher marquis, poursuivit-il dès qu'il eut un peu repris haleine, voici qu'il arrive une chose inouïe, phénoménale, absurde, merveilleuse, extraordinaire, impossible, un de ces événements enfin qui forcent de croire à la Providence !...

— Qu'est-ce donc ? Athenulphe s'est fait capucin ?

— Pas le temps de bavarder ! vite, faites-moi seller un cheval, il y va du bonheur...

Il s'interrompit, rougissant.

Sans répliquer, le marquis sonna, et donna l'ordre de mettre son meilleur coureur à la disposition de monsieur Egault.

— Je veux la *Reine-Mab*, dit celui-ci d'un ton péremptoire.

La *Reine-Mab* était une petite jument arabe qui volait comme une flèche, et auprès de laquelle *Gladiateur* et *Vermouth*, les fameux premiers prix des courses françaises, n'eussent été que des rossinantes.

— Ah ça ! dit ensuite le créole , allez-vous m'expliquer ?

— Rien ! rien ! rien !

— C'est peu. Ajoutez quelque chose.

— Seulement que l'événement en question réalise vos rêves les plus chers. Dans un mois les noces , marquis !... Voici le cheval sellé... au revoir... Allez dire à ma mère que je ne rentrerai pas ce soir... Adieu !

Georges arrêta par le bras le jeune homme qui sortait sans plus de façon :

— Où allez-vous ? lui demanda-t-il.

— Partout et nulle part.

— C'est un endroit qui me plaît , si j'allais avec vous ?... Mais votre mère sera dans une inquiétude mortelle...

— Eh bien ! je vais à Saint-Vulpian... Là ! me lâcherez-vous maintenant ?

Claude franchit le seuil du salon en courant, d'un saut il fut auprès de sa monture, un bond le mit en selle, il partit.

Il serait plus facile pour nous de compter les moëllons qui entrèrent dans la construction de la tour de Babel , que de rapporter ici les commentaires variés dont cet étrange événement fut la cause. Les commères garocelloises n'eussent pas éprouvé une stupéfaction plus profonde, si elles avaient vu la lune se détacher de son orbite, et rouler vers la terre. L'on fit assaut de bouffonnerie et de burlesque ; avec le quart de ce que l'on dit, ce soir là, dans la bienheureuse cité que notre plume voue à l'immortalité, Hoffmann eût bâti cent contes fantastiques.

Et, pendant ce temps-là, la *Reine-Mab* galoppait ventre-à-terre. Claude avait le vertige, il voyait passer les arbres, les maisons, les poteaux avec une vélocité surnaturelle... Un cercle de feu étreignait son front... ses tempes battaient... ses yeux se voilaient d'un nuage, à peine pouvait-il respirer. Couché sur la croupe de l'enfant du désert, il se cramponnait à sa crinière, se laissant emporter sans avoir conscience de ce qui se passait en lui... Sa main gauche se crispait sur une poignée de parchemins.

En une heure, il fit le chemin que le char-à-bancs de Lestourges mettait trois heures à parcourir au grand trot. Lorsqu'il arriva devant la grille de Saint-Vulpian, une émotion se fit en lui, il recouvra une partie de son sang-froid.

Lorsqu'il fut introduit dans 'e cabinet de travail du comte, il vacillait encore sur ses jambes, mais ses traits avaient repris leur sérénité.

Monsieur de Lestourges, au comble de la surprise, jeta un regard sur les vêtements poudreux et en désordre du je ne homme.

— Mon Dieu! demanda-t-il en se levant précipitamment, est-il arrivé quelque malheur chez vous, mon ami?

Claude fit un signe négatif, et se laissa tomber dans un fauteuil. Puis, au bout de quelques minutes, il répondit :

— Non... rien... rien que d'heureux, au contraire!

L'expression anxieuse peinte sur le visage de Lestourges s'effaça. Il respira longuement, comme un homme qui vient d'échapper à un péril.

L'émotion à laquelle Claude était en proie ne tarda pas à se dissiper, et lorsqu'il reprit la parole, sa voix avait retrouvé toute sa fermeté !

— Sommes-nous bien seuls? demanda-t-il au comte.

— Oui. Pourquoi?

— Parce que j'ai à vous entretenir de choses... Ni madame de

Lestourges , ni sa fille ne sauraient supporter vaillamment la nouvelle extraordinaire , inouïe que je vous apporte.

Charles-Félix de Lestourges promena sur Claude un regard tellement significatif, que le jeune homme rougit , et se hâta de reprendre :

— Non , je ne suis pas fou , écoutez , monsieur le comte :

Il y a deux heures, je me rendis à l'Hôtel-de-Ville pour y chercher
l'acte de fondation de l'abbaye de Saint-Emilien. Jean Coudier,
le secrétaire , me remit un énorme paquet, poudreux, couvert de
moisissures, oublié au fond d'une armoire secrète. L'acte de fondation
s'y trouvait le premier. J'y vois les signatures de vos ancêtres : Jean
Azupert, seigneur de la Salveteuil ; Eloi, sire de Lestourges et son
frère Antoine, seigneur de Néranges... Il me vint à l'esprit de regarder ce qui restait. Jugez de mon étonnement : De ces pièces ignorées,
inconnues jusqu'ici, l'une était l'acte de la fondation de la Commanderie de Saint-Vulpian, daté du 13 des ides de décembre 1229
et signé par Pierre de Montagu , Grand-Maître de l'ordre du
Temple, et Gilbert de Chissé, Prieur de la province de Savoie. La
seconde est le testament de Jean VII Azupert, seigneur de la Salveteuil, chevalier de l'ordre du Temple et commandeur de Saint-
Vulpian. La troisième est l'état des vêtements, joyaux et monnaies
déposés dans le trésor de la Commanderie du Temple.

Le comte, hors de lui, ne put prononcer un seul mot. La découverte de ces parchemins était déjà bien précieuse au point de vue
archéologique, mais elle contenait une promesse, une espérance
qui éblouit le gentilhomme et le fit tressaillir dans les fibres les
plus secrètes de son être.

Il eut à peine la force de déplier les parchemins et d'y jeter un
coup d'œil. La première pièce, l'acte fondatif de la Commanderie,
ne possède aucune importance pour ce qui nous concerne ; mais

nous devons citer, à titre de curiosité, l'un des deux autres documents. Tous deux, écrits sur de larges feuilles d'un parchemin blanc comme la neige, qui, abrité sous une large enveloppe d'étoffe doublée de cuir, n'avait point subi les injures du temps, étaient couverts de caractères délicatement ouvrés, de cette belle écriture gothique du commencement du xıvᵉ siècle. Deux sceaux, l'un sur cire noire, l'autre sur cire jaune, pendaient à l'extrémité. Le premier portait la légende suivante inscrite autour d'une croix à huit pointes :

NON NOBIS, DOMINE, NON NOBIS, SED NOMINI TUO
DA GLORIAM.

Le second était écussonné aux armes des Azupert : *palé d'azur et d'argent de six pièces au pairle alésé d'or brochant sur le tout*, avec la devise, inscrite dans un cartouche autour de l'écu :

EGO SUM.

Voici le testament du commandeur Azupert :

✝

« Je, Jehan Azuperth, seignor de la Salveteu, fais àssavoir à
» tous ceus qui verront cetes presentes lettres que ie donne par
» cestuy testament à mon très-chier et amé nepveu mons Gaspard
» Azupert, gens d'armes de mon chier seignor et amé suserin,
» Comte de Savoye, aias qu'à son chier frère mon secondième
» nepveu, tous biens, orfaverie et monnoie que trouveront en ma

» Commanderie et sirerie de Saint-Vulpian, étant à charge par
» iceux mess. mes dicts neveulx de xvi florins d'or de Florence
» paier au chappellain de ma dicte Commanderie, afin que messes
» soient dictes pour le repos de mon âme.

» Donne à Saint-Vulpian le ieudi, deuzième iour de novembre
» M. C. C. C. X. I.

» Aux noms de Dieu le Père, et du Fils, et de l'Esprit-Saint. »

« *Locum* † † *sigilli.* »   « Jehan Azupert, S. »

Au dos on lisait ces mots écrits d'une autre main :

« *Anno Domini millesimo trecentesimo undecimo, die XVII mens.*
» *nov. obiit nobilis dom. Johannes Azupertus, dominus de Salve-*
» *turris. Ermengardus, presbiter.* »

Lorsque le comte de Lestourges eut achevé la lecture de ce testament il dit à Claude avec un sourire forcé :

— Voilà un document qui vient à l'appui de ce que vous disiez
à monsieur Morteret l'autre jour, il est écrit et signé de la main
de mon ancêtre. Je reconnais très-bien la signature. Elle existe sur
le contrat de mariage de son frère Thomas Azupert avec Benoite-
Marie de Maréchal.

— C'est vrai, dit Claude. Vous voyez que ce testament a été fait
dans l'année où le pape Clément V, le concile de Vienne et Philippe le Bel, supprimèrent dans toute la chrétienté la milice du
Temple. Les premières poursuites eurent lieu, vous le savez, en
1306. La condamnation de Jacques de Molay vint en 1309 et le

supplice des cinquante-quatre, en 1310. Jean VII, votre ascendant, dut mourir à la suite des malheurs de son Ordre.

Le comte consulta ses souvenirs et expliqua d'un ton fort sérieux, comme s'il se fût agi d'un fait passé la veille :

— Jean VII naquit en 1234, il avait donc soixante-dix-sept ans au jour de sa mort. Il est fort possible que la suppression du Temple, accompagnée des circonstances les plus dramatiques, ait été la cause de sa mort. Du reste la Commanderie fut donnée par acte du 30 août 1319 à son neveu Gaspard, dont il est fait mention dans le testament, et de qui je descends en ligne directe.

— Voyez maintenant, dit Claude, la pièce la plus importante.

Monsieur de Lestourges lut posément ce nouveau document dont il est inutile de donner ici la teneur exacte qui n'offre aucun intérêt. C'était purement et simplement une nomenclature très-détaillée de tous les biens, meubles et immeubles, bijoux, vases sacrés et valeurs monétaires appartenant à la Commanderie et que Jean VII avait enfouis en lieu sûr pour les dérober à la rapace cupidité des ennemis de son ordre.

Le motif de la stupéfaction de Claude, de sa visite à Georges de Selves, de son départ à tire d'ailes pour Saint-Vulpian nous 'est maintenant expliqué. Il aimait sincèrement le comte de Lestourges; il avait, en outre, certaines raisons de désirer que cette maison se relevât et, dans ces parchemins si miraculeusement tombés entre ses mains, il voyait une de ces voies mystérieuses que prend la Providence pour élever ou abaisser à son gré, lier ou délier ceux dont Jésus a dit : « Les derniers seront les premiers. »

Que la dixième partie du trésor se retrouvât, et Lestourges récupérait la splendeur de ses anciens jours !

Il y avait près de cinquante mille angelots, agnels, angevines et besants dont la valeur représenterait de nos jours une somme de plus d'un million. Les aiguières, les bassins, les tranchoirs, plats et autres pièces de vaisselle d'argent pesaient quatre cents marcs; calices, burettes, ostensoirs, croix et ciboires, joyaux, pierres précieuses, agrafes, etc., devaient être évalués à deux cent marcs d'or. Les riches étoffes, les armes précieuses, les coffrets sarrasins rapportés des croisades remplissaient deux coffres énormes.

VI

DANS LEQUEL CLAUDE ÉGAULT PROUVE A MONSIEUR DE LESTOUR-
GES CE QUE CE DERNIER SERAIT TRÈS DISPOSÉ A ADMETTRE
SANS PREUVES.

— Eh ! bien, demanda le comte, lorsqu'il eut achevé de lire les
cent trente *Item* qui composaient l'*Etat descriptif*.

Dans cette exclamation interrogatoire, il y avait de la raillerie,
de l'ironie, peut-être aussi de l'angoisse.

Claude fixa sur lui un regard franc et clair :

— Monsieur le comte, lui dit-il, c'est à prendre ou à laisser.
Vous avez là un moyen sûr et prompt de relever votre fortune : à
vous d'aviser.

Le comte, redevenu sérieux, se leva, fit quelques pas dans

son cabinet, revint se placer en face du jeune Egault, et lui dit
avec un sang-froid vraiment étonnant , en présence d'un fait aussi
extraordinaire :

— Mon ami, procédons par ordre. Le trésor a existé, n'en dou-
tons point ; les documents que vous avez retrouvés sont incontes-
tables... Mais est il probable que, pendant un laps de temps si
étendu, le trésor se soit conservé intact? Peut-on supposer qu'il
n'ait point été découvert, malgré les luttes féodales dont notre pro-
vince fut le théâtre entre le XIVe et le XVe siècle ; malgré les guer-
res de Victor-Amédée II ; malgré l'invasion des Espagnols, en
1746 ; malgré l'invasion des troupes françaises cinquante ans plus
tard ; malgré les agitations du commencement de ce siècle? peut-
on croire cela, je vous le demande?

— A vos questions, monsieur le comte, reprit Claude, je répondrai par un fait et une question. Voici le fait : Jean VII a dû cacher
bien profondément le trésor dont il s'agit, puisque depuis cinq
siècles, aucun des membres de votre famille qui ont habité la Commanderie n'a pu le retrouver.

— C'est vrai.

— La Commanderie n'est jamais sortie de votre famille ?

— Jamais. Elle fut transmise, comme je vous l'ai dit, à Gaspard
Azupert, mon aïeul au septième degré, puis passa de mâle en mâle.
C'est, du reste, le seul fief qui me vienne des Azupert. Je tiens
tout le reste des Lestourges.

Claude ne put s'empêcher de sourire : le comte oubliait qu'il ne
possédait plus maintenant que les bâtiments à demi-ruinés de
Saint-Vulpian.

— J'ai d'autres objections à vous poser, poursuivit Lestourges.
Ainsi, au cas où le trésor serait encore intact, m'appartiendrait-il
réellement?

— Parbleu ! messire comte, vous êtes fort singulier ! s'écria Claude avec un sourire forcé. Comment ! ce qui se trouve chez vous, dans votre maison, ne vous appartiendrait pas ?

— Suivez mon raisonnement. Le testament par lequel Jean VII lègue à ses neveux *tous biens, ofaverie et monnoie* qu'ils trouveront en sa sirerie et Commanderie de Saint-Vulpian, est postérieur au décret de suppression de l'Ordre du Temple, qui eut lieu en juin ou en juillet 1311. Or les biens des Templiers furent confisqués et donnés aux chevaliers hospitaliers qui se fondèrent plus tard dans l'Ordre de Saint-Lazare. Le roi de Sardaigne, grand-maître de Saint-Lazare, pourrait donc élever des prétentions...

Claude partit d'un homérique éclat de rire qui interrompit la dissertation historico-légale de monsieur de Lestourges.

— Ma foi ! monsieur, dit Claude quand il eut cessé de rire, vous avez une façon d'envisager les choses !... Permettez, j'admets qu'il en soit ainsi ; que Victor-Emmanuel II, au nom de l'Ordre de Saint-Lazare, vous fasse un procès en restitution de biens... Ah ! ah ! ce procès serait au moins fort curieux... Vous n'auriez que trois petits incidents à soulever : 1° la prescription ; 2° il s'agirait de discuter si l'abolition de l'Ordre du Temple fut ou non méritée, partant, si la confiscation fut légale ; 3° si l'Ordre uni des SS. Maurice et Lazare existe encore autrement que comme distinction honorifique. L'Ordre de Saint-Lazare, fondé en 1119, à Jérusalem, était un ordre religieux et militaire hospitalier. Il s'est fondu en 1572 dans l'Ordre de Saint-Maurice ; en 1608, dans celui de Notre-Dame du Mont-Carmel. Le premier, créé en 1434, par le duc Amédée VIII, dura peu de temps et fut reconstitué par Emmanuel-Philibert, lors de sa réunion à celui de Saint-Lazare. Supprimé en 1802, il a été rétabli par Victor-Emmanuel Ier en 1836. Le Mont-Carmel a été supprimé en 1791 et n'a pas été rétabli. En tous cas,

l'Ordre des SS. Maurice et Lazare, pure et simple distinction honorifique, ne peut soulever aucune prétention.

— Mais l'Etat peut réclamer une part?

— Un tiers, oui.

— Comment!

— Certes! vous n'auriez que deux millions sur trois, cela ne
vous satisferait pas?... Je vous le répète, il n'y a rien à craindre
en aucune façon, et votre conscience peut se rassurer. Le trésor
est à vous bien légitimement, attendu qu'il ne peut être prouvé
que les objets d'art *orfaveries et monnoies* proviennent de l'Ordre
du Temple. Tout semble prouver, au contraire, que votre ancêtre
en était l'unique propriétaire. Du reste, référez-vous-en au testament.

Monsieur de Lestourges était à demi-convaincu, mais cela ne
suffisait pas à Claude. Il reprit donc :

— Vous voyez que, même au cas où le roi de Sardaigne aurait
des droits, il lui serait assez difficile de les faire valoir... Il vous
resterait le cri de votre conscience, allez-vous me dire? Eh bien!
tranquillisez-vous. A mon tour, je vous dirai : suivez mon raisonnement : 1° le concile de Vienne qui prononça l'abolition des Templiers s'ouvrit le 12 octobre 1312, et la condamnation n'eut lieu
qu'en 1314. Jean VII était mort trois ans auparavant, ayant encore,
malgré les poursuites dirigées contre l'Ordre, le droit de disposer
de ses biens propres. En second lieu, les Hospitaliers donnèrent
quittance au roi de tous les biens du Temple en 1317; légalement,
ce qu'ils n'ont pas reçu à cette époque, devenait la propriété des
détenteurs ; — 2° la condamnation n'eut point un effet général.
Si les Templiers furent condamnés en France, en Toscane et en
Lombardie, ils ne le furent point à Mayence, à Ravenne, à Bolo-

gne, en Castille. Ceux d'Arragon entrèrent dans l'Ordre de Montesa, ceux de Portugal recrutèrent les Ordres d'Avis et du Christ. Puis, vous le savez, l'Ordre du Temple ne s'éteignit jamais entièrement. En 1384, il avait pour grand-maître Jean III, comte d'Armagnac, de Fezenzac et de Rhodez, auxquels succédèrent : Bernard VIII, connétable de France, son frère; Jean IV d'Armagnac; Jean de Croy, prince de Chimay; Robert de Lenoncourt, archevêque de Rheims; Gallier de Salazac; Philippe de Chabot, comte de Charny; le maréchal de Grancey; le duc de Duras; le Régent. S'il existe encore aujourd'hui, c'est à l'état de société secrète, non reconnue par l'Etat et condamnée par l'Eglise.

Je conclus donc à ceci : Le trésor du commandeur Azupert vous appartient doublement : comme héritier de la descendance de ce personnage d'abord, comme possesseur du domaine où le trésor est caché, ensuite...

Le comte de Lestourges poussa un grand soupir de soulagement et sauta brusquement au cou du jeune homme qu'il embrassa à plusieurs reprises sur les deux joues.

— Oh! s'écria-t-il ensuite... vous me sauvez!... J'ai voulu savoir si vous aviez la conviction de la vérité... j'ai voulu modérer votre fougue et mettre un frein à mes transports de joie... Depuis une heure je soutiens contre moi-même un rude combat, je vous l'assure... Quelle joie!... Ma pauvre femme sera-t-elle heureuse, elle qui s'accuse de m'avoir ruiné par son procès avec les Varignan!... et ma fille! et Gaëtan! ces chers enfants! Oh! je cours leur annoncer la bonne nouvelle...

— Gardez vous-en bien! dit Claude en arrêtant le comte qui s'élançait vers la porte. Avons-nous triomphé? Le trésor existe, j'en suis sûr. Il est à Saint-Vulpian, c'est bien certain... mais —

vous le disiez tout à l'heure, monsieur, il y a toujours un *mais* — nous ignorons où il caché.

Ces mots firent sur le gentilhomme l'effet d'un seau d'eau glacée jetée sur un brasier ardent. Il baissa la tête, ses yeux s'injectèrent de sang, et il dut s'appuyer sur le dossier d'un fauteuil pour ne point tomber.

Claude eut peur d'être allé trop vite en besogne. Il se hâta d'ajouter :

— Nous trouverons. Dites-moi, comte, n'avez-vous jamais pénétré dans les souterrains de la Commanderie ?

Lestourges se passa la main sur le front, soupira de nouveau, et put enfin répondre d'une voix encore altérée.

— J'en ai parcouru... la plus... grande partie... plusieurs galeries sont bouchées par... des... éboulements.

— Il doit en exister un plan, reprit Claude. Avez-vous ici tous vos papiers de famille ?

— Non, mon chartrier n'est pas complet. Mademoiselle de Salignies détient deux liasses dont j'ignore le contenu, et que je n'ai jamais osé lui redemander. Malheureusement, vous n'y trouverez rien. Ce sont des terriers de 1629 et de 1781.

Claude réfléchit longuement.

— M'autorisez-vous à réclamer ces papiers à mademoiselle de Salignies ? demanda-t-il au bout d'un instant.

— Certes ! dit le comte surpris.

— Très-bien. Ayez maintenant la bonté de suivre mes conseils. D'abord, discrétion absolue ! Ne parlez de tout ceci qu'à Gaëtan. Que madame de Lestourges et mademoiselle Clarisse ignorent tout. Invitez avec ostentation monsieur de Selves et votre serviteur à une chasse quelconque pour le 29 mars, et que le rendez-vous soit ici même. Vous enverrez ce jour-là ces dames à Garocelle, sous un prétexte quelconque. A nous quatre, nous suffirons à la besogne. Au besoin, j'amènerai mon frère Louis.

Le même soir, bien que la nuit fût avancée, Claude repartait pour Garocelle.

Le lendemain, vers dix heures, il frappait à la porte de l'hôtel de Salignies. Un vieux domestique, intendant-valet-de-chambre-maître-d'hôtel vint lui ouvrir. A la demande que lui fit le jeune homme d'être admis auprès de mademoiselle Sylvie, le vieillard ne répondit qu'en haussant les épaules, et se disposa à refermer le battant. Claude insista.

— Monsieur, dit alors sèchement le domestique, ma maîtresse ne reçoit absolument personne. Elle est au lit, malade, vous comprendrez donc qu'il est inutile d'insister.

Le jeune homme prit une carte de visite, au dos de laquelle il écrivit rapidement quelques mots.

— Portez ceci à votre maîtresse, dit-il ensuite, et vous verrez qu'elle consentira à me recevoir.

En effet, cinq minutes ne s'étaient pas écoulées que le vieillard apparut et l'introduisit, en donnant des marques d'un profond étonnement, dans un petit salon où mademoiselle de Salignies l'attendait.

C'était une espèce de boudoir ovale, tendu d'une étoffe de soie ponceau, relevée par des torsades blanches, et garni de meubles d'ébène uni à filet d'or. Les persiennes fermées, et de lourds et magnifiques rideaux de velours blanc retombant devant l'unique fenêtre, plongeaient cet appartement dans une demi-obscurité qu'augmentait encore la sombre nuance des tentures. Un feu vif, qui brûlait dans la cheminée, jetait des reflets rougeâtres sur les murailles, faisant reluire quelques dorures. Mademoiselle Sylvie de Salignies, à demi-étendue sur une chaise longue, la tête et le torse soutenus par des coussins de soie, était admirablement belle. Ses yeux, d'un gris veiné de bleu, lançaient des effluves magnétiques ; son front haut, carré, limpide, était couronné de cheveux de cette nuance de blond qu'affectionnaient les peintres vénitiens du XVIe siècle. Quoiqu'elle fût depuis longtemps malade, ses traits ne s'étaient point décomposés. Seulement, une pâleur mate, légèrement dorée, la faisait ressembler à ces statues de marbre pentélique auquel le soleil donne une apparence de vie. Lorsque le jeune homme pénétra dans ce salon, elle ne fit pas un mouvemement et ne daigna même pas tourner les yeux vers lui. Ce fut d'une voix harmonieuse, faible comme les accents d'une harpe éolienne, qu'elle lui dit :

— C'est vous qui venez de la part du comte Azupert? Comment se fait-il que je ne vous connaisse point?

— Mademoiselle, lui répondit Claude un peu choqué de ces façons hautaines, je ne viens pas de la part de monsieur de Lestourges, mais de la mienne. Je me nomme Claude Egault, et suis rédacteur de *La Minerve*. Il est fort étrange, en effet, que vous ne me connaissiez pas, car j'habite une maison contigüe à la vôtre ; le même mur sépare nos deux jardins.

Mademoiselle de Salignies vit sans peine qu'elle avait blessé le jeune homme. Aussi lui dit-elle avec un accent où perçait le regret qu'elle en éprouvait :

— Je suis une pauvre malade. Voici bien des jours que je ne sors pas d'ici. Ne m'en veuillez donc point, monsieur, de mon apparente impolitesse.

Claude s'inclina respectueusement, ému de l'accent avec lequel cette belle jeune fille avait prononcé ces paroles.

Sylvie continua :

— Ordinairement, c'est madame Voinard, ma tante, qui s'occupe des détails de ma maison. Avez-vous quelque service à me demander, monsieur?

La fierté qui paraissait dominer cette étrange personne reprenait le dessus.

— Madame Voinard eût pu vous apprendre, mademoiselle, reprit Claude avec tristesse, qu'elle était la sœur de mon aïeule, par conséquent ma grand'tante, et que j'ai l'honneur d'être votre cousin issu de germain. Pardonnez-moi, je m'oublie, reprit-il en voyant que la jeune fille ne put dissimuler un mouvement d'impatience ; je ne suis point ici pour me targuer de cette alliance avec votre *illustre* maison. Je m'en prévaudrais peut-être, si une telle raison était de nature à toucher votre cœur, à me faire accorder ce que je viens requérir de votre bonté... car, mademoiselle, je suis un solliciteur !

— Je ne sais... murmura-t-elle.

— Permettez-moi de vous interrompre, mademoiselle, poursuivit Claude avec un geste plein de dignité. Dieu m'est témoin que je n'ai jamais su quémander pour mon compte personnel, mais il s'agit d'intérêts graves qui concernent votre famille.

Et, avec l'éloquence persuasive, la grâce et le langage choisi que nous lui connaissons, il raconta sa découverte de la veille, son voyage à Saint-Vulpian, sa conversation avec le gentilhomme. Il n'omit pas un détail. La jeune fille l'écouta sans dire un mot, sans faire un geste. Claude termina par ces mots :

— Je viens donc vous supplier, mademoiselle, de me remettre les papiers qui concernent la maison de Lestourges, papiers qui sont en votre possession, à votre insu peut-être. Monsieur votre cousin n'a point osé venir lui-même, sachant que vous nourrissiez contre lui et sa famille une animosité...

— Pas un mot de plus ! s'écria mademoiselle de Salignies en

redressant noblement la tête ; sachez, monsieur, que cet horrible sentiment, la haine, m'est inconnu, mais l'ordre suprême d'un mourant est sacré. Oh ! non, non, je ne hais personne au monde, je vous le jure, monsieur, continua-t-elle avec des larmes dans la voix... je n'ai jamais voulu sonder cet abîme de mystères... et j'en meurs !

Ces derniers mots furent prononcés avec une expression déchirante. Elle se leva péniblement, et s'avança vers un meuble dans un tiroir duquel elle prit deux liasses de parchemins qu'elle tendit à Claude, en lui disant :

— Voici les papiers dont vous avez besoin. Vous trouverez le plan que vous cherchez dans le terrier A, entre le neuvième et le dixième feuillet. Et maintenant, monsieur... mon cousin... adieu ! adieu !

VII

Si notre lecteur a fait le voyage d'Italie, s'il a passé quelques mois à Florence, il a du remarquer deux antiques monuments dont l'aspect singulier contribue à donner à cette capitale de la Toscane un aspect des plus pittoresques. Nous n'entendons parler ni de Sainte-Marie de la Fleur, ce chef-d'œuvre de sept architectures du moyen-âge, dont la coupole était si belle, que Michel-Ange était au désespoir de ne pouvoir en élever une plus parfaite, lui qui songeait à celle de Saint-Pierre de Rome; ni de Santa Croce, où la pléiade artistique et littéraire de la Renaissance italienne dort de l'éternel sommeil sous des tombeaux plus splendides que ceux des rois; ni du palais Pitti, ni du palais Strozzi, merveilles que le Florentin prétend incomparables. Les deux édifices que nous désirons rappeler au souvenir du lecteur sont le Bargello et le Palazzo Vecchio.

Le premier s'élève dans la rue des Lions, c'est un immense dé de pierre grise, avec une couronne de créneaux, dominé à un angle par une tour carrée faisant corps avec le reste de l'édifice et sans saillie à l'extérieur. Le Bargello fût bâti par deux dominicains en l'année 1255. Le *Podesta* l'habita dès qu'il fut terminé. Giotto, Ghirlandajo et d'autres maîtres encore le décorèrent de fresques magnifiques. Ce palais fut le théâtre et le témoin des épisodes les plus dramatiques de l'histoire de Florence, les plus dramatiques de toutes les histoires. Le sang y coula à flots.

Le Palazzo Vecchio est une construction à deux étages, surmonté d'une ceinture de machicoulis au-dessus desquels se dessine une rangée de fenêtres étroites couronnée de créneaux. Un peu à droite, une tour s'élance du sein de l'édifice et se termine par une lanterne crénelée, où jadis étaient suspendues les cloches du beffroi municipal. La seigneurie de Florence ne voulut point bâtir sur l'emplacement qu'occupait la maison des Uberti, une illustre famille Gibeline. Aussi le vieux palais manqua-t-il de symétrie. C'est au-dessus de la porte d'entrée de ce monument, qu'est placée l'inscription commémorative de Jésus-Christ comme seul roi élu de Florence.

En 1529, la République ne trouvant aucun prince digne de devenir son chef, choisit Notre Seigneur Jésus-Christ.

Telle qu'elle est, cette importante forteresse du moyen-âge rappelle des souvenirs de toutes sortes. L'histoire des luttes de la nation contre elle-même y est écrite en sanglants caractères. Du reste, sans quitter la place de la seigneurie, l'on peut étudier cette histoire dans tous ses détails. A gauche du Palais Vieux, se trouve le palais Ugoccioni, bâti sur les dessins de Raphaël d'Urbin; à droite, s'ouvrent les Uffizi, la loge d'Orca·na où les magistrats convoquaient le peuple ; en face, les *Stinche*, prisons aussi célèbres que les *Plombs* et les *Puits* de Venise.

La Commanderie de Saint-Vulpian appartenait au même style d'architecture. En voici une description détaillée et que nous donnons après l'avoir visitée à plusieurs reprises.

Ce manoir doit avoir été bâti entre 1255 et 1350, par un élève du maître florentin Fra Sisto di S. Domenico. Il est construit en blocs énormes, équarris sur la surface extérieure, d'une pierre nommée granit schisteux. Le bâtiment forme un carré long de trente-cinq mètres sur vingt. Il a trois étages, dont les fenêtres, irrégulièrement percées, sont de formes dissemblables. Au-dessus du troisième étage, à soixante pieds du sol, s'avancent en saillies sur le mur, des machicoulis soutenus par des consoles sculptées et dominés par une rangée de créneaux. Entre les consoles, sont peints de gigantesques écussons formant le pennon d'alliances de la famille Azupert. Sur le pourtour de l'édifice, il y en a quatre-vingts. Le comte Charles-Félix les fit repeindre et redorer en 1849.

Aux quatre angles de cette imposante forteresse s'élèvent quatre tours carrées, assez minces et crénelées dans le style du château. L'une d'elle est surmontée d'un beffroi. Le tout est environné de fossés très-larges et très-profonds, encore pleins d'une eau jaune et saumâtre.

A droite et à cent pas se trouvent les granges, les écuries, les remises et la maison occupée par les fermiers et les serviteurs. Ces dernières constructions sont de dates récentes.

A droite, une chapelle gothique, accolée à de vastes bâtiments ruinés, communique avec le château par une galerie suspendue sur une arche ogivale qui, partant du premier étage, franchit la douve et vient se suspendre aux flancs d'un clocher gothique.

Rien de plus pittoresque que l'aspect de ces bâtiments singuliers.

La chapelle, avec sa façade ciselée comme une châsse de martyr, avec ses fenêtres trilobées, ornées de vitraux étincelants, avec ses dais de pierre sculptée, à l'abri desquels se tiennent roides, immobiles, d'informes statues, ressemble à un joyau d'enfant, écrasée qu'elle est d'un côté, par la masse imposante du manoir, et de l'autre par une énorme tour ronde, massive et trapue, accolée d'une tourelle d'escalier évidée à jour. En effet, la flèche aigüe de son clocher et ses contreforts dominés par des clochetons et des statues d'archanges, arrivent à peine à la hauteur des créneaux du donjon.

Cet ensemble de tours, de flèches et de clochetons, fait penser à ces constructions aériennes, chefs-d'œuvre des architectes du XVe et du XVIe siècle, tandis que le manoir sombre, grandiose et sévère, fait reculer la pensée de plusieurs siècles en arrière.

La grosse tour ronde, que l'on nomme dans le pays le Donjon, est évidemment de construction sarrasine, comme le prouvent ses fenêtres bilobées, ses balcons mauresques et la forme particulière de ses créneaux. Les Sarrasins ont, en effet, envahi la province pendant le VIIIe siècle; ils y ont laissé des traces nombreuses de leur passage. Au temps des grands barons, au commencement de la féodalité, l'on a dû construire les cloîtres et les bâtiments qui sont en ruine aujourd'hui. Le temps n'a laissé subsister que des arcades isolées qui se redressent au-dessus d'un monceau de pierres frustes, ou des pans de murailles recouverts d'un épais manteau de lierre d'un vert noirâtre.

Les fenêtres du château indiquent que chacun de ses possesseurs successifs a voulu réparer quelque partie de sa demeure. En effet, si le portail, que dominent les armes des Azupert, accolées à celles de Lestourges, appartient à l'époque romane; si les fenêtres du premier étage s'arrondissent presque toutes en plein cintre, celles du second et du troisième sont en complet disparate avec ces restes du style roman, on y voit des fenêtres ogivales, découpées en lancettes ou à croisée de pierre, ou entourées de nervures, ou bien encore encadrées de colonnettes, abritées sous des dais fouillés à jour.

Que le lecteur se représente donc ce vaste ensemble, dont notre description, si longue qu'elle soit, peut seulement donner une légère idée. A droite un étang, entouré de bosquets de sapins et de mélèzes, offre à la vue ses eaux dormantes, couvertes en certains endroits de joncs et de plantes marécageuses. A gauche, un quadruple rideau de hauts peupliers d'Italie, sépare la ferme et ses dépendances de l'antique manoir en avant duquel un jardin s'étend en pente douce, jusqu'à la route que borde un torrent impétueux, aux eaux mugissantes.

Derrière Saint-Vulpian s'élève une chaîne de montagnes couvertes de forêts et dominées par des rochers découpés en aiguilles, dont les arêtes aigües se dessinent sur le bleu d'un ciel presqu'aussi pur que celui de l'Espagne.

Derrière le chemin de fer, au-delà du torrent, on aperçoit entre des bouquets d'arbres fruitiers, les maisons à toits de chaume du village de Saint-Vulpian, et derrière ce village, une nouvelle chaîne de montagnes parallèle à celle dont nous venons de parler, arrête brusquement la vue.

Le site est à la fois sauvage et grandiose. La vallée n'a pas dix lieues de superficie. Elle est fermée de toutes parts par les contreforts des montagnes qui s'entrelacent et semblent fermer toute issue aux habitants de cette petite contrée.

Ces entassements de roches, ces vastes forêts de sapins, ces châlets perchés sur des cîmes inaccessibles, ces villages aux blanches maisons qui se plaquent aux versants des monts orgueilleux, ces cascades qui bondissent de rochers en rochers ou jaillissent en flots d'écume du sommet des collines, forment un site véritablement beau. L'on dirait un de ces paysages fantastiques inventés par l'imagination bizarre de cet étrange conteur américain, Edgar Poë, ou par la verve endiablée de Gœthe lorsqu'il dépeignit la terrible nuit du Walpurgis et les infernales magnificences du Broken.

C'est là que monsieur de Lestourges s'était résolu à vivre et à mourir. Sa femme avait obéi, parce qu'elle aimait et respectait son mari, mais son cœur se serrait lorsqu'elle contemplait la vallée du haut des plate-formes du manoir et plus d'une fois elle soupira en pensant à la riante plaine de Garocelle, à sa belle maison de la rue d'Arvom.

Cependant le comte avait rendu aussi confortables que possible les appartements de la Commanderie.

Le rez-de-chaussée était occupé tout entier par le vestibule, le grand escalier, les cuisines et l'office installés dans l'ancienne salle des gardes, et la salle de justice où le comte, pour en faire une sorte de musée de famille, avait réuni tous les portraits de ses ancêtres, leurs armures, des trophées d'armes, des meubles antiques, de ces vieux bahuts que les antiquaires paient maintenant au poids de l'or. Au fond de la salle, sur une estrade élevée de six marches au-dessus du sol, se dressait un fauteuil à dais, en chêne sculpté, où toute une lignée avait trôné.

L'appartement de monsieur de Lestourges, situé au second étage, se composait d'une immense bibliothèque où s'entassaient dix à douze mille volumes; d'un cabinet de travail, d'un salon-fumoir et d'une chambre. Les meubles de cet appartement étaient, pour le plus grand nombre, contemporains de François Ier. Le cabinet, avec ses tapisseries de haute-lice, ses bahuts ornés de bas-reliefs, ses

Le Trésor.   14

crédences à figurines sculptées en plein bois, ses tables à pieds tors ; la chambre à coucher, tendue de vieux cuir de Cordoue, avec son lit à baldaquin, ses courtines de brocart violet, son prie-Dieu d'ébène, donnaient à penser à qui les voyait pour la première fois, qu'un seigneur à pourpoint, à chausses collantes, un chevalier bardé de fer, ou une gente châtelaine portant ses armoiries brodées sur sa cotte à longue traîne, lui allait apparaître.

Le petit salon installé dans une des quatre tours avait un aspect plus moderne, malgré sa fenêtre en ogive. Un coutil gris à raies vertes, plissé en forme de tente, se drapait sur les murs ; un divan, une table chargée d'une cave à liqueurs et de boîtes de cigarres l'encombraient.

VIII

OU L'ON NARRE LA LÉGENDE NON MOINS LAMENTABLE QUE VÉRIDIQUE
DE MESSIRE TIHERN A LA MAIN SANGLANTE

Le 29 mars, tous l·s invités de monsieur de Lestourges furent
exacts au rendez-vous. Le comte, sous prétexte d'entretenir de bonnes relations avec sa parenté, avait envoyé sa femme et sa fille à
Chambéry, chez sa tante la marquise douairière de Lullier.

Claude avait passé trois jours à déchiffrer le plan mystérieux
dont les lignes disparaissaient presque sous une épaisse couche de
poussière et de maculatures.

Le soir, vers onze heures, après le souper, le notaire Ouzaux
arriva dans une voiture, tout grelottant. Le comte et ses hôtes furent assez médiocrement satisfaits de sa visite. Cependant, le
maître de la maison lui fit un accueil empressé, bien que souhai-
tant *in petto* d'en être promptement débarrassé.

La compagnie s'était rassemblée dans le grand salon de la Commanderie qui mériterait une description particulière, si ce n'était abuser de la patience de notre lecteur que de lui infliger ces longs procès-verbaux.

— Messieurs, dit le notaire, en s'asseyant dans un excellent fauteuil, au coin de la cheminée où brillait un feu ardent, messieurs, je viens de remplir une tâche pénible.

Il y eut un mouvement de curiosité. Chacun tremblait un peu : l'inconnu inspire tant de craintes.

Claude Egault se hasarda à demander de quoi il était question.

Le notaire huma préalablement une prise, tira son mouchoir de sa poche et se moucha avec le bruit sonore d'une trompette, après quoi il dit paisiblement :

— Je viens de dresser le testament de ma nièce, mademoiselle Sylvie de Salignies, marquise de Bergamasque, votre cousine, monsieur de Lestourges, et la vôtre, Claude.

— Comment! s'écria le comte vivement, mademoiselle de Salignies en est-elle donc à cette extrémité ?

— Hélas! oui, mon bon ami. La maladie et Varçon se sont entendus pour l'achever. Hum ! hum ! j'en sais, par là, qui gagneront à cette mort, sapredienne! Le testament... Et ce trésor? cher comte, ajouta le vieillard d'un ton narquois et sans transition.

Lestourges et Claude firent un soubresaut sur leur siége ; Louis et monsieur de Selves se regardèrent d'un air de profonde surprise.

— Vous... vous... vous savez, balbutia le comte sans déguiser son inquiétude, quel traître?...

— M'a confié cet étonnant secret? Bien facile. Il me serait doux de vous tenir la dragée haute. J'ai pitié de votre perplexité, bon enfant que je suis... Le traître, c'est mademoiselle de Salignies. Je puis même ajouter, sans manquer au secret professionnel, que le trésor dont il s'agit est mentionné dans le testament précité.

Le notaire ne laissa pas le temps à ses interlocuteurs de lui répondre et poursuivit, sans paraître accorder une grande attention à ses paroles :

— A propos, mademoiselle de Salignies désire. vous voir. Elle m'a chargé d'inviter la famille de Lestourges, la famille Egault et monsieur le marquis de Selves à la visiter dans la journée de mercredi. Je lui ai dit que vous consacriez à la chasse votre journée de demain et que vous occuperez la nuit prochaine à rechercher le trésor susmentionné... Hum! hum!.. Et maintenant, Claude, mon ami, exhibe le fameux plan. Hum! hum!

Ces messieurs étaient passablement interloqués. Le tabellion parlait avec négligence des choses les plus importantes.

Depuis dix ans, mademoiselle de Salignies ne sortait pas de chez elle; depuis le même nombre d'années elle ne recevait personne. Le seul chanoine Morteret, son confesseur, était excepté de cette mesure. L'on a vu qu'elle ne connaissait même pas les membres de la famille Egault. Rien ne pouvait égaler la stupéfaction où l'invitation de leur parente plongea Lestourges, Claude et Louis Egault. D'un autre côté, ils se figuraient que personne au monde ne connaissait le secret du trésor, et ils étaient à cent lieues de supposer que mademoiselle de Salignies pût les trahir. Le notaire leur expliqua brièvement le motif pour lequel elle avait dû le mettre au courant de la situation.

Claude attira à lui un guéridon, s'empara d'un candélabre chargé de bougies et déploya le parchemin qu'il tenait à la main. Puis, promenant l'index sur les lignes confuses qui apparaissaient sur le parchemin noirci, il s'exprima en ces termes :

— Je me suis donné, messieurs, une peine infinie pour faire apparaître les lignes à demi effacées de ce plan, tracé en 1311 par le Commandeur de Saint-Vulpian, Jean VII Azupert... J'ai expli-

qué tout ceci à ces messieurs, mon oncle Ouzaux, je ne le répèterai
certes pas pour vous plaire.

Le notaire poussa un malicieux :

— Hum ! hum !

— A grand renfort d'acide sulfurique étendu d'eau, j'ai fait dis-
paraître les taches de graisse mêlées de poussière qui souillaient ce
précieux document. Avec l'aide du grattoir j'ai achevé mon œuvre.
Ce n'es' pas pour me vanter, mais... Enfin je ne suis pas ici pour
m'adresser à moi-même des compliments, si mérités qu'ils soient,
il se tro ivera toujours quelqu'un pour m'accuser de fatuité. Tant il
y a que l'on peut maintenant reconnaître avec aisance et facilité
les indications données par votre aïeul le Commandeur. — Ces
lignes noires forment le plan, très-régulier, ma foi ! de la Commanderie et de ses dépen·lances. Le digne Templier dut employer ses
loisirs à étudier la géométrie. Les lignes rouges dessinent les souterrains... Quant au chemin à parcourir pour arriver au trésor,
il est clairement indiqué par ce trait bleu 'ont vous distinguez les
sinuosités.

Toute la compagnie suivait avec attention les explications données par le jeune paléographe. L'expression de ces visages penchés
par-dessus l'épaule de l'orateur devait être curieuse et chacun le
pressentait, car nul n'osait lever la tête et regarder ses voisins.

Claude laissa à ses paroles le temps de pénétrer l'intelligence de
ses auditeurs, puis il reprit, d'un ton calme qui contrastait singulièrement avec l'anxieuse atten·e de ses amis :

— Voyez maintenant, dans ce coin, la légende explicative du
plan. C'est un rebùs, une énigm², suivant 'a mode de l'époque. Le
bon Commandeur eut dû néanmoins nous éparger la peine de
déchiffrer son grimóire.

Et il déclama d'un ton emphatique le quatrain suivant :

Un jour viendra, quand par clé d'or
. Sera trouvé delà du *Fra*
Par ma vertu moult bel trésor
En *Martherod*. *Un jour viendra*.

— Hum ! hum ! grommela d'un ton désappointé maître François Ouzaux. Je ne comprends pas du tout.

— Ni moi non plus ! s'écria le comte avec une moue significative.

— Ni moi !

— Ni moi !

— Ni moi !

Ajoutèrent l'un après l'autre Georges de Selves, le vicomte Gaëtan et Louis Egault.

— Eh bien ! dit Claude sans élever le diapason de sa voix, moi j'ai compris. Rendez à ma perspicacité l'hommage qu'elle mérite. Je ne veux pas vous faire languir, messieurs, continua-t-il avec un sourire plein de malice qui démentait cette promesse, et je ne vous bercerai point de paroles inutiles. Pas de préambule. Au fait, m'y voici... Remarquez que les deux syllabes *Fra* et *Mar*, la première du mot Martherod, ont été soulignées, et par conséquent doivent se rapporter l'une à l'autre. Or, dans l'ancienne salle de justice, dont vous avez fait votre galerie d'armes, comte, il y a deux panneaux avec des sculptures emblématiques. L'un de ces panneaux porte un faisceau d'armes, sur lequel se détache une de ces épées flamboyantes nommées *flamard* ou *framard*. Voyez le plan : la ligne bleue part précisément de ce point de la salle de justice, longe le mur à l'intérieur, ce qui fait supposer un corridor secret saute par-dessus la douve et se dirige, après avoir traversé les caveaux de la chapelle, vers le manoir auquel celle-ci est accolée. Ce manoir est en ruine et la seule chose qui subsiste est cette énorme tour ronde que l'on appelait tour de Martherod.

Le trésor est dans les souterrains du donjon.

Tandis que tout le monde applaudissait à la sagacité du jeune homme, le notaire se moucha, toussa, ouvrit sa tabatière et prit une pincée de tabac, après quoi il proféra ces paroles solennelles :

— Hum! hum! Reste à savoir comment vous ferez pour aller au de là du framard... Et cette clé d'or?

— Ah! voilà! fit Egault, embarrassé.

— Eh! s'écria le marquis de Selves dont l'œil rayonnait de joie, eh! mais, la voici, cette fameuse clé d'or. Brissot me l'a donnée, il y a beau temps, n'est-ce pas, Claude? Et j'ai toujours oublié de vous la rapporter, mon cousin.

Et il sortit de la poche de son habit l'écrin qui contenait la clé dont nous avons donné un portrait ressemblant dans un de nos chapitres précédents.

Le comte de Lestourges ne put s'empêcher de lever les yeux au ciel en murmurant de ferventes actions de grâces.

— Messieurs, dit-il ensuite d'un ton pénétré, admirez les voies de la Providence! Il y a vingt ans, j'étais jeune alors et j'ignorais la valeur de ces souvenirs de famille ; je vendis ce bijou à un Juif qui le revendit au chanoine Morteret à qui Joseph Brissot l'acheta. Il faut qu'un de mes parents, dont j'ignorais l'existence et qui vivait à deux mille lieues d'ici, soit conduit à Garocelle et rachète cette relique de famille qu'avait perdue un étourdi... Dieu soit béni! ses desseins sont impénétrables !

— Impénétrables! murmura comme un écho le vieux notaire.

— C'est, ma foi! vrai, dit à son tour Georges de Selves. Quel étrange concours de circonstances! Je ne me serais jamais douté qu'il m'adviendrait une aussi bizarre aventure pendant mon séjour à Garocelle!... Récapitulons : cette clé dont Joseph Brissot ne soupçonna jamais la valeur, et dont il me fit présent, sans y attacher une grande importance; le testament du Commandeur et l'*Estat descriptif* découverts, par un hasard inouï par notre ami Claude ; le plan, détenu volontairement par le défunt marquis de Bergamasque et que la fille de celui-ci restitue, au mépris des volontés dernières de son père, voilà une série d'événements tellement romanesques, tellement étranges, je l'ai dit et je le répète, qu'ils en deviennent invraisemblables.

— Si je faisais avec cela un roman, ajouta Claude judicieusement, je vous parie n'importe quoi que les deux tiers de mes lecteurs me traiteraient de... *blagueur,* sauf le respect que je vous dois.

— Il est tard, dit soudain le comte, et toutes ces émotions nous ont fatigué. Allons, messieurs, bonne nuit, et tâchez de ne pas rencontrer sur votre chemin le spectre de Tihern Azupert *à la main sanglante!*

Un mouvement de curiosité se fit aussitôt, et ceux qui s'étaient déjà levés pour prendre congé du comte se rassirent.

— Peuh! fit Gaëtan, voici qu'il est deux heures du matin... Ce n'est guère la peine de nous aller coucher, puisque nous devons nous lever à six heures pour occire le seigneur martin... Tant pis! qui m'aime... reste avec moi! Et mon père contera l'histoire de Tihern *à la main sanglante!*

Tous, d'un commun accord, décidèrent que l'on n'irait point au lit.

Le vieux notaire, mollement étendu dans un immense fauteuil à la Voltaire, les jambes allongées sur un tabouret, prit ses dispositions pour dormir. L'amour de la vérité nous oblige à dire qu'il ferma les yeux, mais que Morphée refusa de secouer sur lui ses fleurs de pavot. Quant à monsieur de Lestourges, il prétendit avoir oublié l'histoire qu'on lui demandait, afin de laisser à Claude, qui narrait à merveille, le plaisir de faire briller son éloquence et son érudition.

Claude saisit la balle au bond.

— Ecoutez donc, s'écria-t-il, je connais la légende dans tous ses détails, et ce ne sera pas ma faute si vous ne frissonnez pas....

Je commence :

Quel homme c'était que messire Tihern Azupert, bailli de Garocelle pour monsieur le comte Aymon de Savoie ! Astucieux, féroce, cruel et vindicatif ; en même temps sardonique, impie, ne croyant ni à Dieu ni au diable ; cauteleux, insolent, vain de son titre et de son nom, féroce comme le tigre du désert, voilà ce qu'était cet homme.

Et son visage ne démentait point son caractère :

Un front dénudé, orné aux tempes de quelques cheveux encore noirs ; des yeux gris roulant continuellement sous d'énormes sourcils, qui les abritaient sans en cacher le regard lubrique, illuminé de temps en temps de lueurs fauves ; des paupières bordées de rouge, un nez aquilin, recourbé en bec d'oiseau de proie, sur une bouche aux lèvres serrées, surmontées de moustaches rousses tigrées de poils blancs ; avec cela des pommettes saillantes, un réseau de rides qui faisait ressembler la peau à un vieux parchemin desséché, telle était la face de l'homme *à la main sanglante !*

— Peste ! s'écria le comte de Lestourges en riant, c'est un ancêtre dont je n'aurais pas raison de me flatter !

— Hum ! hum ! ajouta le notaire Ouzaax, du fond de son fauteuil, voilà un portrait touché de main de maître, Claude, mon garçon. Seulement , il y a trop d'épithètes !...

— Tiens ! observa monsieur de Selves, j'aurais juré que vous dormiez à poingts fermés, maître Ouzaux.

Claude reprit comme s'il n'avait point été interrompu :

— Un soir d'hiver, le seigneur Tihern étendu dans un vaste fauteuil au coin du feu, dans la salle du donjon de Martherod, semblait béatement plongé dans la contemplation de son souper dressé devant lui, sur une belle nappe blanche. Le même jour, ce digne seigneur avait poignardé de sa propre main Antoine Sallières d'Arves, un de ses ennemis qu'il détenait dans un cachot de la tour. Le fils d'Antoine Sallières d'Arves, un bel enfant de quinze ans, était mort de faim sous les ye x de son père... Qui dirait les crimes qui chargeaient la conscience de Tihern Azupert !

Comme il se disposait à se coucher, après avoir prié, le heurtoir de la grand'porte frappa un coup violent qui fit trembler les vitraux dans leurs alvéoles de plomb... Ce coup, chose étrange, résonna sourdement et lugubrement dans toute la maison, il réveilla des échos inconnus qui le répétèrent avec un sinistre fracas... Bientôt après un serviteur introduisit un étranger dans la salle... C'était un homme grand, d'une maigreur excessive et tout vêtu de noir ; ses yeux caves n'avaient pas de regard, sa bouche édentée grimaçait un funèbre sourire ; quand il marchait, ses os sur lesquels se collait une peau terreuse, s'entrechoquaient avec un petit bruit sec...

En le voyant, Tihern pâlit. L'homme s'approcha de la table, salua le bailli et lui dit, d'une voix dont le timbre pourrait se comparer au son d'une voix fêlée :

— Le sénéchal de Garocelle m'envoie vous quérir, messire, pour une affaire importante qui ne souffre aucun retard.

— Mais je n'ai pas de cheval, objecta le seigneur.

— Nous irons à pied.

Il fallait s'exécuter. Le sénéchal haïssait Tihern et pouvait lui nuire auprès du suzerain. Tihern chaussa ses poulaines, endossa sa cape fourrée, puis il sortit, accompagné de l'étranger.

La nuit était noire : le ciel, couvert d'épais nuages, ne laissait arriver à la terre aucune douce clarté d'étoiles. A peine apercevait-on, au bord du chemin, la sombre masse de quelques troncs rugueux aux branches desséchées. Le silence le plus absolu régnait dans la campagne, mais de temps à autre, le hululement du hibou perçait l'espace de son cri aigu.

Tihern Azupert tremblait... Il avait peur de ce silence, de cette obscurité, de ce cri d'orfraie, de ces arbres noueux qui dressaient aux bords du chemin leurs grandes formes dégingandées et qui lui paraissaient être des fantômes... Il avait peur du bruit de ses pas, peur de lui-même, peur de son compagnon... Ah ! c'est un terrible châtiment que la peur... Ce mal indéfinissable qui nous prend à la gorge et nous serre le cœur, qui fait battre le pouls et les tempes, courir un frisson dans les veines et couler une sueur froide sur le front !... Et Tihern avait peur !...

Après qu'ils eurent fait cent pas, l'homme se retourna vers lui et lui dit, de sa voix fêlée :

— Je suis Jérôme de Passier que tu empoisonnas, il y a dix ans pour lui voler sa fortune !... Marche !

Les dents de Thiern Azupert claquaient les unes contre les autres ; il voulut fuir... une force invincible l'obligea à continuer sa route.

Cent pas plus loin une ombre blanche et légère se dressa devant lui .. un souffle passa sur son front et il entendit ces mots :

— Je suis Jeanne-Marie de Passier que tu as assassinée !...

Cent pas plus loin, il vit un bel adolescent à la mine insouciante et hardie, qui l'attendait au milieu du chemin ; un poignard était planté jusqu'à la garde dans sa poitrine, et le sang ruisselait, couvrant d'un flot rouge ses blancs vêtements...

— Je suis Phœbus Azupert, ton neveu !... me reconnais-tu ?

Cent pas encore !... une femme, jadis belle, aujourd'hui livide, aux chairs boursouflées, aux yeux cerclés de noir, avec un suaire blanc, dégouttant d'eau fangeuse, vint se placer auprès de lui, en murmurant :

— N'étais-je pas une épouse fidèle et vertueuse ?... Les eaux de l'étang sont profondes... Quelle tombe pour l'héritière des Barsant !...

Et Tihern Azupert sentit ses cheveux se hérisser sur sa tête... ses yeux jaillirent de leurs orbites et il se remit à marcher...

Cent pas encore !... ce fut l'enfant d'Antoine Sallières d'Arves, puis le père, puis d'autres ombres encore qui vinrent entourer le vieillard...

— Marche ! marche ! marche !

Et Tihern courait, poursuivi par ces fantômes, assailli par cette surnaturelle cohorte. . . . .

. . . .

Le lendemain, des gens qui allaient au marché, trouvèrent sur le bord de l'étang un cadavre à l'aspect effrayant.

C'était celui de Tihern... Sa main droite était baignée de sang.

On l'enterra hors de la chapelle, et depuis lors on dit qu'il revient tous les soirs dans les ruines du château de Martherod.

— Peuh ! s'écria Georges de Selves lorsque Claude eut achevé ces derniers mots, j'espérais un autre dénouement !

— Hum ! hum ! grommela maître Ouzeaux, trop de romantisme !..
Je voudrais bien le voir, ce Tihern *à la main sanglante !*

— La légende est authentique, dit le comte de Lestourges. Je
possède l'original écrit tout entier de la main du chapelain Rodolphe Azupert, le neveu de Tihern !...

COMME QUOI L'OURS MARTIN FUT GENTIMENT OCCIS A LA MODE INDIENNE, CE QUI DUT LUI PROCURER UNE JOUISSANCE INÉNAR-RABLE.

Il se fit dans la grand'salle du château de Saint-Vulpian un long silence qui dura près d'une heure... Si nous avions le défaut de notre ami Claude — trop de romantisme — nous dirions que l'assemblée où nous avons introduit le lecteur, méditait sur la légende de l'homme à la main sanglante. Notre véracité d'historien nous force à faire un aveu pénible : tous nos personnages s'étaient assoupis, à l'exception du comte de Lestourges qui causait à voix basse avec le notaire Ouzaux.

A l'aube, tout le monde fut sur pied. Une faible lumière, tamisée par les vitraux coloriés, pénétra dans la salle qu'éclairait encore les mourantes lueurs du brasier. On entendit au-dehors les aboiements des chiens qu'un serviteur couplait au moyen de laisses d'acier. Le chant national du coq dominait ce concert improvisé, préférable pour des oreilles de chasseur aux plus admirables morceaux de Beethoven et de Mozart.

L'heure de la chasse était sonnée...

Les hôtes de Lestourges et le comte lui-même descendirent à l'office où l'on avait préparé un déjeûner substantiel. Au centre de cette pièce, une table se dressait chargée de jambons, de rôtis, de volailles, les dits mets escortés d'un véritable régiment de flacons poudreux. Ces messieurs avaient préalablement endossé la veste, la culotte et les guêtres de velours à côtes, sans lesquels un Garocellois n'oserait pas tirer un seul coup de fusil. Comme on achevait de boire un vin de Princens vieux d'un demi-siècle, l'unique serviteur mâle de la Commanderie, vieillard à cheveux blancs, fit irruption, d'un air effaré, dans la salle à manger.

— Ah! mon Dieu! monsieur le comte! ah! mon Dieu!... vociférait-il d'une voix étranglée qui trahissait une vive épouvante.

Les convives se levèrent en désordre, impressionnés par l'accent et le visage bouleversé de cet homme.

— Voyons! Germain, qu'y a-t-il? demanda le comte sans se départir de son flegme britannique.

Germain tremblait de tous ses membres et ne fut complétement remis que lorsque son maître l'eut forcé d'avaler un plein verre de cet excellent Princens dont nous avons failli entamer un éloge bien senti, quoiqu'il eût mieux valu, peut-être, en entamer un flacon. Alors ses joues se teintèrent d'une douce couleur nacarat, et ses yeux écarquillés par la peur reprirent leur grandeur normale. Cependant il ne recouvra pas immédiatement la parole; ses lèvres s'agitaient comme mues par un ressort, mais sans émettre aucun son. Il fallait que cet homme, d'ailleurs fort peu intrépide

de son naturel, eût échappé à un véritable danger pour se laisser
ainsi dominer par l'effroi.

Il consentit enfin à parler :

— Messieurs, dit-il, les yeux baissés et d'un ton plein de componction, j'en demande bien pardon à monsieur le comte, mais la
frayeur que j'ai éprouvée m'a forcé de manquer de respect à ses
illustres hôtes, ce dont je rougirai toute ma vie. Voici, monsieur
le comte, ce qui est arrivé : Pendant que ces messieurs déjeu-
naient, un convive que monsieur le comte avait oublié d'inviter,
déjeunait de son côté... avec ma brebis... sous les peupliers... à
cent pas du château.

— Voyons ! Germain, n'abusez pas... Qu'est ce conte que vous
nous faites ?

— Sauf le respect que je dois à monsieur le comte, ce n'est point
un conte que j'ai l'honneur de lui faire... Un ours de la plus belle
taille... si l'on peut accoupler ces mots ours et beau...

A ces mots un rire inestinguible s'empara des convives du gentilhomme, les circonlocutions du vieux serviteur les préparaient à
une toute autre nouvelle et ils ne se doutaient point de la vérité.

Germain, abasourdi par cette hilarité dont il ne comprenait pas
le motif, restait devant son maître dans la position d'une statue de
dieu Terme.

Les grognements du tabellion formaient la basse de ce concert
où le rire franc, éclatant des jeunes gens simulait les parties hautes.
Cette explosion de rire eut une fin, bien que le princens et le ma-
restel des caves de la Commanderie eussent prédisposé les convives
à la gaieté. Le comte, redevenu sérieux, pria son valet-de-chambre
d'avoir moins d'esprit et de lui apprendre, sans préambule, ce qu'é-
tait devenu sire martin.

— Heu ! répondit le vieillard, sauf le respect que je dois à monsieur le comte et à l'honorable société que j'ai l'honneur de divertir par ma sottise, l'ours en question s'est « enfilé » dans la saulaie sur les bords de l'étang... C'est un ours de dix ou quinze ans, brun de poil et auquel monsieur le comte a daigné faire une marque indélébile en lui fendant l'oreille, au moyen d'une chevrotine ; monsieur le comte doit se le rappeler. C'était en dix huit cent... quarante-sept, l'année de la naissance de monsieur le vicomte... A telles enseignes que je portais ce jour-là cette belle culotte cou'eur caca-dauphin. .

Le fou rire s'empara de nouveau des auditeurs de maître Germain, lequel, malgré sa gravité habituelle, ne put s'empêcher de faire chorus avec eux. En un clin d'œil, et sans cesser de rire, les jeunes gens, monsieur de Selves et le comte suspendirent en bandoulière à leurs épaules les *flasques* de plomb, les poires à poudre, la cartouchière, en un mot tout l'attirail obligé du chasseur. Ils s'emparèrent alors de leurs fusils et s'enfuirent, laissant le vieux Germain, immobile et bouche béante, le torse à demi incliné, les mains jointes sur la poitrine, ébaubi, ahuri, ne sachant plus à quel saint se vouer... sauf le respect, etc. !..

Dans le jardin on tint conseil. La bande se divisa en deux groupes : Le comte, Claude et Gaëtan suivirent la rive droite de l'étang, monsieur de Selves, Louis Egault et les deux fils du fermier prirent par la gauche.

Les chiens, qui hurlaient comme de beaux diables, furent laissés à la garde de maître François Onzaux, notaire impérial, maire de Garocelle, lequel faisait piteuse mine. Il n'était plus assez ingambe pour se mêler à la chasse, et, d'un autre côté, sa haute dignité ne lui permettait de remplir un office aussi vulgaire. Il s'en consola philosophiquement en allant vider un flacon à l'office, après avoir transmis ses fonctions à un galopin de quinze ans, qui servait de groom au maître de la Commanderie.

Le temps était très-beau, quoiqu'il eût tombé de la neige pendant huit jours de suite et que la vallée fût couverte en entier d'un immense manteau d'hermine. L'étang était couvert d'une nappe de glace, limpide comme du cristal, où se miraient les tiges desséchées des joncs et des roseaux. Le ciel, d'un bleu clair au zénith, se perdait aux extrémités en de sombres nuages qui coiffaient les hautes cîmes, envahissant peu à peu la voûte céleste. Derrière ces nuages, un point roussâtre qui noyait de nuances roses un massif de nuées, indiquait la présence du soleil.

Il faisait un froid très-vif.

Derrière les ruines, desquels jaillissait la masse lourde du donjon de Martherod, un bois composé d'une centaine de saules et de quelques sapins encore verts, frangeait le bord de l'étang et se terminait par une aulnaie touffue. C'est dans ce bois que s'était réfugié l'ours.

Bientôt les deux troupes opérèrent leur jonction. Sur l'ordre de Lestourges, les chasseurs armèrent leurs fusils et s'avancèrent sur une même ligne, qui, un peu recourbée aux deux bouts, s'évasait en éventail.

— Caramba! murmura Georges de Selves, voilà une chasse amusante!...

— Chut! fit Gaëtan en mettant le doigt sur sa bouche pour l'inviter au silence.

Ils arrivaient à une petite clairière, au fond de laquelle cinq ou six quartiers de roche, entassés les uns sur les autres, formaient une petite grotte, défendue par un retranchement de troncs d'arbres tombés. Selon toute probabilité, l'ours devait avoir cherché là son refuge. Un épais rideau de lierre fermait l'orifice de la caverne, mais, à l'approche des chasseurs, l'ours crut devoir pousser un formidable grognement.

En moins de temps qu'il n'en faut pour l'écrire, le comte avait pris ses dispositions stratégiques. Il plaça les chasseurs derrière les troncs énormes des saules et chargea Claude et Gaëtan de veiller sur monsieur de Selves, lequel ignorait les formalités nécessaires pour occire, d'après les règles de l'art, maître Martin.

Quant à lui, il se jeta à plat ventre dans la neige, en tenant son fusil élevé au-dessus de sa tête pour ne pas le mouiller, et se glissa en rampant dans la direction du repaire. L'instant était solennel. Malgré toutes les précautions prises et le nombre imposant des chasseurs, il pouvait très-bien arriver que l'un de ces derniers succombât dans la lutte contre le féroce habitant des forêts. Georges de Selves était le plus insouciant disciple de saint Hubert que oncques on eût vu sur le sol de Savoie. Il mettait une confiance illimitée dans la sûreté de son coup d'œil et la valeur éprouvée de son riffle américain. Combien de fois avait-il poursuivi le couguar, dans les savanes du Nouveau-Monde ; le caribou et le cayotte, au Canada ; l'hippopotame, à Madagascar, et le lion dans les plaines brûlantes du Soudan ? Un ours était pour lui fort mince gibier... Si du moins c'eût été le redoutable *grizzly* des forêts vierges !

Sur ces entrefaites, la bête souleva de son crâne velu la courtine de lierre ; son museau, entr'ouvert par un rictus des moins aimables, se montra sous le noir feuillage, et l'on vit briller la lueur phosphorescente de ses yeux rouges comme des charbons ardents. D'un second grognement, sourd, prolongé, menaçant, elle salua ses antagonistes ; puis, d'un bond, elle se précipita au dehors de son repaire.

La bête se trouvait à deux pas du comte de Lestourges... Celui-ci allait faire feu, lorsque soudain une détonation fit retentir les échos, suivie presqu'aussitôt d'un épouvantable rugissement. Le comte se releva, tout souillé de neige... l'ours, debout sur ses pattes de derrière, s'avançait, d'un pas pesant, mais précipité, vers l'endroit d'où le coup était parti. C'était précisément là où monsieur de Selves était posté.

Le créole sortit incontinent du fourré... Il avait jeté sa carabine et n'était armé que d'un *bowie knife*, sorte de coutelas à lame tranchante et pointue. L'ours, étonné, s'arrêta. Puis, se disant sans doute qu'un tel adversaire n'était pas à craindre, il continua d'avancer, les bras ouverts, à la rencontre de son ennemi.

Déjà le jeune homme sentait sur son visage l'haleine fétide de la bête dont la gueule s'ouvrait, fumante, exhibant deux rangées de crocs acérés... Déjà l'ours étreignait le marquis sur sa poitrine velue .. Personne n'osait tirer, de peur d'atteindre du même coup le chasseur et le gibier, lorsqu'on entendit la voix du créole, qui, dominant un grognement étouffé, criait :

— Tirez ! mais tirez donc !

Le comte de Lestourges plaça le bout du canon de son fusil dans l'oreille de l'ours et fit feu.

La fumée se dissipa aussitôt, emportée par la brise, et voici ce que virent les chasseurs : l'ours était encore debout sur ses pattes, la gueule ouverte...; mais entre ses deux effroyables mâchoires, dilatées outre mesure, le créole avait planté son couteau dont la pointe ressortait au-dessus des naseaux... Dix secondes s'écoulèrent à peine que le carnassier vacilla, tourna sur lui-même et tomba en faisant jaillir sous sa masse des flots d'une boue mêlée de neige et de sang.

Cette scène n'avait pas duré, en tout, plus de trois minutes.

— Corbleu !.. sarpejeu !.. palsembleu !.. vociféra le comte, sur un ton plus admiratif encore qu'étonné, vous avez une manière de chasser, cousin !...

— Je ne vous dis que ça ! ponctua Gaëtan en riant.

— Et, sauf le respect que je vous dois, ajouta Louis Egault en imitant l'accent nasillard de Germain, je vous le dis, en vérité, je n'ai jamais vu tuer un ours avec si peu de façon !...

— Et tant de sang-froid ! dit à son tour Claude en serrant la main du marquis.

Ce dernier les écoutait d'un air tant soit peu surpris.

— *Nuestra-Senora del Pilar* ! s'écria-t il d'un ton qui ne démentait point l'expression de son visage, mais sans se départir de son flegme, qu'ai-je donc fait de si extraordinaire?... J'en ai vu bien d'autres, quand je chassais le tigre dans les jungles du Pundjaub ! C'est précisément dans ce pays-là qu'un Indou, nommé Aya-Panah-Moutoussamy...

— Un beau nom ! interrompit le vicomte Gaëtan.

— M'apprit à enferrer ainsi le gibier, reprit le marquis sans s'émouvoir. Vous concevez !... la bête ne peut plus refermer les mâchoires... la douleur paralyse ses mouvements; on l'achève en toute sûreté.

Pendant que ces explications s'échangeaient, les deux paysans liaient avec les cordes les pattes de l'ours ; l'un d'eux abattit ensuite le tronc mince et lisse d'un jeune sapin auquel ils suspendirent la bête. La poutrelle courba sous le faix lorsque les deux hommes, la soulevant, la placèrent sur leurs épaules. Ils précédèrent la troupe des chasseurs, en se dirigeant d'un pas lent et mal assuré vers le manoir dont ils n'étaient qu'à une faible distance.

A la hauteur de la tour de Martherod, ils furent rejoints par le notaire qui s'avançait à leur rencontre.

— Puisque nous sommes ici, dit le comte à monsieur de Selves, je vais vous montrer l'intérieur du donjon que j'ai conservé tel qu'il était au XII⁰ siècle. Aucun de mes ancêtres n'y a rien changé, et dès le siècle dernier il a cessé d'être habité. Voici la première fois que vous venez à la Commanderie : c'est un monument curieux à voir, et je suis persuadé qu'il est unique dans son genre.

Nous résumerons en quelques lignes la description du donjon, et nous passerons sous silence les dix légendes que le comte de Lestourges narra à son noble cousin.

Lorsqu'on avait gravi l'escalier à vis, étroit et contourné que contenait la tourelle à jour, l'on pénétrait dans une immense pièce de forme ronde, à voûtes élevées, éclairée par trois fenêtres étroites, percées dans des murailles de huit pieds d'épaisseur. Il est facile de comprendre que ces ouvertures, fermées par des vitraux de couleur encastrés dans un treillis de plomb, protégées, en outre, par d'énormes barreaux de fer, ne laissaient pénétrer dans la salle qu'une demi-obscurité. Une cheminée, large de trois mètres et haute d'autant, avançait en saillie son vaste manteau couvert d'un bas-relief où sautaient, se tordaient, grimaçaient, dansaient une foule de fantastiques figures. Le centre de la pièce était rempli par un cabinet rond, construit en planches, posé sur un appareil de roulettes et fixé sur une forte tige de fer qui lui servait de pivot. Ce cabinet était divisé en six cases triangulaires contenant chacune une couchette. Une cloison de brique l'entourait, percée d'une large porte carrée. Au moyen d'une mécanique, l'on faisait tourner à volonté ce cabinet sur son axe, afin de présenter successivement devant la porte de la cloison l'entrée de chaque case.

Le marquis de Selves examina avec intérêt cette ingénieuse machine, la seule probablement qui soit encore existante à cette heure en Europe.

En passant auprès de la chapelle, monsieur de Lestourges fit voir à ses hôtes un monument non moins singulier. Dans une large et profonde niche, s'exhaussait, sur une estrade à laquelle on montait par trois marches, une table de marbre que supportaient quatre piliers arrondis, sans ornement ni moulure d'aucune sorte. Sur cette table était couché une statue de grandeur naturelle représentant un chevalier revêtu de son armure. La visière du casque, relevée, laissait apercevoir une tête de mort. L'une des mains était appuyée sur la poitrine ; l'autre, faite d'un marbre rouge, pendait au-dehors de la table et désignait une inscription creusée en caractères gothiques sur la dalle inférieure. Cette inscription n'avait qu'un nom et une date :

TIHERN

1131

— Tenez, fit le comte en souriant, voici le tombeau de Tihern à la main sanglante, dont Claude nous a narré tantôt la légende lamentable.

X

VOYAGE A LA RECHERCHE DU TRÉSOR ET DÉCOUVERTES MERVEILLEU-
SES OPÉRÉES PAR NOTRE AMI CLAUDE.

Vers huit heures du soir l'on décida qu'il était temps de se mettre à la recherche du fameux trésor. La compagnie, rassemblée sur
une des plates-formes du vieux manoir, contemplait le paysage,
tout en se livrant à la douce occupation de fumer d'excellents
cigarres apportés de la Havane par le créole. Maître Ouzaux se
contentait de puiser une prise, toutes les trois minutes, dans sa
colossale tabatière d'écaille.

Le temps était peu propice à une promenade sentimentale. Il
faisait un froid très-vif. L'air était pur, mais une brise glaciale
fouettait le visage des noctambules — que nos lecteurs nous per-
mettent ce néologisme, il est fort à la mode. — Le ciel, d'un bleu
sombre, n'avait pas un nuage ; la lune, dans son plein, semblait

nager dans un limpide cristal. L'étang, gelé sur toute sa surface, reflétait comme un miroir cette lumière argentée qu'il renvoyait en rayons aux arbres rangés sur ses bords. La neige couvrait d'un voile immaculé montagnes et vallées. Au loin, on apercevait, entre les branches desséchées, les clartés rougeâtres qui transparaissaient aux fenêtres du village.

— Allons, messieurs, dit le comte d'une voix émue, il est temps !

Cinq minutes plus tard, les hôtes de la Commanderie pénétraient dans la galerie des armures. Gaëtan de Lestourges et Louis Egault portaient chacun un candelabre chargé de dix bougies. Claude avait, dans un sac suspendu à ses épaules, des allumettes, deux marteaux, des ciseaux de tailleur de pierre et des tenailles. Maître Ouzaux, vaillamment chargé d'une pioche et d'une pelle, suivait Georges de Selves et le comte, armés des bêches et des pics de fer.

La galerie des armures était une pièce large de quinze mètres et longue de vingt, ornée de boiseries séculaires sur lesquelles se détachaient des panoplies et des trophées qui la transformaient en véritable arsenal. Le long de la paroi de droite, six piédestaux supportaient chacun un chevalier bardé de fer, l'épée ou la hache à la main et monté sur un dextrier couvert d'une armure impénétrable. Au fond, se dressait le fauteuil seigneurial, derrière lequel retombait une pente de velours orné des armoiries de Lestourges accolées à celles d'Azupert, bordées en soie et en fil d'or.

Des rideaux de velours noir, à franges d'argent, se suspendaient aux fenêtres sous de magnifiques lambrequins. Rien d'étrange comme le contraste de ces splendeurs antiques avec la modicité de la fortune actuelle de leur possesseur. Le comte eût pu faire argent de toutes ces richesses dont la valeur artistique dépassait de beaucoup la valeur intrinsèque. Il eût certainement doublé son capital, et les occasions ne lui manquèrent pas. Mais, nous l'avons dit, il préférait vivre dans la médiocrité et conserver à jamais ces témoins de l'histoire de sa race. Bien des gentilshommes de nos jours agiraient autrement. Il en est qui mettent leurs ancêtres au grenier et vendent au marchand de féraille les armures de leurs pères. Peu leur importent ces reliques du passé ? Ils préfèrent léguer à leurs fils beaucoup d'actions sur les chemins de fer et des coupons de rente...

Charles-Félix de Lestourges n'était point de ceux-là. Il supportait noblement l'adversité et, en contemplant ces armures sous lesquelles avaient battu de nobles cœurs , ces épées qu'avaient brandi des mains vaillantes, ces portraits où l'on ne voyait que des figures franches et loyales, il pouvait lever haut le front et demander à ses aïeux, sans crainte d'entendre une réponse méprisante, comme cela arriva au prince don Louis P... de Naples :

— Etes-vous contents de moi ?

Plein d'une foi robuste dans l'avenir de ses enfants... — *Un jour viendra*, disait sa devise, — il avait attendu patiemment que ce *jour* fût venu. Il en voyait maintenant lever l'aurore, et il espérait, parce qu'il ne se reprochait rien. Oui, nous l'aimons pleinement ce Charles-Félix Azupert, comte de Lestourges... Nous l'aimons, parce qu'il est un de ces hommes dont Victor Hugo, qui fut jadis un grand poète, a dit un jour :

> C'étaient des hommes forts et qui trouvaient moins lourds
> Leur fer et leur acier que vous votre velours.
> Ces hommes-là portaient respect aux barbes grises,
> Faisaient agenouiller leur amour aux églises,

Ne trahissaient personne et donnaient pour raison
Qu'ils avaient à garder l'honneur de leur maison !

. . . .

Le pas de nos compagnons résonnaient sourdement sur les dalles. La lumière tremblante des bougies illuminait d'un jour bla -
fard cette galerie habitée par des fantômes et jetait de blancs
reflets sur les armures d'acier, sur les visages altiers de ces barons, de ces prélats, de ces châtelaines.

Agité d'une indicible émotion, Claude s'avança devant le panneau de la boiserie qui se trouvait à la droite du trône. C'était un
bas-relief admirablement fouillé, représentant un faisceau d'armes surmonté d'une croix. Derrière le bouclier écussonné qui en
formait le sujet principal passait, en sautoir avec une guisarme,
un flamard à lame flamboyante.

Louis et Gaëtan levèrent leurs flambeaux. Claude promena les
doigts sur le panneau, mais ses recherches furent longtemps in-
fructueuses.

— Pressez la pointe du bouclier, dit tout à coup Georges de
Selves, saisi d'une inspiration subite.

Claude obéit. La partie inférieure de la lame du flamard se releva
lentement, comme le couvercle d'une boîte, et démasqua le trou
d'une serrure.

Claude y inséra la tige de la petite clef d'or, sentit le claquement
du pène et tira à lui le panneau qui s'ouvrit comme une porte
ordinaire. Une ouverture béante apparut aux yeux de nos cinq
personnages.

Ils s'y engagèrent résolûment et se trouvèrent dans un corridor étroit d'où un seul homme pouvait marcher de front. A dix pas
de là, un escalier aux degrés rendus glissants par l'humidité, s'en-

fonçait dans le sol, en tournant sur lui-même. Ils comptèrent ainsi soixante-dix-huit marches.

Un nouveau corridor souterrain les conduisit alors jusqu'à un grand carrefour d'où rayonnaient sept galeries.

— Nous devons être en ce moment, dit le comte, sous le vestibule du château, à cinquante pieds sous terre.

La salle où ils se trouvaient était de forme octogone. Dans chaque fond s'ouvrait une galerie, en y comprenant celle par où ils venaient de déboucher. Le souterrain était creusé dans une sorte de roche crayeuse, d'un blanc grisâtre. Les murs, polis avec soin, ne suintaient aucune humidité. Le sol était de même nature, mais le temps y avait amassé une couche épaisse de poussière. Au-dessus de chaque galerie un cartouche portait un nom indicateur, accompagné de symboles mystiques. Au centre de la salle, une statue informe, taillée dans un bloc de pierre, reposait sur un piédestal carré.

Claude étendit le plan du commandeur sur une des faces latérales du socle et s'agenouilla pour étudier tout les traits.

Son travail dura quelques minutes.

Le comte et son fils, absorbés dans une profonde méditation, oppressés par une anxiété bien compréhensible, gardaient le silence. Le notaire Ouzaux poussait de temps à autre un retentissant

— Hum ! Hum !

Claude prit la parole d'un air embarrassé :

— Hem ! s'écria-t-il, je distingue très-bien la position du carrefour où nous sommes, mais la ligne indicatrice est brisée, je ne la retrouve qu'au delà des galeries, dans un corridor transversal. Ah !... voici un jalon. S... P... Ce doivent être les initiales du nom placé en tête du corridor.

Il se leva, s'empara d'un candélabre et fit le tour de la salle.

— Diable ! reprit-il ensuite. Voici deux galeries qui se touchent et qui portent, l'une le nom de Saint-Pierre, l'autre celui de Saint-Philippe. Laquelle choisir ?

Après une mûre délibération, l'on décida pour le corridor Saint-Philippe. Les chercheurs de trésor poursuivirent donc leur chemin. Ils marchèrent pendant une bonne demi-heure et arrivèrent enfin à une chambre carrée, sans issues apparentes. Dans un coin gisaient quelques ossements couverts de poussière. Sur une des parois on lisait cette sentence du Psalmiste :

« *Nisi Dominus ædificaverit domum, in vanum laboraverunt qui ædificant eam.* »

L'on chercha vainement la galerie transversale qu'indiquait la ligne d'azur, et il fut décidé que l'on retournerait au carrefour de la Vierge, quitte à reprendre la galerie Saint-Pierre.

— Parbleu ! s'écria d'un ton d'humeur, chemin faisant, Claude Egault, le commandeur Azupert eût bien pu laisser des indications moins concises !

— Ah ça ! lui demanda son frère, pour quelle raison as-tu choisi de préférence la galerie Saint-Philippe ?

— C'est que, répondit Claude, il y a eu deux grands maîtres du Temple du nom de Philippe.

— Philippe de Naplouse qui succéda en 1168 à Bertrand de Blanquefort, dit le comte Charles-Félix, et Philippe du Plessis qui succéda en 1201 à Gilbert Horal. Si vous aviez bien réfléchi, monsieur Claude, nous eussions suivi la galerie Saint-Pierre, ainsi nommé, sans doute, à cause de Pierre de Montaigu, sous lequel Saint-Vulpian fut bâti.

— Est-ce qu'il n'y a pas eu, demanda le notaire pour faire diversion, deux grands-maîtres de l'ordre qui étaient Savoyards ?

— Oui, répliqua vivement Claude, le premier fut Guillaume de Sonnaz, en 1260, entre Thomas Beraut et Guichard de Beaujeu; le second, Guifred d'Allinges Salvaing, succéda en 1285 à ce dernier et eut pour successeur le moine Gaudin, l'avant-dernier grand-maître du Temple.

Comme il achevait ces mots, il heurta du pied un fragment de pierre détaché de la voûte, si bien que, pour ne pas tomber, il dut s'appuyer à la paroi. Quel ne fut pas son étonnement lorsqu'il la sentit céder sous ses doigts ! Un large pan de mur s'entr'ouvrit. Mûs par une invincible curiosité, ils se précipitèrent en avant; Louis et le vicomte eurent à peine oulevé leurs candelabres au-dessus de leur tête qu'un cri d'admiration retentit et roula d'échos en échos sous les voûtes sonores.

Ce qu'ils virent méritait bien, en effet, l'admiration d'antiquaires comme eux.

C'était une cellule carrée, entièrement lambrissée et parquetée de carreaux de faïence, échiquetée rouge et noir avec un semis de trèfles blancs. Les corniches présentaient un enroulement de rinceaux, émaillés de ces trois couleurs et entremêlé d'étoiles, de cercles divisés en sautoir. Au fond de cette cellule, un cadran solaire placé en face d'une torchère de fer portait cette inscription écrite en caractères gothiques minuscules du XIIIᵉ siècle :

ULTIMAM TIME.

Au-dessous, un banc de bois supportait deux vases antiques merveilleusement conservés et un amas de débris.

— Voilà, s'écria le comte, une précieuse trouvaille. Ces faïences remontent aux moins au quinzième siècle. Quant aux vases, ils sont romains, sans aucun doute.

— Permettez ! s'écrièrent ensemble Claude et le marquis de Selves.

Il y eut une lutte polie entre ces deux messieurs qui voulaient se céder mutuellement la parole. Georges se décida à parler le premier.

— L'un de ces vases, dit-il, est évidemment de fabrication grecque. C'est un œnochoé à couverte noire dont on usait pour servir le vin.

Il prit le vase avec des précautions infinies et le retourna.

— Tenez, continua-t-il, voici le nom du potier inscrit sur le rebord du soutien : Τιμωνιδας, Timônidas. — Quant à l'autre vase, on le reconnaît, à ses rehauts d'un rouge violacé sur couverte noire, pour un de ces italo-grecs fabriqués en Etrurie vers l'an 450 de Rome, 204 ans avant Jésus-Christ. Les débris entassés auprès de lui ont la même origine. Reste à savoir comment ces magnifiques céramiques se trouvent ici !

— Hum ! hum ! grommela monsieur Ouzaux. Les Templiers possédaient neuf mille maisons en Europe. Sans doute un chevalier italien...

— Du tout ! du tout ! interrompit vivement Lestourges. La Savoie fut longtemps au pouvoir des Romains. La route qui vous a conduit de Garocelle ici, repose sur une ancienne voie romaine, et l'église de Saint-Vulpian fut autrefois un temple de Jupiter *Victor*. Ces vases ont été jetés là, comme des rebuts, par quelque ignorant templier.

Claude prit la parole à son tour :

— Vous disiez tout-à-l'heure, monsieur de Lestourges, que cette chambrette date du quinzième siècle. Votre erreur est grande, et vraiment elle m'étonne de la part d'un antiquaire aussi habile que vous. D'abord, personne n'a pénétré dans ces souterrains depuis la mort du commandeur Jean VII, c'est-à-dire depuis 1311... Ensuite les caractères de l'inscription appartiennent évidemment aux commencements du treizième siècle.

— Mais les faïences n'étaient pas en usage à cette époque reculée ! s'écria Lestourges avec un accent ironique.

— Je vous demande pardon. Sans parler des poteries de la Gaule et de la Germanie, tristes marques de la décadence de l'art céramique, il reste en France des preuves évidentes que cet art ne cessa jamais d'y être pratiqué.

— Mais, objecta de nouveau le gentilhomme qui venait de gratter avec la pointe d'un ciseau l'émail d'un carreau, cette faïence est enduite d'un vernis de plomb. Or le vernis de plomb ne fut inventé qu'en 1483 par un potier de Schelestadt.

Claude haussa les épaules.

— En êtes-vous encore là ? s'écria-t-il. Ignorez-vous donc que dès le onzième siècle on se servait déjà des carreaux incrustés et émaillés en Egypte et en Syrie ? que l'on a trouvé dans les ruines de l'abbaye de Jumièges des vases recouverts d'enduits coloriés et remontant à l'an 1120 ? que les Grecs qui connaissaient le vernis de plomb, le transmirent aux Romains par lesquels il parvint aux Gaulois ?... Vous le savez mieux que moi, les Templiers vécurent plus de la vie orientale que de la vie européenne. Leur costume, leurs mœurs, leurs pratiques, leurs usages étaient calquées sur ceux de l'orient. La plupart passaient une moitié de leur vie en Palestine, en Syrie, en Egypte, à Chypre... Ils ont contribué pour beaucoup à introduire en Europe le style improprement appelé gothique, et qui n'est qu'une dégénérescence de l'architecture mauresque... Les carreaux que vous voyez là ont été faits sur des modèles orientaux. Cet échiquetage en losange, ces trèfles, ces

rinceaux aux feuilles découpées s'arrondissant en cercles bri-
sés le prouvent surabondamment... Et tenez, continua le jeune
homme en remontrant à ses amis un carreau qu'ils n'avaient point
encore aperçu, voyez ici le monogramme ·d'Allah, remplaçant
un trèfle... Il devient maintenant évident pour moi que ces faïences proviennent de la Syrie, et remontent pour le moins au commencement du douzième siècle.

Le comte se rendant à l'évidence, ne répondit pas, et s'inclina
comme pour rendre hommage à l'érudition du jeune paléographe.

Et la troupe reprit sa marche en silence.

XI

CONTRA SPEM SPERANDUM

Les cinq compagnons pénétrèrent dans la galerie Saint-Pierre, qui se terminait par un escalier creusé dans le roc, aboutissant à un autre escalier dont il était séparé par un large palier.

— Nous passons au-dessous de la douve, dit Claude. En remontant, nous nous trouverons dans les caveaux de la chapelle.

Il disait vrai. Un étroit corridor les conduisit à la crypte.

C'était une immense pièce, en forme de croix latine, divisée en trois nefs par d'énormes piliers d'où partaient les nervures de la voûte. Celle-ci, quoique ogivale, était extrêmement basse. Une quadruple rangée de tombeaux occupait les bas côtés, et formaient quatre lignes parallèles. La nef centrale aboutissait à une espèce d'autel, pratiqué dans une niche, et que l'on avait dépouillé de tous ses ornements. Une large fresque, admirablement conservée, qui représentait la résurrection de Lazare, le surmontait. Sur le marbre noir on lisait cette inscription funèbre :

Memento mori.

— La ligne bleue, dit Claude, traverse la paroi latérale de la crypte, à côté d'une place vide, ornée, sans doute, d'une croix, car ce signe sacré est marqué sur le plan.

— Cependant, fit le comte, sur le long de la paroi en question, je vois une rangée de tombes, il n'y a pas de place vide.

— Eh! s'écria le marquis de Selves, cette place était probablement destinée au tombeau de Jean VII. Du reste, voyez...

Il prit le plan des mains du jeune Egault, et le montra à M. de Lestourges.

— C'est là, au bout de la nef, tout auprès de l'autel, dans la branche droite du transept.

Tous alors se dirigèrent vers le lieu désigné. Là s'élevait, en effet, une tombe monumentale. Sous un dais admirablement sculpté, véritable fouilli d'arabesques, de rinceaux, de colonnettes et de figurines, une statue colossale drapée dans un long manteau, sur lequel était gravée une croix à huit pointes, était agenouillée, les mains jointes et la tête inclinée. Sur le rétable, orné du blason d'Azupert, on lisait :

† HIC JACET IN PACE †

DOM. ALT. NECNON ILLUST. JOHANNES AZUPERTUS

MILITIÆ ET SAC. ORD. TEMPLARIOR COMMENDATOR.

OBIIT ANNO DOM. NOS. J. C. — 1311.

A la tête du dais, auprès du pilier formant encoignure, l'on distinguait sur la muraille les restes d'une fresque représentant la Crucifixion. Claude chercha longuement l'issue que promettait le plan, il ne la trouva pas. Ce fut en vain qu'il frappa la muraille dans toutes ses parties, elle rendit partout un son plein. Il voulut alors sonder le tombeau, mais le comte s'y opposa formellement. A demi-découragé, Claude s'empara d'un marteau et se mit à sonder le dallage qui rendit un son sonore.

Aussitôt, à l'aide des pics et des hâches, Georges, Louis et Gaëtan soulevaient la dalle placée immédiatement au-dessous de la fresque... Une cavité, semblable à la bouche d'un puits s'offrit à leur regard, mais ils se reculèrent précipitamment, car des bouffées d'air méphitique s'exhalaient de cet orifice. Le comte courut chercher au-dehors une botte de paille et une échelle qu'il introduisit dans la crypte en passant par la chapelle.

Son absence dura plus d'un quart-d'heure.

— J'ai failli être aperçu, dit-il en riant lorsqu'il revint. Le brigadier des gendarmes de Garocelle passait justement sur la route impériale comme je revenais avec l'échelle sur le dos. Fort heureusement j'ai pu me tapir derrière le clocher.

Tandis qu'il parlait, ses compagnons ne restait pas inoccupés. Avec de la paille sèche, ils confectionnaient des paquets de la grosseur d'une torche et les jetaient au fur et à mesure dans le trou, après les avoir enflammés. Les premiers s'éteignirent avant d'arriver au fond, mais au bout de quelques minutes, le souterrain s'illumina d'une lueur rougeâtre, et ils purent en distinguer tous les détails. C'était un caveau inférieur, étroit et profond d'une dizaine de pieds. L'échelle fut assez haute pour permettre d'y descendre, ce que nos cinq compagnons s'empressèrent de faire.

Ils virent alors devant eux un boyau si bas et si étroit, qu'un seul homme pouvait s'y engager en rampant. Le comte voulut passer le premier. Il avait à peine fait vingt pas qu'il fut arrêté par un obstacle. Il tâtonna quelques instants, fit jouer un ressor et se trouva à l'entrée d'une salle spacieuse, entourée de murs épais, et recouverts de ciment, voûtée en plein cintre, et dont le sol était pavé de larges carreaux de pierre. Une ouverture circulaire d'un diamètre de cinq à six pieds était pratiquée dans le centre de la voûte, et fermée par une trappe de fer.

Le comte rayonnait de joie.

— Messieurs, s'écria-t-il en poussant un soupir de soulagement lorsque ses compagnons l'eurent rejoint, nous voici arrivés au terme de notre voyage. Nous sommes sous la tour de Marthero 1, dont les cachots sont à l'étage supérieur.

Claude ralluma de nouvelles bougies, car ils avaient dû laisser les candélabres dans la crypte, et la salle n'était éclairée que par une lanterne que monsieur de Lestourges tenait à la main. En un clin-d'œil, la salle souterraine fut éclairée *à giorno*, et une clameur formée de cinq cris de joie résonna sourdement sous la voûte. Nos compagnons venaient d'apercevoir un immense coffre de bois de chêne à demi pourri.

En moins de temps qu'il n'en faut pour l'écrire, ce coffre fut ouvert, et tous reculèrent avec stupeur : ce coffre contenait un trésor, il est vrai, mais ce n'était point celui à la recherche duquel ils étaient. Il y avait là une collection de faïences et de verreries d'un prix inestimable.

Claude ne tarda pas à recouvrer tout son sang-froid :

— Parbleu ! s'écria-t-il, nous aurions bien tort de nous alarmer. La trouvaille que nous faisons là est bien postérieure à la mort du commandeur Azupert ! Le trésor doit être ailleurs. Nous le chercherons plus tard. En attendant, messieurs, examinons ces objets d'art, dont notre hôte ne soupçonnait même pas l'existence.

— Je vous demande pardon, mon cher, répliqua le comte. J'ignorais, il est vrai, ce qu'était devenue cette collection formée par mon aïeul, et dont mon père me parla bien souvent. Sans doute, à l'époque de la Révolution, mon aïeul cacha ici même ces objets auquel il tenait beaucoup. Il est mort pendant l'émigration, sans avoir eu le temps d'apprendre à mon père où tout cela était caché !

— *Caramba !* s'écria le marquis, la chambre au Cadran et notre découverte actuelle suffiraient à nous indemniser largement de nos peines. Mais, comme le dit monsieur Egault, le véritable trésor doit exister et, sur mon honneur, nous le chercherons !

— S'il était ici, dit Claude. Le commandeur Azupert n'aurait point eu besoin de nous faire parcourir un si long chemin. Il nous suffisait de descendre aux cachots de Martherod, et de lever la trappe que nous voyons là-haut !

Ce disant, il sortait un à un les objets contenus dans le coffre.

Monsieur de Selves avait bien raison de dire que cette trouvaille eût suffi à les indemniser de leurs travaux. Il y avait là de véritables merveilles ; une admirable coupe de Caffagiolo, à figures grotesques, peintes sur un fond vert-céladon ; un drageoir en camaïeu d'azur, signé Beneditto, de la fabrique de Sienne ; des plats et des aiguières, aux armes des Médicis ; des majoliques de Faenza ; des vases de pharmacie, de Rimini et de Pesaro. Des burettes à reflets métalliques, des œuvres uniques de Orazio et Camillo Fontana, les célèbres céramistes d'Urbin ; un plat à bossages en relief, de Gubbio ; de beaux échantillons des usines de Laforest en Savoie et de Turin ; quelques ouvrages de Bernard de Palissy, mêlés à ceux des plus illustres artistes céramistes d'Italie : Lucea della Robbia, Baldassare-Manara, Jean Brama, de Faenza ; Boccione Garducci et Bernardin, d'Urbin ; Cambiari, de Gênes ; Salomoni, de Savone ; Léocadio, de Forli ; Gatti, de Corfou.

Il y avait encore des bouteilles, des buires, des flacons de Venise
et de Mrrano ; d'immenses vidrecomes allemands, chargés d'écussons coloriés et d'inscriptions gothiques; des verres italiens, minces comme une feuille de papier, contournés, craquelés, perlés,
taillés, gravés, aux formes bizarres ; des aiguières en verre sablé
d'or, de Venise, des hanaps de Bohême, sur lesquels étaient gravées
des scènes fantastiques.

Lorsque toutes ces richesses furent rangées le long des murs de
la salle ronde, le comte les contempla longuement, d'un air joyeux,
puis il dit à ses compagnons :

— Il est bien entendu, messieurs, que lorsque tous ces objets et
ceux que nous trouverons encore auront été tous portés chez moi,
chacun de vous choisira quelques objets à sa convenance, en souvenir de ce jour mémorable. Vous me désobligeriez infiniment, si
vous n'acceptiez pas.

Claude, qui jusqu'alors s'était mis à la tête des travaux, continua
son rôle jusqu'au bout. Il se mit en devoir de chercher l'issue qui
devait les conduire à la plus importante de toutes les découvertes.

Comme nous l'avons dit, le pourtour et la voûte de la salle
étaient recouverts d'une épaisse couche de ciment d'un jaune foncé
qui empêchait l'humidité d'y pénétrer, et dissimulait tous les détails de la construction. Claude fit le tour de la salle, frappant à
coups redoublés avec un marteau les murailles. Il n'en oublia pas
la moindre partie. Sous ces coups, le ciment tombait en écaille,
mais il n'obtint aucun résultat. Le sol fut ensuite scruté, pouce
par pouce, et ne rendit sous les coups du marteau qu'un son mat.

Le comte et son fils suivaient d'un regard anxieux tous ses mouvements, et déjà une expression chagrine et découragée se lisait
sur leur visage. Monsieur de Selves, appuyé sur le manche d'une
pelle, fredonnait, d'un air dégagé, une seguedille espagnole. Le

notaire ouvrait.et refermait sa tabatière, en oubliant d'y puiser, et fixait obstinément la terre. Louis Egault marchait comme une ombre derrière son frère, en soulevant au-dessus de sa tête, pour l'éclairer, la bougie qu'il tenait à la main.

Les ombres de ces cinq personnages s'allongeaient sur les murailles, y projetant leurs silhouettes et formant des dessins bizarres qui remuaient, sautaient, se tordaient, couraient çà et là, donnant à ces reflets noirs l'apparence de la vie.

C'est un tableau véritablement fantastique.

A ce moment, le comte de Lestourges était plongé dans les réflexions les plus amères. Il avait été soutenu jusque-là par une surexcitation fébrile ; une espérance folle avait envahi tout son être, et il songeait à l'épouvantable déception qu'il éprouverait si, par hasard, il était déçu dans son attente. Il passait et repassait dans sa mémoire tous les événements de la semaine, et se disait que, pourtant, le doigt de Dieu se montrait dans cette série d'événements et de découvertes. En un mot, il se faisait en lui une réaction singulière ; il doutait et il espérait tout à la fois. Il se disait à lui-même que tout cela n'était qu'un rêve. Il pesait toutes les probabilités. Il songeait que, depuis tant d'années, le trésor pouvait avoir été déjà trouvé; et néanmoins, en voyant pour la première fois ces galeries souterraines dont il connaissait à peine l'existence, il ne pouvait s'empêcher de penser que le trésor était encore intact.

Ce qui lui arrivait lui paraissait tellement inouï, tellement en dehors des prosaïques réalités de la vie, qu'il n'osait point ajouter foi à tant de bonheur.

Enfin Claude, à bout de ressources, imagina de faire attaquer à coups de pioche une partie de la muraille sur laquelle était peinte en noir une imperceptible croix, à huit pointes, qu'il venait d'apercevoir pour la première fois. La maçonnerie était solide, et tout paraissait prouver que depuis sa construction personne n'y avait touché. Claude, sous l'impression d'un mystérieux pressentiment, voulut poursuivre jusqu'au bout cette œuvre de démolition. Le mur avait au moins deux mètres d'épaisseur. Il fallut trois heures pour y percer une ouverture large de cinq pieds et haute d'autant.

Depuis sept heures, les cinq hommes ne respiraient que l'air humide et court, chargé des miasmes délétères de ces galeries souterraines. Tous étaient épuisés de fatigue. Ils avaient déployé tant de forces morales et physiques, qu'une sorte de prostration s'était emparée d'eux. Aussi travaillaient-ils machinalement, plutôt par acquit de conscience, qu'avec l'espoir de voir leurs efforts couronnés de succès.

Tout-à-coup la bêche que manœuvrait Georges de Selves rencontra un corps étranger, et ils entendirent un fracas retentissant. Une ardeur nouvelle les anima, et, en quelques minutes l'ouverture fut déblayée.

Alors ils virent devant eux, dans une sorte de caveau en maçonnerie, un spectacle qui les dédommagea de leurs peines et leur arracha un cri d'admiration. Quatre énormes coffres étaient entassés dans un étroit caveau entouré de maçonnerie qu'ils comblaient entièrement. L'un d'eux, celui que la bêche du marquis avait rencontré s'était fendu, et à travers la fente, on voyait briller l'or dont il était rempli.

. . . .

. . . .

. . . .

Le sol de la salle ronde était encombré de plats, de bassins, d'aiguières, de calices, d'ostensoirs, de ciboires d'or et d'argent.

Des monceaux de joyaux emplissaient des vases énormes. L'or monnayé s'entassait auprès de ces splendides récipients.

Un candélabre d'or à sept branches dans lesquelles on avait placé des bougies allumées, versait des flots de lumière sur cet amas de richesses ; l'or s'épanchait en cascades rutilantes, et les pierres précieuses chatoyaient, étincelaient, irrisées des couleurs de l'arc-en-ciel. C'était un spectacle inouï, fantastique, éblouissant, dont l'œil humain n'aurait pu supporter la splendeur.

Le comte de Lestourges et les quatre amis fidèles qui l'avaient aidé dans son entreprise, s'agenouillèrent, le front nu, les yeux levés au ciel, et cette prière s'échappa des lèvres du comte, tandis que des larmes de joie ruisselaient de ses joues pâles.

— Mon Dieu, soyez mille fois béni ! Vos desseins sont impénétrables, vos miséricordes sont infinies. Vous m'avez pris par la main et vous m'avez conduit ici en me disant : Ceci est à toi. Vous relevez une race déchue, vous me donnez les moyens de faire le bien. Mon Dieu, entendez le serment que je fais d'employer ces richesses pour la gloire de votre nom et de votre Eglise, pour le bien des pauvres et des abandonnés.

XII

Le lendemain vers midi , une foule émue et recueilli se pressait autour du lit où se mourait Sylvie de Salignies, la dernière héritière d'une grande maison. Toute la famille de Lestourges, monsieur et madame Egault et leurs trois enfants, le notaire Ouzaux et toute sa famille étaient là, attentifs et recueillis.

C'était une scène attendrissante.

La chambre de mademoiselle de Salignies, haute d'étage, large et carrée, était éclairée par deux fenêtres coupées en quatre par une croisée de pierre délicatement fouillée, encadrant de grandes glaces dépolies ornées de guirlandes gravées avec un fini admirable. Des lambrequins chargés de broderies d'or exécutées en ronde-basse et frangés de crépines de soie, couvraient à demi de pentes roides comme des feuilles de métal des rideaux de velours violet fleurdelysés d'or, assortis à la tenture qui se drapait sur les murailles, tenture encadrée de larges bordures d'ébène sculpté. Le lit, dressé sur trois marches au centre de la chambre, était surmonté d'un baldaquin supporté par de légères colonnes torses et sommé aux quatre angles de panaches de plumes d'autruche. A la droite du lit, il y avait un prie-Dieu, au-dessous d'un beau Christ d'ivoire. Des fauteuils aux dossiers élevé ; une crédence, incrustée d'ivoire et de lapis azuli , complétaient l'ameublement de cette pièce d'un style sombre et sévère.

Le plafond, orné de caissons, portait les armoiries des Salignies : *d'or semé de fleurs de lys de pourpre au chef du champ, chargé d'une croix pattée de gueules*, avec la devise : SAL, IGNIS, PURIFICANT.

En face du lit, on avait dressé un autel chargé de cierges et de fleurs printanières. Une vague odeur d'encens flottait dans l'atmosphère , et se mêlait au parfum suave des violettes et du géranium. La malade venait de recevoir le Saint-Viatique. A son chevet, le chanoine Morteret priait avec ferveur.

Sylvie apparaissait, dans l'ombre projetée sur elle par les rideaux aux plis lourds, comme une de ces belles figures de saintes qui inspirent à la fois, le respect, la joie et la douleur. Joie, de les voir si heureuses de mourir... douleur, de les voir s'envoler de la terre et remonter au ciel. Son visage avait la pâleur blonde et mate de la cire ; ses yeux se noyaient dans un cercle bleuâtre ; ses lèvres décolorées, légèrement entr'ouvertes, laissaient entrevoir des dents comparables à des perles. Les boucles soyeuses de ses cheveux noirs s'enroulaient autour de son front et lui formaient une couronne de jais. Mais déjà ses traits s'effilaient et son teint diaphane laissait, pour ainsi dire, voir le sang circuler dans les veines, se retirer des extrémités et refluer vers le cœur. Ses mains blanches, effilées, sortant de ses bras enveloppés d'un nuage de mousseline, s'allongeaient sur la couverture de velours ; dans ses yeux on lisait un regard calme, pur, dégagé de toutes appréhensions, plein de douces espérances.

La comtesse de Lestourges, madame Egault, Paule et Clarisse, veillaient à son côté, et l'admiraient sans oser la plaindre.

Madame Voinard et madame Ouzaux sanglotaient dans un coin. Le comte et Gaëtan, monsieur de Selves, Georges Egault et ses deux fils contemplaient en silence le spectacle si touchant d'une chrétienne au lit de mort.

La voix de la mourante s'éleva, faible, mélodieuse. Elle disait :

— Mes amis... mes chers amis... je veux, au moment de mourir, de paraître devant le Dieu juste, le Dieu bon, réparer une injustice et obtenir le pardon de ceux que j'ai offensés. Mon cousin de Lestourges, écoutez-moi.

Le comte, ému au-delà de toute expression, s'avança à pas lents, la tête inclinée, et mit un genou en terre, au bas de l'estrade.

— Ecoutez-moi, reprit la mourante d'une voix ferme encore. J'ai vécu dix ans loin de vous, loin de toute ma famille, ne voulant reconnaître personne... Je vous aimais tous, pourtant, car vous êtes bons ! Il y avait un mystère entre nous... Mon père connaissait le secret du trésor... Il avait vainement tenté de vous le... Oh ! mon Dieu ! je ne puis l'accuser !... Ne le jugez pas et pardonnez comme on vous pardonnera... Mon père agit mal... Il me défendit, sous peine d'être maudite, de rompre ces dissentiments qui existaient entre votre père et lui... Je n'ai pas réfléchi... et je me suis éloignée de vous... Et pourtant, Dieu m'est témoin que j'eusse voulu fondre ma maison dans la vôtre...

Avec un effort surhumain, elle ramena l'une de ses mains sur son visage, et se couvrit les yeux. Puis elle poursuivit :

— Mon cousin, vous êtes riche, maintenant... J'ai donné tous mes biens à mes cousins Egault... l'hôtel sera à monsieur de Selves, l'homme pur, l'homme chrétien selon l'Eglise; est-ce qu'une Lestourges n'y viendra pas demeurer?... Ne m'interrompez pas, je n'ai plus... le temps... ni le pouvoir de parler... beaucoup...

Elle fit une pause et respira longuement, tandis que le comte et madame de Lestourges, échangeaient un regard étonné.

— Je voudrais, continua Sylvie en souriant, que le nom de mon père ne s'éteignît pas à jamais... Gaëtan se mariera... s'il a deux fils, que le second se nomme Salignies et Bergamasque. Ainsi que moi, qui suis Azupert comme vous, dites, mon cousin, le voulez-vous?

— J'en prends l'engagement devant Dieu! dit Lestourges d'une voix solennelle.

— Très-bien! Mon Dieu! soyez béni, les haines s'apaisent et les chrétiens savent pardonner...

Le notaire, des yeux duquel jaillissaient des larmes brûlantes, s'approcha de sa nièce, lui prit la main et y déposa un baiser respectueux.

— Mon oncle, dit-elle d'une voix qui allait sans cesse s'affaiblissant, mon oncle... n'oubliez pas... les pauvres... l'hospice... mes dernières volontés ..

Elle se raidit et remonta sa tête sur l'oreiller, puis aucun mouvement, aucune contraction ne vint plus agiter ce pauvre corps... Tous se précipitèrent et vinrent s'agenouiller sur les marches du lit. Paule sanglotait amèrement... Sa mère avait l'œil sec, mais une expression de douleur navrante se lisait sur ses traits pâles...

Alors le vénérable prêtre commença d'une voix cassée, ému, entrecoupée, les prières de l'agonie auxquelles répondaient les pleurs et les prières des assistants.

Le soleil frappait en plein dans cette chambre funèbre et y ver-

sait des flots de lumière, illuminant le visage de la moribonde en
lui formant un nimbe d'or...

Bientôt le prêtre arriva à cette belle, à cette sublime recomman -
dation que fait l'ami à son ami, la mère à son fils, l'époux à l'é-
pouse, lorsque l'heure est venue de se quitter pour jamais sur la
terre, en attendant que Dieu rappelle à lui l'exilé à qui sa pré-
voyance infinie laisse le fardeau de la vie :

« Partez de ce monde, âme chrétienne, au nom de Dieu le Père
» tout puissant qui vous a créée ; au nom de Jésus-Christ, Fils du
» Dieu vivant, qui a souffert pour vous ; au nom du saint Esprit qui
s'est donné à vous.

. . . . « Je vous recommande à Dieu tout-puissant,
» ma chère sœur, je vous remets entre les mains de Celui dont
» vous êtes la créature, afin que, lorsque vous aurez subi l'arrêt
» de mort porté contre tous les hommes, vous retourniez à votre
» Créateur qui vous a formé de terre. . . . .

« Vous voyiez votre Rédempteur face à face, qu'étant toujours
» près de lui, vous puissiez contempler la souveraine vérité, et
» qu'assise parmi les bienheureux, vous jouissiez de la douce vue
» de Dieu dans tous les siècles des siècles. »

. . . .

Sylvie ouvrit les yeux, un sourire céleste courut sur ses lèvres et,
d'une voix semblable à un souffle, mais distincte et douée d'une
harmonie surnaturelle, elle murmura :

— Jésus !... Vierge Marie... je vous vois... Vous me tendez les
bras.... Attendez-moi... Je vais à vous, je vous aime... Adieu ! terre
arrosée par le sang du Redempteur !.. Adieu ! amis, adieu ! Jésus
m'appelle... Je suis à lui... Anges, recevez-moi... Dieu, pardonnez-
moi... Foi ! espérance ! charité !... Amour !.. Paix à tous... Jésus !...

Le nom du divin Maître s'exhala de ses lèvres avec son dernier soupir. . . . .

. . . .

Et maintenant, athées, incrédules, impies, libres-mangeurs, libres-viveurs, libres-penseurs et libres croque-morts, vous tous qui vivez comme des brutes, sans espérance et sans charité ; vous dont la foi est affaiblie ; vous qui dites ne pas croire à Dieu et qui prouvez son existence éternelle en la niant ; vous qui mourez, comme vous avez vécu, en animaux immondes ; vous qui vous faites enfouir dans la terre, ni plus ni moins qu'un infect cadavre dont il ne reste rien, pas même le souvenir ! Comparez la mort d'une chrétienne à celle d'un être abject comme vous !... Chaque jour, dans tous les coins du monde connu, la scène que nous venons de raconter, sans pouvoir en exprimer la consolante vérité, se répète mille et mille fois... Envisagée ainsi, la mort n'a plus rien d'effrayant, plus rien de terrible, elle est douce, heureuse, joyeuse... Vous n'entendrez jamais, au lit de mort d'un chrétien, les rauques hurlements du désespoir, les horribles cris du remords.. Vous ne verrez jamais le chrétien se cramponner à la vie, s'accrocher d'une main impuissante aux barreaux de son lit, expirer avec l'écume à la bouche, l'éclair de la haine dans les yeux et le blasphème sur les lèvres... Si les gladiateurs disaient, au moment de rougir l'arène de leur sang : *Ave, Cæsar, morituri te salutant !* Le chrétien murmure des paroles de confiance et de paix : *In manus tuas, Domine, commendo spiritum meum.*

Et l'âme s'envole en laissant à la terre ce qui doit retourner à la terre : un peu de poussière. . . . .

. . . .

Une foule grave et recueillie suivait au cimetière la dépouille mortelle de cette orpheline de vingt ans, dernière héritière d'un

Le Trésor. 17

grand nom. Des jeunes filles vêtues de blanc entouraient le cercueil drapé de velours, jonché de lys et de roses blanches que portaient six jeunes gens vêtus de noir... La voix des prêtres retentissait, chantant les paroles du Psaume :

« Du fond de l'abîme, j'ai crié vers vous, ô Seigneur : Seigneur, » exaucez ma prière !

» Seigneur, si vous regardez nos iniquités, qui se soutiendra » devant vous ? mon âme a espéré en votre parole, elle a espéré en « vous, Seigneur, parce que la miséricorde est en vous, Seigneur, » et que les grâces de la Rédemption sont abondantes. »

Quelle poésie admirable le Très-haut sut inspirer à son prophète ! Quels admirables accents, tour à tour plein d'une joie ineffable, d'une tristesse profonde !

La fosse était creusée dans un coin du champ de repos, à l'ombre d'une corbeille de rosiers de mai que couvrait de son panache de branches flexibles un grand saule pleureur. Il y avait là deux tombes... Et l'orpheline allait dormir de l'éternel sommeil, entre sa mère qu'elle avait peu connue et son père, qu'elle avait tant aimé.

XIII

DÉNOUEMENT.

Monsieur.

« Monsieur le baron Charles Félix Azupert de la Salveteuil de
» Néranges, comte de Lestourges, et madame la comtesse de Les-
» tourges, née marquise de Varignan Salveuse et Varancé, ont
ɪ l'honneur de vous faire part du mariage de mademoiselle Cla-
» risse de Lestourges, leur fille, avec don Charles Georges de Sel-
» ves, marquis de la Trinitad, comte de los Reyes. »

Garocelle, ce 12 mai 186***

Monsieur.

« Monsieur Georges Egault et madame Annonciade Egault, née
» Ouzaux , ont l'honneur de vous faire part du mariage de made-
» moiselle Paule Egault, leur fille, avec monsieur le baron Gaëtan
» Azupert de la Salveteuil de Néranges, vicomte de Lestourges,
» marquis de Varancé. »

Garocelle, ce 12 mai 186***

Monsieur.

« Monsieur Siméon Courchamps, et madame Aurore Courchamps
» née de la Rochecaneuil, ont l'honneur de vous faire part du
» mariage de mademoiselle Edith Courchamps, leur fille, avec
» monsieur Claude Egault, homme de lettres, rédacteur en chef de
» la Minerve. »

Garocelle ce 12 mai 186***

LE LECTEUR. — Eh bien ! et ce dénoûment ?

L'AUTEUR. — Comment, vous n'êtes point encore satisfait. Il me
semble, pourtant...

LE LECTEUR. — Il vous semble mal. Prétendez-vous donc nous
donner pour toute conclusion les trois lettres de faire part qui
précèdent? Nous croyez-vous donc assez peu curieux pour ne vous
demander que cela.

L'AUTEUR. — S'il vous plaît de m'interroger, ô lecteur qui avez
eu la patience de lire en entier cette histoire, je vous dois trop de
reconnaissance pour me refuser à vous répondre. Prenez-en donc
à votre aise.

LE LECTEUR. — Donnez-nous de nombreux détails sur le doc-
docteur Varçon, Athenulphe, La Mottière, le notaire Ouzaux, la
famille Egault, et Claude, et Georges et Gaëtan.

L'AUTEUR. — Je me résigne, mais ne vous en prenez qu'à vous-même si je reste au-dessous de vos désirs. Un romancier habile doit laisser beaucoup à deviner, s'il veut être apprécié. Mais, n'étant point encore un romancier habile et tenant, avant tout, à ne vous point mécontenter, je vais répondre à vos questions.

Le docteur Varçon ne se convertit jamais. Il resta démocrate, il veut mourir démocrate. Nous espérons que Dieu, dans son infinie miséricorde, aura pitié de lui et ne lui permettra pas de finir comme un chien. Le docteur a déjà reçu beaucoup de leçons. La mort de mademoiselle de Salignies qu'il soignait pour une hypertrophie du cœur, alors qu'elle était phtisique, lui a enlevé la moitié de sa clientèle.

Il avait engagé une vingtaine de mille francs pour coopérer à la fondation du *Libéral*, organe de la démocratie Garocelloise. *Le Libéral* est mort faute d'abonnés, et Varçon n'a pas recouvré un dixième de ses avances. L'indigne vengeance qu'il avait essayé de perpétrer à l'encontre de Joseph Brissot n'est point restée secrète, bien que le libraire Georges et Claude se fussent promis de ne révéler jamais ses odieuses menées. Adolphe Guélard, honteux d'avoir été complice d'un crime, s'est puni d'un moment de faiblesse en racontant cette histoire à qui la voulait entendre. A l'heure qu'il est, Varçon, pauvre, humilié, méprisé, traîne une misérable existence. Fasse le ciel qu'il ne meure pas comme il a vécu.

Athenulphe a bien changé. Grâce aux dures leçons que Claude Egault imposa à son amour-propre, grâce aux solides études que ses polémiques avec le jeune écrivain ont nécessité, il a compris la vérité de l'axiome : *Un peu de science éloigne de Dieu, beaucoup de science y ramène.* Il a senti quel triste rôl ses accointances avec le Varçon et Crespinat lui firent jouer. Peu à peu ses yeux se sont dessillés et la lumière a pénétré dans son esprit. Aujourd'hui il va à la messe, ne se moque plus de la confession et salue les prêtres. On dit qu'il ne tardera pas à épouser la nièce de monsieur le chanoine de la Rochecaneuil, doyen du chapitre de Saint-Emilien. Mademoiselle Clémence est, à ce qu'il paraît, une quatrième perfection, et l'on regrette qu'il n'y ait pas une quatrième vertu théologale pour la placer auprès de sa chère cousine Edith. Cette charmante enfant achèvera l'œuvre si glorieuse de la conversion d'Athenulphe, lequel est devenu un ami intime de Claude Egault.

Le capitaine baron Crépinat est mort à la suite d'une absorption trop considérable d'absinthe, de rhum, de cognac et de punch ; cette ganache garibaldienne s'est enflammée comme une allumette chimique, en voulant allumer sa pipe. Sa gouvernante a trouvé, le matin, un petit tas de cendre, mêlé à des débris d'ossements, au pied d'un fauteuil. C'était tout ce qui restait de l'ex-illustre guerrier.

Monsieur La Mottière est devenu chevalier de l'Aigle Jaune de Souabe, de l'Epervier de Brunswick, du Milan de Tartauprunembourg. Le grand duc de Confituremberg, Galomnembourg —Miranthal a daigné le créer baron. L'avocat n'en est pas moins un zélé partisan de l'éclectisme universel. Si le juste-milieu n'existait pas, il eût été capable de l'inventer.

Hum ! hum ! hum ! le notaire Ouzaux...

Mais si nous passions tout de suite à notre ami Claude. Celui-ci est devenu, par la mort de son beau-père, propriétaire de *la Minerve*, qui a cinq mill' abonnés. Claude est bien résolu à mourir où il est né. L'on dit que dans dix ans il sera député. Georges et Gaëtan ont relevé la grandeur de la maison de Lestourges. Ils font beaucoup de bien autour d'eux et vivent paisiblement, au fond de cette province, en gentilshommes campagnards. Peut-être un jour les reverrons-nous avec plaisir. Du reste, ils sont heureux et ils ont beaucoup d'enfants.

Et maintenant, lecteur, que vous soyez ou non satisfait, il nous faut prendre congé de vous. Si vous avez compris la moralité de cette histoire, vous n'aurez point perdu votre temps.

FIN.

LIMOGES. — IMPRIMERIE BARBOU FRÈRES.

www.ingramcontent.com/pod-product-compliance
Lightning Source LLC
Chambersburg PA
CBHW071818020726
47502CB00004B/1156